RICHTUNG SOUTHAMPTON
CHIFFE DER FLOTTE DER ALLIIERTEN
GOLD
JUNO
ARROMANCHES
BESSIN
6
7
8
10
BAYEUX
⑦
CAEN

Knaus
K

Pavel Kohout

Tanz- und Liebesstunde

Eine deutsche Romanze

Albrecht Knaus

Für Lilo und Günter Friedrich
in gemeinsamer bewährter Freundschaft,
die alte Gräben in Europa zuschüttet,
ohne frische Gräber vergessen zu lassen.

P. K.
15. März 1989

I

Montag, 5. 6. 1944, vor Mitternacht

Als sie aus dem stillen und kühlen Korridor in die Dachstube tritt, nimmt sie einen heißen und duftenden Lärm wahr. Sie hört durch das offene Fenster die Grillen zirpen, und dabei fällt ihr ein, daß sie bei ihrer Ankunft in der Festung auf den Wällen Männer mit Sensen gesehen hatte. Der Gestank von Berlin hatte ihr immer wieder Brechreiz verursacht. Den intensiven Duft des welkenden Grases empfindet Christine wie ein Labsal.

Beim Abendessen mit den Eltern fröstelte es sie manchmal. Die Mauern des Herrenhauses sind, wie die ganze Festung, aus Quadersteinen gefügt. Bei geschlossenen Fenstern strahlen sie im Sommer Kälte aus. Sie ist froh, daß sie ihr Fenster offengelassen hat. Sie zieht sich im Dunkeln aus, stützt die Ellenbogen auf den breiten hölzernen Fenstersims und legt die Handflächen der gekreuzten Arme auf die Brüste. Ihr Körper, in den letzten Monaten einem fremden, tückischen Tier ähnlich, gehört ihr wieder.

Es kommt ihr unwirklich vor, daß sie noch heute morgen im Internat aufgewacht war. Zu diesem Traum gehört auch die Direktorin, ‹die Kuh› genannt, die ihr mit säuerlichem Lächeln befahl, sie solle geschwind ihre persönlichen Sachen zusammenpacken. Vor allem gehört dazu jener junge schlanke Offizier mit einem Gesicht, wie sie es seit ihrer Kindheit nur auf Bildern mit Engeln gesehen hatte. Er hatte ihren Koffer zum Wagen getragen, wo der Fahrer des Vaters sie förmlich begrüßte. Unterwegs schlief sie ein.

Erst das Kopfsteinpflaster der schmalen Brücke, in deren Verlängerung die alte Festung emporragte, hatte sie geweckt. Die Sonne, die gerade hinter ihren Dächern und Wällen versank, verwandelte sie in einen riesigen Scherenschnitt aus schwarzem Papier. Vor dem glühenden Himmel bewegten sich jedoch ganz oben im rhythmischen Schwingen der Sensen die winzigen Gestalten der Schnitter.

Dann das mächtige Tor aus dunklen Quadern, das gleich einer Schleuse von zwei schweren Eisentoren mit eingelassenen Türchen verschlossen war. Danach eine kurze Lindenallee und dahinter das zweigeschossige Herrenhaus. Auf seiner Schwelle die Mutter und der Vater, der ihr sogar ein Lächeln entgegenschickte!

Daß er den ganzen Abend über wie gewohnt unnahbar war, konnte ihrer festlichen Stimmung nichts anhaben. Obwohl die Mutter stets Christines Verbündete gewesen war, hatte sie insgeheim ihn von klein auf lieber gemocht. So weit sie zurückdenken konnte, hatte sie ihn nur in Uniform gesehen, mal in dieser oder jener, und fast immer in Gesellschaft von Männern, die ihm unterstanden. Ihr gegenüber gab er sich oft wortkarg und beinah unpersönlich. Im Beisein ihrer Mutter, der er grenzenlos ergeben war, taute er meist ein wenig auf. Untergebene, aber auch Vorgesetzte, alle zollten sie ihm Respekt, der eine Mischung aus Bewunderung und Furcht spüren ließ. Christine liebte den Vater und ertappte sich öfter dabei, daß sie eifersüchtig auf die Mutter war.

Sie hatte sich damit abgefunden, nichts über seine Aufgaben zu wissen. Eine gewisse Zeit litt sie darunter, wenn Mitschülerinnen die Briefe ihrer Väter von der Front in der Klasse vorlasen. Die seinen eigneten sich dazu nicht. Er schrieb darin über Bücher, die er sogar ins Feld mitnahm und wünschte, auch Christine würde sie kennen. Neben den Briefen anderer Soldaten, aus denen kämpferische Mannhaftigkeit dröhnte, muteten seine wie die Briefe einer Tante an. Aber es fragte auch niemand nach ihnen, weder Freundinnen noch Lehrerinnen. Seine Autorität vermochte auch aus der Ferne zu wirken.

Er war einer der wenigen Offiziere, die man nach ihrer Verwundung aus der Ukraine ausgeflogen hatte. Erst nach einer Woche rief er zu Hause an, er sei hier in Berlin und sie könnten ihn besuchen. Völlig verstört war sie an Mutters Seite durch die Säle gegangen, die mit verstümmelten Männern überbelegt waren. Ihre Gesichter waren aschfahl und abgehärmt, ihre Augen schienen schon in eine andere Welt zu starren. Der Vater war frisch rasiert, roch nach seinem «Pitralon» und saß in einem sauberen, gestärkten Hemd aufrecht im Bett, als wollte er im nächsten Augenblick eine Stabsbesprechung abhalten. Beim Anblick der beiden lächelte er ein wenig, küßte sie und bat, ihm zuallererst zu berichten, wie es ihnen in den vergangenen Monaten ergangen sei. Außer sich vor Freude, schwatzte Christine allerlei durcheinander und beneidete die Mutter, daß sie seine Rechte halten durfte.

Als sie endlich nach seiner Verletzung fragen konnten, sagte er nur, der Stabswagen sei auf eine Mine gefahren, die Banditen gelegt hatten, und er als einziger von vier habe überlebt. Ihre Begeisterung über dieses Wunder dauerte nur so lange, bis eine abgehetzte Krankenschwester sein Essen brachte und die Mutter bat, ihm das Fleisch kleinzuschneiden. So erfuhren sie es: Man hatte ihm den linken Arm über dem Ellenbogen und das linke Bein oberhalb des Knies amputiert.

Nach Hause kam er nach Monaten mit Prothesen, der Ostmedaille, dem EK I, dem Verwundetenabzeichen in Silber und einem neuen Marschbefehl. Wie gewöhnlich ließ er sie nur den ungefähren Ort wissen: das Protektorat Böhmen und Mähren, Kreis Leideneritz. Dann traf Christine der nächste Schock: Die Mutter war nicht gewillt, den geliebten Mann der gleichgültigen Fürsorge von Sanitätern zu überlassen, und sie beschloß, ihn zu begleiten. Der Tochter fehlten nur noch zwei Jahre bis zum Abitur. Es wäre töricht gewesen, eine Schule zu verlassen, in der sie gut war. So entschied sich die Familie gemeinsam für ein Mädcheninternat. Jammerschade war es, daß Christine nun ihren Ballettunterricht aufgeben mußte. Das Internat lag in Schöneberg, in der Nähe der Schule, und die Anstaltsleitung erlaubte grundsätzlich keinen privaten Ausgang außer am Sonntag.

Erstaunt war sie, wie schnell sie sich eingewöhnte. Strenges Regiment war sie von zu Hause gewöhnt, in der Anonymität des Internats bedeutete es für sie sogar ein gewisses Maß an Freiheit. Die Schule selbst genoß einen Sonderstatus und deshalb auch zahlreiche Privilegien. Arbeitseinsätze fanden nur von Zeit zu Zeit und unter nicht unangenehmen Bedingungen statt. Einmal in der Woche fuhren die Mädchen nach Wannsee, um dort in einer gutgetarnten Fabrik feinen Draht auf Spulen zu wickeln. Danach durften sie sich am See, der in einem Sperrgebiet lag, nach Herzenslust austoben.

Auch Karten für die Theater, die wegen der nächtlichen Bombenalarme schon am Nachmittag begannen, sofern sie überhaupt noch spielten, bekamen sie zugeteilt und wurden sogar hin- und zurückgekarrt. Sie vergötterte das Ballett und man wußte, wie sehr sie es vermißte; deshalb war sie immer unter den Auserwählten. Sie lernte mühelos, war Kreissiegerin im Hochsprung, und es stand fest, daß sie ab Herbst Sportführerin des «Bundes deutscher Mädchen» an der Schule sein würde. Das ganze Jahr über hatte sie eigentlich nur drei echte Sorgen: Sie vermißte ihre Eltern sehr, und die häufigen, langen Briefe der Mutter steigerten ihre Sehnsucht nur noch; sie fürchtete sich zunehmend vor den Bombenangriffen, obgleich das Villenviertel, in dem das Internat lag, bislang verschont geblieben war; und immer stärker beunruhigte sie der eigene Körper.

Die Mutter hatte sie zwar beizeiten aufgeklärt. Trotzdem glaubte sie jedesmal, sie müsse sterben. Ihre Tage bekam sie zum ersten Mal mit sechzehn – der Schularzt schrieb dies lobend ihrer sportlichen Ertüchtigung zu –, und sie waren von immer heftigeren Schmerzen und stärkerem Blutverlust begleitet. Im Internat wäre es undenkbar gewesen, deshalb nicht zur Schule zu kommen. Die «Kuh» hätte es als eine Art Hochverrat angesehen. Denkt, Mädchen, an die deutschen Männer! Sie vergießen ihr Blut mit zusammengebissenen Zähnen für Großdeutschland – und auch für euch! Was hätte sie da wohl von der Tochter eines Mannes gehalten, der dem Vaterland Arm und Bein geopfert hatte.

Ihr Leiden wurde immer unerträglicher. Höchstwahrscheinlich war sie das einzige Mädchen in ihrer Klasse, das noch keine erotischen Erfahrungen gemacht hatte. Jede ihrer Mitschülerinnen, alles Töchter von Funktionären und Offizieren, die an allen Ecken und Enden des deutschen Europa Dienst taten, hatten schon eine flüchtige oder sogar ernste Bekanntschaft, meist aus den selben Kreisen stammend. Die «Kuh», von ihrer Moralpredigt zu Tränen gerührt, die deutsche Frau gebe sich dem deutschen Manne erst in der Hochzeitsnacht unberührt hin, hatte dafür auch praktisch gesorgt. Ihre Aufsichtsgewalt als Vorsteherin dieses weltlichen Klosters war allerdings nicht total: Den freien Sonntagnachmittag von zwei bis acht durften die Mädchen außerhalb des Internats verbringen.

Die jungen Männer in den feschen Uniformen aller Waffengattungen oder in modischen Knickerbockern ziviler Dandys, die ihre «Verlobten» oder «Cousinen» in geliehenen Autos zu geliehenen Wohnungen brachten, reizten Christine ebenso wie die Direktorin. Ihr war unbegreiflich, daß sich bisher noch kein einziger auch nur im geringsten für sie interessiert hatte. Und wenn die Mädchen in den verdunkelten Schlafsälen voreinander die Künste ihrer Liebhaber in allen Details priesen und die Gefühle, die diese in ihnen weckten, beschrieben, kam sie sich gedemütigt vor. Ihr wurde oft so übel, daß sie aufstehen und hinausgehen mußte.

Im Gemeinschaftswaschraum ließ sie dann das Nachthemd fallen und betrachtete sich im Spiegel. Obwohl sie sich für ganz hübsch hielt und hörte, wie so manche Kameradin das von ihr behauptete, fand sie immer weniger Gefallen an sich selbst, bis ihr Körper sie fast anekelte. Die unvermeidlichen Begleitumstände ihrer Körperlichkeit erschienen ihr wie ein Gebrechen, von dem allein sie gezeichnet war, und alle Welt wußte davon.

Dabei war die Sache doch ganz einfach: Ihre zunehmende Ratlosigkeit und Gereiztheit schufen eine Barriere, die sie von Vertraulichkeiten im voraus ausschloß, und der Nimbus des Vaters zwang die möglichen Verehrer noch dazu zur Vorsicht. Sie fand darin aber nur ihren Unwert bestätigt.

Im Mai dieses Jahres erlebte Berlin den bisher schlimmsten Luftangriff. Den Meldungen des Oberkommandos der Wehrmacht zufolge waren daran mehr als zweitausend anglo-amerikanische Bomber beteiligt. Das Stadtzentrum hörte auf zu existieren. Zwar gingen auch diesmal an der Peripherie in unmittelbarer Nähe des Internats keine Bomben nieder, doch hingen dichter Qualm und der Gestank nach schmorendem Asphalt und versengtem Menschenfleisch bald wie schwerer Nebel auch über dem Villenviertel. In den Stunden, die sie im Luftschutzkeller verbringen mußte, tat Christine, als schliefe sie, in Wirklichkeit aber betete sie verzweifelt.

Der Gott von Familie und Internat war selbstverständlich der Führer. Seine historische Mission, das natürliche Recht des deutschen Volkes auf Weltherrschaft zu verwirklichen, wozu die Vorsehung ihn berufen hatte, wurde tagtäglich durch das Blut von Tausenden von Feinden bestätigt. Diese Nacht im Luftschutzkeller aber, der nur noch fragwürdigen Schutz bot, wenn auch bei entfernteren Detonationen Staub und Mörtel von der Decke rieselten, schien den Führer der Deutschen zu überführen, weder unfehlbar noch unsterblich zu sein. In ihrer Todesangst wandte sich Christine seinem allmächtigen Vorgänger zu.

Die Eltern waren evangelisch und hatten auch die Tochter taufen lassen, im Jahre sechsundzwanzig war die Bewegung in dieser Hinsicht noch recht liberal und ließ positives Christentum gelten. Bald nach der Machtübernahme geriet der Vater in Rage, als die Kirche in der Sternstunde der Nation eine vage Position einnahm, ja sogar Rücksicht gegenüber den offenkundigen Volksfeinden verlangte. Die Familie trat geschlossen aus der Kirche aus.

Religionsstunden hatte Christine nur in der ersten und zweiten Klasse besucht. Bleibenden Eindruck hinterließ allerdings bei ihr die Geschichte vom Schöpfer, dem Allmächtigen, der für die Menschheit seinen einzigen Sohn opferte, um ihn dann vom Grabe auferstehen zu lassen und zu sich in den Himmel zu holen. Wann immer sie eine Statue oder ein Gemälde des Gekreuzigten sah, wuchs in ihr mit den Jahren ein sonderbares, ehrfurchtsvolles Vertrauen zu ihm heran. Hatte man ihr nicht bei der Taufe die weibliche Form seines Namens gegeben? Als nun das Internatsgebäude in seinen Grundfesten erzitterte, daß man meinte, es müßte jeden Augenblick wie eine Kinderburg aus Sand zusammenfallen, betete Christine zum Vater jenes Christus, er möge auch sie aus diesem Kellergrab erlösen. Sie wußte nicht, was sie mit dem Himmel anfangen sollte, und bat ihn flehentlich, sie den Eltern zurückzugeben.

Davon wagte sie dem eigenen Vater natürlich kein Wort zu schreiben, auch der Mutter nicht, weil sie wußte, sie würde bei ihm ein gutes Wort für die Tochter einlegen. Weder mit Zärtlichkeiten noch mit Kümmernissen hatte sie ihn jemals belästigt. Ihr Leben lang hatte sie sich innigst danach gesehnt, er möge sie ebenso schätzen wie sie ihn. Als ihr die «Kuh» einige Tage darauf verlegen mitteilte, sie müsse auf höhere Weisung das Schuljahr vorzeitig beenden und den Eltern ins Protektorat folgen, glaubte Christine fest, dieser Gott sei auch allwissend. Sie gelobte, die Botschaft der Barmherzigkeit an den ersten Nächsten weiterzugeben, der sie darum bitten würde.

Der erste Nächste wartete beim Pförtner und bat sie um Koffer und Tasche. In den Gesichtern der Kameradinnen, die sie zum Abschied begleiteten, las sie die neidvolle Bestätigung ihres eigenen Eindrucks, wohl nie zuvor einen so schönen jungen Mann gesehen zu haben. Der Offizier in der schwarzen Uniform, dessen Name sie in der Aufregung überhört hatte, mußte mindestens einsneunzig sein, er hatte eine Taille wie eine Ballettänzerin. Daß er trotzdem nicht weiblich wirkte, verdankte er den breiten Schultern, den kräftigen, wenn auch schmalen Händen und vor allem seinem Kopf.

Während die feine faltenlose Haut seine Jugend verriet und die hellblauen Augen die durch nichts getrübte Seele eines Kindes widerzuspiegeln schienen, war sein Gesicht eine Mustersammlung all dessen, was man üblicherweise als männlich bezeichnete. Die Stirn und die ausdrucksvollen Wangenknochen zeigten Intellekt an, Kiefer und Kinn strahlten Energie aus. Feines blondes Gekräusel lugte unter der Mütze hervor. Das Symbol des Todes darauf verlieh seiner Erscheinung eine unirdische Wirkung. Christine erschien es, als habe der liebe Gott ihr einen seiner Cherubim gesandt.

Er bat sie um Verständnis, daß er als Wagenkommandant

vorn sitzen müsse, und das war alles. Die belanglosen Fragen, mit denen sie anfangs ein Gespräch anzuknüpfen versuchte, beantwortete er einsilbig. Vaters Fahrer fühlte sich indes verpflichtet, sie mit einem Schwall von Nichtigkeiten zu überschütten, und sein Geschwätz war genauso langweilig wie die Landschaft rechts und links der Autobahn. Beleidigt beschloß sie so zu tun, als schliefe sie. Und schließlich fiel sie, von all den Eindrücken mitgenommen, in einen echten, tiefen Schlaf.

Jetzt spürt sie, wie der warme Duft und die eintönige Melodie der Grillen sie wieder betäuben. Gleichzeitig nimmt sie wahr, daß ihr der Bauch nicht mehr weh tut, der gerade heute morgen zu schmerzen anfing. Eine Woche zu früh, wahrscheinlich vor lauter Aufregung. Im letzten Moment ging sie ins Haus zurück, um sich noch rasch zu versorgen. Sie kannte sich und hatte keine Ahnung, wie sie die lange Fahrt überleben würde. An der Pförtnerloge jedoch stand der blonde Offizier, und Christine wird jetzt mit einem Mal klar, daß sie von jenem Augenblick an die Schmerzen los war.

Schrill pfeift eine Lokomotive, und gleichzeitig ertönt das Stakkato der Dampfstöße. Irgendwo ganz in ihrer Nähe kommt ein schwerbeladener Zug in Fahrt. Ihre Berliner Wohnung hatte am Anhalter Bahnhof gelegen. Der Vormieter, ein Rechtsanwalt, Jude wahrscheinlich, der aus gutem Grund rechtzeitig auf und davon war, hatte sie mit Holztäfelung und gepolsterten Türen ausstaffieren lassen und mit massiven Möbeln eingerichtet. Christine fühlte sich durch all das eingeengt, verliebte sich aber bald schon in den Ausblick von ihrem Balkon auf die Schienenstränge, die sich aus der riesigen Halle wanden. Züge schläferten sie ein und weckten sie auf. Eine sie immer wieder von neuem erregende Erscheinung waren die Perlenketten der leuchtenden Waggonfenster. Sie schienen von dem über der Großstadt sich wölbenden Nachthimmel herabzuschweben, um dann wieder zu ihm aufzusteigen. Im Krieg erloschen die Lichter.

Als sie im letzten Vorkriegsjahr auch in der Oberprima lauter Einsen hatte, machte ihr der Vater ein wunderbares Geschenk: Sie durfte mit der Mutter in die Ferien an der See bis Stralsund Erster Klasse fahren. Der schwere Duft von Plüsch und das helle Klirren der silbernen Tabletts, auf denen ihnen ein befrackter Ober das Frühstück im Coupé servierte, begleiteten sie bis heute.

Voriges Jahr sollten die Mädchen einen Aufsatz schreiben, wie sie sich den Frieden vorstellten. Die Palette der Wünsche, inspiriert meist von den Schilderungen der Eltern, reichte vom Diner im Pariser Maxim über ein Feuerwerk am Berliner Funkturm bis zu einer Modenschau mit Astrachan-Pelzen in Moskau. Christine erntete Erfolg für ihre Idee, in einem nicht mehr verdunkelten Zug durch das wieder strahlende Europa fahren zu können. Erster, versteht sich. Jeder Zug schien ihr der Bote einer herrlichen weiten Welt zu sein, die ihrer harrte.

Jetzt war diese Welt von Fronten zerrissen, ihren Balkon gab es nicht mehr, und Christine fand nicht den Mut, sich die Trümmer ihres einstigen Zuhause anzuschauen. Ausgerechnet die häßlichen Möbel hatte die Mutter mitgenommen, nun standen sie hier wieder herum. Die Lokomotive war in Fahrt gekommen und schnauft ganz in der Nähe vorbei. Falls es keine durch einen günstigen Wind hervorgerufene akustische Täuschung war, mußte die Bahnstrecke unmittelbar hinter dem Festungswall verlaufen. Christine freut sich darauf, gleich morgen mit einem Buch in der Hand auf den Wall zu klettern, im weichen Gras zu sitzen, zu lesen und den Zügen nachzuwinken.

Ihr fällt eine Bemerkung des Vaters beim Abendessen ein über die Grenze des privaten Sektors der Festung, an der eine streng bewachte Zone beginnt. Noch hat sie jedoch die kleinen Gestalten der fleißigen Schnitter vor Augen. Die Wälle aus Maria Theresias Zeiten können doch heutzutage keinen militärischen Wert mehr haben – und falls doch, dann wird sie sich eben einen Fußbreit davon zum Geburtstag wünschen.

Ein Gefühl von Glückseligkeit erfüllt sie: Wenn sie übermorgen aufwacht, wird sie achtzehn sein. Diese Zahl, obwohl sie ihr eigentlich nur die Tür zu Filmen für Erwachsene öffnet, erscheint ihr schon lange wie der Schlüssel zu einer Schatzkammer. Von deren Kleinodien hat sie nur verschwommene Vorstellungen, aber sie ist fest überzeugt, mit achtzehn werde ihr etwas ganz Großes begegnen. Sie lächelt in die Dunkelheit hinaus und zählt, wie sie es gewohnt ist, die Waggons, die wie mit eisernem Stempel die nächstliegenden Schienenverbindungen markieren. Siebenundvierzig. Sie addiert die beiden Ziffern: Sieben und vier sind elf. Sie addiert weiter: Eins und eins ist zwei. Ihre Glückszahl!

Der unsichtbare Zug verstummt endlich, doch über die nächtliche Stille, die nun wieder vom knarrenden Zirpen erfüllt ist, legt sich ein neues Geräusch. Das Gästezimmer befindet sich an der Schmalseite des Hauses. Erst jetzt bemerkt Christine, daß über der hohen Sträuchergruppe fast am Fuß des Festungswalls ein Turm ragt. Er sieht wie eine hohe, breit gespreizte Leiter aus, auf der ganz oben ein Brett balanciert. Eine Gestalt klettert die Sprossen empor.

Der Himmel ist sternenübersät, aber mondlos. Entweder ist der Mond noch nicht aufgegangen, oder er kreist auf einer anderen Bahn, oder, Christine weiß es nicht genau, es ist gerade Neumond. Irgendwo auf einem anderen Wall, den sie von ihrem Fenster aus nicht sehen kann, müssen starke Lampen strahlen. Ehe sie eine Erklärung dafür findet – aus Berlin kennt sie kein strengeres Gesetz als die Verdunkelung – erkennt sie über ein halbes Hundert Meter hinweg hellblondes Haar und auch die hohe, schlanke Figur. Ohne Zweifel – er!

Als er sich auf das Brett schwingt, wird noch deutlicher, wie groß er ist. Seine Haut schimmert vor der dunklen Steinmauer. Plötzlich weiß Christine, er ist nackt. Sie erzittert. Ihre Hände, noch immer regungslos gekreuzt, beginnen sich zu bewegen. Sie streichelt leicht ihre Brüste und erlebt, wie sie sich spannen. Eine seltsame Empfindung durchfährt ihren Unterleib. Sie kriegt Angst, der Schmerz könnte von neuem ausbrechen, spürt aber nur ein ungewohntes Vibrieren. Es erregt sie genauso wie einst der geheimnisvoll phosphoreszierende Stab, mit dem Mutters Friseuse ihr die Kopfhaut massierte.

Der junge Mann betritt das schwankende Brett. Fast hätte sie aufgeschrien vor Angst, er werde umkippen und in die Tiefe stürzen. Sie sieht ihn sich federnd vorwärtsbewegen, wie sie es vor dem Krieg im Circus Busch bei den Lipizzanern bewunderte, und sie ertappt sich bei dem Gedanken, er könnte wirklich fliegen. Er nähert sich nun dem Rand des Brettes, das auf jeden seiner Schritte mit immer stärkerem Schwingen reagiert, geht auf die Zehenspitzen, stößt sich ab, steigt kerzengerade nach oben, knickt aber plötzlich in der Hüfte ab und fällt durchgestreckt senkrecht nach unten. Christine hört, wie der Körper den Wasserspiegel bricht.

Der Druck auf der Brust zwingt sie, die Arme zu öffnen, und im gedämpften Widerschein der unsichtbaren Lampen sieht sie auf der Haut dunkle Abdrücke ihrer Finger. Die Angstsekunde hat das wohlige Gefühl weggeschwemmt. Aber die Spannung in ihr bleibt. Sie lauscht dem gleichmäßigen Platschen des Wassers, nur dann unterbrochen, wenn der Schwimmer wendet. Sie zählt – sie zählt insgeheim, weil sie sich für ihre Abergläubigkeit schämt, alles auf der Welt – kommt immer wieder auf elf. Sie selbst schwimmt Wettkämpfe und vermutet dann, daß hinter der Wand aus Sträuchern ein Fünfundzwanzig-Meter-Becken liegen muß.

Christine will auf das Fensterbrett steigen, vielleicht sieht sie dann mehr. Mit einem Knie schon auf dem Sims, erstarrt sie. Jemand schleicht unter dem Fenster entlang, offenbar bedacht, ungesehen zu bleiben. Statt den Weg zu nehmen, der sich vom Herrenhaus zum Schwimmbecken um die Sträucher windet, zieht die Gestalt geradenwegs dorthin, mitten durchs aufgeschossene Gras, das noch auf die Sense wartet. Eine Frau in einer Art geblümtem Kimono. Er paßt sich der Umgebung besser an als jeder Tarnumhang.

Christine beobachtet, wie die Frau den Stoff rafft, damit der Tau ihn nicht benetzt, und es sieht beinahe so aus, als schwebte sie. Bei den Sträuchern hält sie inne, schaut zurück zum Herrenhaus. Christine zwingt sich, nicht ins Zimmer zurückzuspringen. Regungslos verharrt sie auf dem Knie, sie vertraut dem dunklen Hintergrund. Und wenn sie sich auch täuscht: Hier ist jetzt ihr Zuhause, und sie hatte schon vorher am Fenster gestanden! Die Unbekannte löst sich in den Sträuchern auf.

Kurz darauf verstummt das Peitschen des Wassers. Lautes Plätschern verrät, daß sich der Schwimmer auf den Beckenrand geschwungen hat. Das Lärmen der Grillen schafft eine Schallwand, die entfernte Worte nicht durchbrechen. Was sollte es dort schon zu reden geben? Er ist nackt, und sie hatte auch nicht wie eine Nonne ausgesehen. Christine versucht, sich die Zärtlichkeiten vorzustellen, die da getauscht werden, doch nichts von den Beschreibungen, die sie im Dunkel des Internatsschlafraums hatte anhören müssen, will zu ihm passen. Wie liebt wohl ein SS-Engel? Ach, zum Teufel mit ihm!

Sie kennt ihn ja gar nicht, und auf der Fahrt hatte er es geschafft, daß sie vor Langeweile eingeschlafen war. Sie kennt auch die Frau nicht und hat nicht das geringste Recht,

Anspruch auf ihn zu erheben, noch weniger einen Grund, sich seinetwegen zu grämen. Doch das geahnte Bild des Paars, das sich ganz in ihrer Nähe umarmt, lockt wieder ihre Zweifel herbei. Christine leidet.

Selbstmitleid überkommt sie, und sie springt ins Zimmer zurück. Am liebsten würde sie das Fenster zuknallen, damit die beiden wenigstens erschreckten, dann die Vorhänge zuziehen und sich in ihr gutes altes Bett, dessen Häßlichkeit ihr plötzlich ganz vertraut vorkommt, hineinkuscheln, mit jenem noch immer vertrauten Freund, der ihr von klein auf Scham, Ängste und Unsicherheiten nimmt – ein Buch. Im Bücherschrank des Vaters hatte sie nach dem Essen die «Jugend» von Max Halbe entdeckt, die sie schon mit vierzehn lesen durfte. Damals war sie in ohnmächtige Wut auf den erbarmungslosen Kaplan geraten, was der Vater vielleicht sogar erreichen wollte. Wie wird es ihr jetzt damit ergehen?

Da sieht sie: Lautlos eilt ein hoher Schatten den Weg vom Becken zum Haus entlang, um den Hals ein Handtuch, um die Lenden eine enge Badehose, deren Farbe mit der sonnengebräunten Haut verschmilzt und für die optische Täuschung sorgte. Auf dem Kopf trägt er seine Mütze, in der Hand die schwarze Uniform und die Stiefel. Hinter der Hausecke rasselt ein Schlüsselbund, eine schwere Tür fällt zu. Sie wohnt mit ihm unter dem selben Dach!

Sie verharrt noch ein paar Minuten. Die Frau kommt nicht. Nun erscheint plötzlich der Mond, unvergleichlich größer und klarer als in Berlin, satt orangenfarben. Zufrieden sieht Christine, daß ihm zum Vollmond noch eine schmale Sichel fehlt, dünn wie Apfelsinenschale. Die hebt er sich zu ihrem Geburtstag auf!

Mit einemmal sind die trüben Gedanken weg. Sie will jetzt nicht mehr lesen und entschließt sich, bei offenem Fenster zu schlafen. Sie legt sich auf die Bettdecke und betrachtet in der hellen Finsternis ihren Körper. Er braucht das Sonnenbad, beschließt sie, hat er erst seine mehlige Blässe verloren, würde er gar nicht so übel aussehen. Als sie die Augen schließt, vernimmt sie leise Töne. Was? Eine Orgel mit «Lili Marleen»...? Dann glaubt sie, eine Mundharmonika zu hören. Mit ihrem letzten Gedanken nimmt sie wahr, daß sie trotz geschlossener Augen lächelt. Bin ich denn etwa glücklich? wundert sie sich. Aber warum...?

II

Zur gleichen Zeit

Gertrud zieht sich aus. Die schweren Mahagonimöbel in diesem steinernen Haus mit den kleinen Fenstern engen auch sie ein. Schon damals, als sie ihnen samt der Wohnung am Anhalter Bahnhof zugeteilt wurden, hatte sie Karl vorgeschlagen, das Zeug zu verkaufen und sich dafür eine modernere Einrichtung aus Metall anzuschaffen. Ihr überkorrekter Gatte jedoch sah in dem Bestand Reichseigentum, das ihm nur von Dienst wegen zur Verfügung gestellt wurde. Dieses Argument benutzte dann sie gegen ihn, als sie feststellte, daß ihre künftige Wohnung in dieser Festung an eine Mannschaftsunterkunft oder eine Sammelstelle leerer Flaschen erinnerte. Der Vorgänger ihres Mannes hatte sich in Trunkenheit auf der Treppe das Genick gebrochen.

Sie ahnte, daß Karli hierher kommandiert worden war, um die Belegschaft eines Augiasstalls in eine vorbildliche Eliteeinheit des Führers zu verwandeln, und dabei wollte sie ihm behilflich sein. Das war ihm natürlich gelungen, noch bevor der Lastwagen aus Berlin die Sachen brachte, auf die er gut hätte verzichten können. Bereits in den ersten sieben Tagen, als er Tag und Nacht wie ein Geist in der Küche, der Kantine, den Lagerräumen, in den Zellen und auf den Außenarbeitsstätten der Gefangenen, auf den Wachtürmen sowie in den Schlafstätten von Mannschaft und Unteroffizieren auftauchte und nebenbei von den Wällen aus, selbst unsichtbar, mit dem Feldstecher jede Bewegung in allen Höfen beobachtete, stellte er siebzehn Männer für die Front frei. Am achten Tag hätte auch die strengste Kontrolle nicht die geringste Laschheit feststellen können.

Gertrud, die sich aus eigenem Antrieb um die hier lebenden Frauen zu kümmern begann, erfaßte sofort, daß hier nicht ein leidenschaftliches Verlangen, dem kämpfenden Vaterland nützlich zu sein, die Ursache für raschen Erfolg war, sondern vielmehr reine Angst. Sie versuchte deshalb, auch den Frauen ein paar der kleinen Freuden des Lebens zu vermitteln, die sie mit ihrem Mann genoß. Die ursprüngliche Einrichtung des Herrenhauses, das irgendeiner tschechoslowakischen Militärverwaltung gehörte, war teils verschwunden, teils verkommen. Die Frauen der Berufssoldaten, die zum größten Teil in den Baracken beim Tor wohnten, teilten die tristen Verhältnisse der Männer und verdarben ihnen die ohnehin schon miserable Laune nur noch mehr.

Als die Möbel aus der Berliner Wohnung ankamen, war der Kommandant verblüfft über die Wirkung. Das erste Kaffeekränzchen, zu dem Gertrud alle zwanzig Frauen seiner Untergebenen eingeladen hatte, kam einer Mustermesse gleich. In den nächsten Wochen wurde die Festung Ziel von Militärlastern und Möbelwagen, die heranschafften, was die einstweilig verlassenen Wohnungen in der Heimat hergaben, was Eltern und Verwandte beisteuerten, die Altmöbelhändler und die Wehrmachtslager, wo man billig Sachen aus Kriegsbeute erstehen konnte. Mit den Stücken von zu Hause schien auch familiärer Geist Einzug zu halten. Die Frauen, Staublappen schwingend und Kissen stickend, wie sie es bei Gertrud bewundert hatten, gaben ihren Männern die Hoffnung wieder, ihr grausames Handwerk würde nicht ewig dauern.

Ein Volltreffer war Gertruds Idee mit der Schule. In der Festung lebten zwei Dutzend Kinder zwischen sechs und elf, die erst danach auf Internatsschulen kommen konnten, sofern im Reich noch welche die Bombennächte überstanden. Mit den Sprößlingen der Offiziere und Beamten im nahen Ghetto fuhren sie täglich in die Kreisstadt Leideneritz, wo sich ihrer an die fünfzig in einer Klasse drängelten.

Die erste Dame der Festung wartete nicht ab, bis die zuständige Kommandantur ihren Vorschlag billigte oder eher ablehnte. Als sie von Köpcke, Karlis Fahrer, erfuhr, seine Schwester sei Lehrerin, eine Kriegsbraut, die ihren Mann auf dem Balkan einen Tag früher verloren hatte, als sie ihm in Mannheim durch Ferntrauung verbunden worden war – diesem Schicksalsschlag trotzte sie mit der Entscheidung, die Trauung als vollzogen zu betrachten –, nutzte Gertrud augenblicklich den Umstand, daß seit kurzem auch Familienangehörige Gefallener hier wohnen durften. Und als die Mütter sahen, daß die schwarzgekleidete Kriegswitwe, durchaus imstande, eine anspruchsvolle Einklassenschule zu leiten, außerdem noch Klavier-, Geigen- und Flötenunterricht gab, legten sie gern das Geld für ihren Unterhalt zusammen. Schließlich gab sogar das deutsche Schulamt im Protektorat seine Zustimmung und einen Zuschuß. Daß die Gattin des Kommandanten, deren Tochter in Berlin studierte, all das organisierte und gemeinsam mit ihnen dafür aufkam, steigerte ihre Beliebtheit. So genoß sie in den Augen der Frauen einen Rang, vergleichbar dem ihres Gatten.

Der Kommandant verstand gut, was Gertruds Tätigkeit für seine eigene bedeutete, und ihr war klar, daß er es wußte, auch wenn er ihr kaum einmal anders als mit einem flüchtigen Kopfnicken dankte. Sie fragte nie nach seinem Dienst, das kam für sie als Frau eines deutschen Offiziers gar nicht in Frage. Von selbst erwähnte er seine Aufgaben nur, wenn sie entscheidend Interessen der Familie berührten. Dieses Mal aber erschöpften sie ihn zusehends, denn er hatte bei jedem Schritt und jeder Geste mit den Folgen seiner Verstümmelung zu kämpfen.

Nicht einmal jetzt, als er sich neben sie ins breite Ehebett legt, erlaubt er ihr, ihm die beiden Prothesen abzunehmen. Er erledigt das, den Rücken ihr zugewandt, wie jeden Abend so geschickt selbst, daß sie auch nach einem Jahr deren Mechanismus noch nicht begriff. Auch dieser Rücksichtnahme wegen liebt sie ihn. Zugleich ist das aber der Ausdruck seiner Unerbittlichkeit, die er sich und anderen abverlangt, und Gertrud wird manchmal ganz bang bei dem Gedanken, diese Härte könnte jemals auch sie treffen. Zum Glück beweist ihr aber jede neue schweigende Umarmung, wie leidenschaftlich er sie begehrt.

Heute ist es genau eine Woche her, daß sie den Mut faßte, ihn zu bitten, einen Weg zu finden, wie man Christine aus dem jetzt nahezu täglich bombardierten Berlin hierherbekommen könnte. Er beugte sich gerade zum linken Schenkel hinab, als er ihre Frage mit einer anderen beantwortete.

«Wann ist Schulschluß?»

«In drei Wochen ...»

«Wie kann sie dann früher weg?»

«Ich hab' dir doch ihren Brief vorgelesen. Man hat sie bereits benotet, vorsichtshalber ...»

«Aha ... Warum läßt man sie dann nicht von sich aus heim?»

«Angeblich, um kein schlechtes Beispiel zu geben. Deshalb hält man die Kinder dort, obwohl sie so gut wie keinen Unterricht mehr haben. Begreifst du das?»

«Ja.»

«Karli, wenn sie wenigstens Verwundete pflegen dürften, oder was weiß ich, aber die haben Angst, weil es dort so viele Prominentenkinder gibt, und so läßt man sie lieber Tag und Nacht im Keller hocken. Das findest du richtig?»

Er war fertig und schlüpfte so geschickt unter die Decke, daß der halbleere Ärmel und das halbleere Hosenbein vom vollen nicht zu unterscheiden waren. Mit der gesunden Rechten knipste er das Nachttischlämpchen an, nahm Gustav Schwabs «Sagen des Klassischen Altertums» zur Hand und öffnete das dicke, schwere Buch, wo er unterbrochen hatte, mit dem Daumen, mit dem er geschickt umblättern konnte. Dabei schaute er Gertrud an.

«Nein, ich würde sie natürlich zu Verwundeten schicken oder Trümmer wegräumen lassen. Wenn das ganze Volk unter totalem Einsatz aller Kräfte um Sein oder Nichtsein kämpft, gelten andere Gesetze als in normalen Zeiten. Ich meine auch das Gesetz der Ehre, das vor allen Dingen.»

Er begriff, wie sehr er sie verletzte und wollte sie aufmuntern.

«Glaub ans Schicksal, Trudl, das war mir in Rußland gnädig und hat euch beide rechtzeitig vom Anhalter Bahnhof weggebracht!»

Sie überhörte es.

«Karli, deine Ehre war immer auch die meine, das kannst du nicht anders sagen. Aber Christine schreibt, ein gutes Drittel ihrer Mitschülerinnen ist bereits abgefahren. Immerhin sind es doch zukünftige Mütter, ohne die Deutschland seine Verluste nicht ersetzen kann. Welcher Ehre würde sie wohl dienen, wenn sie in einem Keller verschüttet ist? Wenn du schon nicht als Vater fühlen willst, dann denk wenigstens über deine Pflichten als Deutscher nach!»

Er hatte die aufgeschlagene Seite vor Augen, auf der es um die zweite Niederlage der Griechen vor Troja ging, blickte aber Gertrud an, als entdeckte er etwas Neues an ihr. Auf einmal klappte er den Band zu und legte ihn auf den Nachttisch.

«Du magst recht haben. Vielleicht sind es nur noch die

bekannten Krämpfe von Fanatikern, die höchstwahrscheinlich vielmehr käuflich sind. Christine nützt Deutschland als Mutter am meisten, da bin ich deiner Meinung. Aber was soll sie denn hier anfangen?»

«Sie wäre einfach bei uns ...»

«Denk mal daran, wie es dir die ersten Tage hier erging! Ich bin Soldat, erfülle hier meine Pflicht, trotzdem sind meine Gefühle nicht abgestorben. Ich bin ein Mensch geblieben, für den nicht einmal eine gerechte Maßnahme an Grausamkeit verloren hat. Bist du hier glücklich?»

«Ja. Weil ich bei dir sein kann.»

«Weich nicht aus! Du bist bei mir, sorgst für mich, für die Frauen und die Schule, du solltest zufrieden sein und mit einem guten Gewissen einschlafen. Weshalb betest du dann?»

«Ich ...»

«Du betest. Ich habe schon mehrmals beobachtet, wie sich deine Lippen im Dunkeln bewegten. Für wen betest du?»

«Für Christine ...»

«Und für mich nicht?»

«Doch ...»

Er wandte den Kopf zum verdunkelten Fenster.

«Und für die dort vielleicht auch?»

«Karli!»

«Warum nicht? Das sind doch auch menschliche Wesen. Gottlob hast du an meiner Seite erlebt, wozu der Feind fähig ist. Diese Erfahrung fehlt Christine. Du hast es verstanden, und das werde ich dir niemals genug danken können, daß sie auch in so schweren Zeiten eine schöne Kindheit erlebte. Gut, ich habe dabei geholfen, aber ich mußte andere für mich sprechen lassen, die Dichter. So bin ich nun mal, ich rede eben nicht viel. Von dir hat sie alle ihre Musikalität! In ein, zwei Jahren muß der Krieg vorbei sein, der Führer hat mit seinem

Rückzug die Russen in eine Falle gelockt und auf preußischem Boden ihren westlichen Verbündeten gleichzeitig klargemacht, daß auch sie an Europas Schicksal denken müssen, das heute nur Deutschland verteidigt. Ich weiß, wir werden bald die Vergeltung erleben, die vernichtenden Geheimwaffen. Du zweifelst doch nicht an unserem Sieg?»

«Nein! Aber was hat das mit...»

«Trudl, wir sollten uns darum kümmern, daß unsere Tochter ihn ohne Schrammen an der Seele erlebt, die wir beide an uns erfahren haben.»

«Ich bete schon dafür, daß sie am Leben bleiben darf.»

«Schau dir den Weißmüller an! Der ist ein paar Jahre älter als Christine. Willst du vielleicht, daß sie so wie der überlebt?»

«Er macht den Eindruck eines wohlerzogenen, zuverlässigen jungen Mannes... Was ist los mit ihm?»

Sie war verblüfft. Eigentlich war es das erste Mal seit jenen längst vergangenen Zeiten, als die Bewegung in den Anfängen stand und sie beide endlose Gespräche über alles und jeden führten, daß er einen seiner Mitarbeiter erwähnte. Und sogar fortfuhr.

«Ja, er ist zuverlässiger als der Grube, aber gerade seine Erziehung jagt einem Angst ein. Was ich aus Überzeugung tue, aus dem Bewußtsein erkannter Notwendigkeit, tut er aus Fanatismus.»

«Der Führer sagt, Fanatismus ist Ausdruck des höchsten Patriotismus.»

Sie bekam keine Antwort.

«Stimmt das etwa nicht?»

Mit der gesunden Hand zog er die Bettdecke bis ans Kinn. Er schaute vor sich hin.

«Ich habe weder Rang noch Bildung, um mit dem zu streiten, der gerade jetzt der Welt eine neue Dimension eröffnet und dem Leben einen neuen Sinn gibt. Aber ich bin mir sicher, daß er damit nicht Fanatismus meinte, dessen Quelle blinder Gehorsam ist, der leicht gegen das eigene Volk und die eigene Rasse mißbraucht werden kann!»

«Was hat Christine damit zu tun?»

«Weißmüller wird vom Geist dieser Festung geformt, weil er noch keine andere Erfahrung gemacht hat. Während für mich Härte gegenüber dem Feind das äußerste Mittel im Kampf für unsere Ideale ist, bedeutet es für ihn das Ziel. Was ich als schicksalhaft unerläßlich ansehe, was ich in Demut und in der Zuversicht ausführe, das kommende Glück meines Volkes möge es reinwaschen, ist für ihn nur Handwerk, reines Handwerk. Es scheint, als machte ihm das sogar Spaß.»

«Was tut Weißmüller hier eigentlich ...?»

«Lassen wir das!»

Sein schroffer Ton überraschte ihn selbst, und er sprach wieder besänftigend.

«Verzeih ... Mir ist bei dem Gedanken, Christine sollte in diesen Mauern leben, einfach nicht wohl.»

Der Apparat auf dem Nachttisch klingelte. Stellvertreter Grube meldete, einige Bomberverbände seien angekündigt, die von Nürnberg nach Nordosten abdrehen; er habe bereits befohlen, die Scheinwerfer abzuschalten, und die üblichen Maßnahmen veranlaßt. Der Kommandant gab sich einverstanden und kurbelte ab. Die scharf abgerichteten Schäferhunde begannen zu bellen, von den Hundeführern auf den Wall gebracht, um mit ihrem Spürsinn das erloschene Licht zu ersetzen. Gertrud wußte Bescheid.

«Sind sie wieder unterwegs?»

«Ja.»

«Viele?»

«Zwei oder drei Verbände.»

Beide wußten, daß dies eine beliebte Himmelsschiene der

Anglo-Amerikaner Richtung Berlin war. Vater und Mutter dachten an die Tochter. Das gab ihr neue Kraft.

«Karli, wenn uns je etwas gelungen ist, dann ihre Erziehung. Ich werd' ihr hier nähen beibringen, kochen...»

«Gertrud!» Wie immer, wenn er die Geduld verlor, nannte er sie beim vollen Namen. «Sie liebt Musik und Tanz. Dort kann sie zumindest ins Theater und ins Ballett gehen.»

Ihr Gespür sagte ihr, daß sie ihm diesmal überlegen war, und sie ließ nicht locker.

«Wegen uns beiden mußte sie die Ballettstunden aufgeben! Warum sollte sie eigentlich gerade hier nicht weitertanzen?»

«Soll Köpckes Schwester sie unterrichten? Und auftreten wird sie mit dem Kinderhort?»

«Darüber hab' ich mir schon Gedanken gemacht, Karli... Erinnerst du dich, wie Kolatschek kürzlich geprahlt haben soll, wie viele berühmte Künstler er dort hat? Behauptete er nicht, sein Casino im Ghetto steht der Berliner Oper in nichts nach? Grube hat das doch erzählt!»

«Na, und...?»

«Und wenn du den Kolatschek anrufen würdest?»

«Warum sollte ich den anrufen...?»

«Damit er uns einen Tanzlehrer borgt!»

Er richtete sich im Bett auf wie damals, als sie ihn im Lazarett besuchten.

«Mit dem Kolatschek will ich privat überhaupt nie etwas zu tun haben!»

«Warum denn?»

Er zögerte. Dann versuchte er, seinen Einwand zu umschreiben.

«Seine und meine Aufträge sind von absolut unterschiedlicher Natur.»

«Mag sein. Ihr dient aber beide derselben Sache, nicht wahr?»

Daran hegte er ernsten Zweifel, er hatte ihn nur bisher sich selbst gegenüber nicht präzisiert. Es war sein Grundsatz, daß in der Festung, für die er verantwortlich war, auch gegenüber den erbittertsten Gegnern das Gesetz eingehalten werden mußte. Ihm schien, als herrschten dagegen jenseits des Flusses die Gesetze des Dschungels. Er registrierte sehr wohl, was über die Zusammenstellung der Transporte für den Mitternachtszug gemunkelt wurde, der die wechselnden Ghettobewohner in einer Umsiedlungsaktion jetzt täglich irgendwohin nach Polen brachte. Dabei sollte es wiederholt zu Gewalttätigkeiten, Bestechungen und vielleicht sogar zu Diebstahl am persönlichen Eigentum der Aussiedler gekommen sein. Kleinburger wartete nur auf die nächste Inspektion aus Berlin, um mit ihr ein offenes Wort zu reden. Er war überzeugt, daß die da droben von hier gezielt falsch unterrichtet wurden. Es ging doch in erster Linie, sagte er sich, nicht um das Wohl und Wehe der Juden, sondern um die eigene Sache.

Das Ghetto wurde in einer ehemaligen Garnisonsstadt der Donaumonarchie errichtet, deren militärische Geometrie und ausgeklügelte Befestigungen dem neuen Zweck vortrefflich entsprachen. Leider übertraf die Anzahl der jetzigen unfreiwilligen Einwohner den Stand der damaligen Besatzung und deren Familien um ein Mehrfaches. Die eigentliche, gewaltig wirkende, wenn auch viel kleinere angrenzende Festung fand wiederum eine besondere Verwendung. In den alten Kasematten hatten diverse Sicherheitsämter Gefangene untergebracht, deren Verurteilung noch bevorstand, und auch ehemalige politische Prominenz aus den besetzten europäischen Ländern, sofern diese irgendwann noch einmal nützlich sein könnte. Im sogenannten vierten Hof erwarteten die bereits Verurteilten ihren Tod.

Die Meinung des Festungskommandanten über die Judenfrage entsprach der niedrigen Nummer seines Parteibuchs.

Er kannte den Führer persönlich noch aus frühen Münchner Zeiten. Nach dessen Verurteilung im Jahre 1923 war er wiederholt als geheimer Kurier nach Landsberg gefahren, um von sympathisierenden Wärtern neue Seiten seines Buches «Mein Kampf» zu übernehmen. Er war grenzenlos stolz darauf, ihr erster Leser zu sein, und verschlang die Blätter immer begieriger. Einige Sätze prägten sich für immer und ewig in sein Gedächtnis ein. Zum Beispiel, wie genial einfach der Führer im Kapitel «Volk und Rasse» das Judenproblem erläutert hatte.

«Jedes Tier paart sich nur mit einem Genossen der gleichen Art. Meise geht zu Meise, Fink zu Fink, der Storch zur Störchin, Feldmaus zu Feldmaus, Hausmaus zu Hausmaus, der Wolf zur Wölfin... Es wird nie ein Fuchs zu finden sein, der seiner inneren Gesinnung nach etwa humane Anwandlungen Gänsen gegenüber haben könnte, wie es ebenso auch keine Katze gibt mit freundlicher Zuneigung zu Mäusen.» Und weiter: «Bei jeder Blutsvermengung des Ariers mit niedrigeren Völkern kam als Ergebnis das Ende des Kulturträgers heraus!»

Karl Kleinburger war völlig einverstanden mit der Zügelung einer Rasse, die die Wirtschaftskrise und bereits zwei Weltkriege auf dem Gewissen hatte. Er war jedoch zutiefst überzeugt, daß die gerechte deutsche Sache von keinerlei Unrecht befleckt sein dürfe. Und Kolatschek kümmerte sich einen Dreck darum.

Gertrud unterbrach ihn in seinen Gedanken.

«Karli, wir sind schon über zwanzig Jahre zusammen, und ich erinnere mich nicht, dir irgendwann Schwierigkeiten gemacht zu haben. Deine Grundsätze hab' ich immer respektiert, auch dann, wenn ich sie nicht verstanden habe. Ich weiß nicht, was du mit diesem Kolatschek hast, aber überlege bitte, was dagegen spricht, Christine nicht diese kleine Freude zu machen für all die großen, die sie uns schon gemacht hat. Ihre erstaunliche Gelenkigkeit und Ausdauer hat sie wieder von dir. Wenn sie sich aufs Tanzen konzentrieren kann, wird sie auf keine dummen Gedanken kommen. Schatz, in einer Woche haben wir doch beide Geburtstag. Schenk mir sie und ihr die Tanzstunden . . . !»

Bevor er noch antworten konnte, hörten sie, wie zuerst fern in Leideneritz und im Ghetto und kurz darauf auf dem Turm über dem Festungstor die Sirenen ertönten, jenes wild heulende Glissando des Alarms. Der Kommandant hatte sich im Verborgenen bereits seine Prothesen angeschnallt. Dann schaltete er das Licht aus, schob die dichte Gardine beiseite und öffnete das Fenster.

Die dunklen Mauern der Festung verschmolzen mit dem sternenlosen Himmel. Die Sirenen verstummten. Die Erregung der Hunde wurde durch das ferne Bellen der Flak gesteigert. Und als setzten die Kontrabässe eines großen Orchesters ein, nahm das dumpfe Geräusch einer gewaltigen Luftarmada zu, bis es alles andere übertönte. Kleinburger mußte sehr laut sprechen.

«Gut, Trudl. Den Stein der Weisen hab' ich nicht gefunden. Versuchen wir's.»

Nun liegt er wieder neben ihr, ihr Karli. Die heutige Nacht ist ruhig, eine Nacht der Grillen und des betörenden Dufts von welkendem Gras, im Lichte der starken Scheinwerfer glitzern wieder die Blätter der Linden, als sei der Wasserspiegel bis zu den Fenstern angeschwollen. Der Krieg ist weit, und vor dem Wüten einheimischer Feinde schützen sie mächtige Festungswälle. Unter dem Dach des Herrenhauses schläft ihre Tochter, ein Kind der Liebe, die nicht einmal zwanzig Jahre, eins schwerer als das andere, abzustumpfen vermochte.

Gertrud sieht sich im Alter ihrer Tochter, sieht sich wieder in Mutters Dirndl, wie sie die Last der Maßkrüge zum Tisch trägt, wo sie der freudige Lärm fröhlicher Burschen empfängt – ihren Dienst als Störtrupps der roten Maiumzüge hatten sie gerade hinter sich –, und einer, der einzige ohne die Hakenkreuzarmbinde, dafür in zugeknöpfter Jacke und mit gestärktem Hemdkragen, als sei er aus der Kirche gekommen, läßt immer, wenn sie mit den schweren Krügen kommt, kein Auge von ihr, sagt als einziger kein Wort, und als sie sich wieder einmal ihrer Last entledigt hat, die erste, zweite, dritte, vierte, fünfte, sechste Maß, ach Gott, sieben sind's ja, und gerade er hat keines abgekriegt! ärgert er sich trotzdem nicht, und als die Runde ihn auslacht, daß sie ihm als einzigem nichts gegeben hatte, erhebt er sich in seiner ganzen Größe und sagt mit angenehmem Bariton zu ihr – Falls Sie nichts dagegen haben, mein Fräulein, würde ich anstelle der Maß Sie nehmen! – huronisches Gelächter bricht aus, das abreißt, als ihnen aufgeht, daß gerade er bisher nie gescherzt hatte, und tatsächlich: Er meinte, was er sagte, und ihr fiel es nicht leicht, den Worten, die beim Bier in einer Gartenwirtschaft voller Krach und Gejohle gesagt wurden, zu glauben, doch sie war sofort entschlossen, es zu tun, was wiederum ihn überraschte, und beide hatten zwanzig Jahre ihr Wort gehalten, und kein Strudel der Zeit war stärker als diese beiden Worte, und jetzt in diesem Land und dieser Festung, die ihr ewig fremd bleiben werden, erkennt sie wieder die Tiefe ihrer Sicherheit. Er ist es! Fort die Hand, die sie beim Einschlafen hielt, weg das Bein, auf das sie ihres zu legen pflegte, er aber ist immer hier, und sie gehört ihm, und er begehrt sie, dreht sich wie immer zärtlich zu ihr um, jetzt fast körperlos, stützt sich wie gewohnt auf den Ellenbogen, der ihm geblieben ist, und umfängt sie mit der einzigen Hand und entblößt sie und öffnet sie mit dem ihm verbliebenen Knie ... Ach, Karli, ach, du mein Glück!

III

Dienstag, 6. 6. 1944, frühmorgens

Er öffnet die Tür des Herrenhauses und ist wieder in der Landschaft seiner Kindheit. So sehr erinnert ihn hier alles an die Schule in Ingolstadt, wo sein Vater in einem der Objekte der ehemaligen Festung eine Dienstwohnung hatte. Um Karl Kleinburgers Seele kämpften, so war er sich später sicher, bereits von der Wiege an Muse und Mars.

Der Vater, ein Schulmeister, der Nietzsche verehrte und für die örtliche Zeitung nationale Gedichte verfaßte, erzog seinen einzigen Sohn im selben Geist; er schrieb ihm wundersame Fähigkeiten zu, da sein Stammhalter genau in der ersten Minute des ersten Tages eines neuen Jahrhunderts das Licht der Welt erblickt hatte. Karl junior begann, seine Hoffnungen zu erfüllen, als er mit nur sechzehn bei einem Schülerwettbewerb den ersten Preis für das beste patriotische Poem gewann.

Als der Sohn ein Jahr später zu den Waffen gerufen wurde, meldete sich trotz verzweifelter Bitten seiner Frau auch der Vater als Freiwilliger, und weil er dies mit einer öffentlichen Erklärung tat, um die jüngeren, noch nicht dienstpflichtigen Jahrgänge an seiner Schule für die große Sache zu begeistern, entschied die Behörde, seinem Gesuch stattzugeben. Während der Sohn eine ordentliche Grundausbildung hinter sich brachte, wurden die freiwilligen älteren Reservisten aus dem Zug heraus in den wieder ausgebrochenen Vulkan von Verdun geworfen. Eine Ironie des Schicksals ließ den Vater bei seinem ersten Einsatz fallen, wonach Karl der Jüngere, als einziger Versorger der plötzlich schwer erkrankten Mutter und eines sechsjährigen Bruders, nach dem geltenden Gesetz vorerst vom Dienst freigestellt wurde.

Trotzdem mußten sie die Wohnung schleunigst für den neuen Schuldirektor freimachen, und in einem zerfallenden Staat kümmerte sich um das Schicksal einer von Millionen Witwen niemand. Sie und den jüngeren Sohn raffte barmherzig die Spanische Grippe dahin. Der von Amts wegen weitergeführte Ernährer mit Kriegsabitur schuftete bei Krauss-Maffei im Lokomotivwerk und war kurz vor dem Ende seiner Kräfte, als sich endlich Vaters Münchener Verwandte seiner annahmen. Karl fing in einer Druckerei an, wo der Onkel als Setzer arbeitete, und bestätigte zunächst die Vorgabe der Musen, als er sich bald zum Metteur hinaufarbeitete; allerdings war ihm Mars entschieden behilflich gewesen, der inzwischen an der Front seine Vorgänger verschlungen hatte.

In den Nachkriegswirren hatten sich seine wichtigsten Charaktereigenschaften voll bewährt: Zähigkeit und Besonnenheit. Er widerstand auch den verlockendsten Versprechungen und blieb in der Branche, die von allen Politikern umworben war, weil sie die Schwarze Kunst richtig als einzigartiges Tor zu den Massen verstanden, einer der wenigen weißen Raben, die sich ihre Unabhängigkeit bewahrten und sich nur ihrem Handwerk widmeten. Für den Betrieb war er ein wahrer Schatz und wurde bald Faktor, da er sich auch mit Hitzköpfen Rat wußte. Eine Karriere stand ihm bevor. Er hörte auf, Verse zu drechseln und zu publizieren, als er gerade über seiner Arbeit, beim Setzen von Versen, begriff, daß er mit einem wirklichen Dichter nicht konkurrieren konnte. Doch die Gedanken und Gefühle, vom Vater ererbt und mit dessen Blut besiegelt, wollte er sich für eine Sache aufsparen, die ihrer würdig wäre.

Die erweckte ein einfacher Frontsoldat in ihm, der in überfüllten Sälen, inmitten des Geschwafels selbsternannter Demokraten Worte zu finden verstand, die dem Chaos Ordnung gaben. Am Marsch zur Feldherrnhalle im November 1923 beteiligte sich Karl nicht – er mußte die Schicht eines erkrankten Kollegen anführen –, stellte sich aber unmittelbar nach dessen tragischem Ausgang für alles zur Verfügung, was die Besiegten benötigten. Der intelligente, umsichtige und absolut zuverlässige Bursche, in der politischen Szene unbekannt und ohne jeden Eintrag in den Polizeiakten, war für die Bewegung, die jetzt im Zerfallen war, Gold wert. Der Herrgott, an den er noch glaubte, belohnte ihn mit Gertrud; sie verliebte sich auch in seine Ideale.

Der Dienst, den beide Kleinburgers ihrem Führer Adolf Hitler und seinen verfolgten Anhängern ebenso unauffällig wie unschätzbar leisteten, währte viele Jahre. Abwechselnd und gleichzeitig waren sie Boten, gewährten gesuchten Parteigenossen Unterschlupf, versteckten verbotene Drucksachen und Waffen. Belohnung war gelegentlich ein Wort des Dankes – die Geldquellen waren längst versiegt: Wer wollte schon eine Handvoll Abenteurer ohne Chance und ohne Zukunft unterstützen. Die Druckereien waren inzwischen politisch fest in der Hand von Sozialdemokraten und Kommunisten. Die Betriebsleitung hatte Karl gebeten, Mitglied einer der beiden Parteien zu werden, gleichviel welcher, nur damit er in seiner Funktion verbleiben konnte. Auch die Bewegung riet, es zum Schein zu tun. Das lehnte er ab, weil er seiner Überzeugung nach dazu nicht fähig war. Er wußte zu schweigen, nicht jedoch zu lügen. Beim nächsten Konflikt zog er es vor zu kündigen.

Er hielt sich lieber mit Gelegenheitsarbeiten über Wasser, und Gertrud half ihm tapfer dabei. Als aber Christine geboren wurde, konnten sie nicht länger von der Hand in den Mund leben. Sechsundzwanzigjährig meldete Karl sich zur

Reichswehr, die Berufsunteroffiziere suchte, und wurde angenommen. Mehr als der Heldentod seines Vaters sprach für den Anwärter, daß er politisch ein unbeschriebenes Blatt war. Für das Heer, das in einem von revolutionären Wirren geschüttelten Land über den Parteien stehen mußte, war er einer Erscheinung vergleichbar, einer sechsundzwanzigjährigen Jungfrau.

Politische Diskussionen gehörten nicht zum soldatischen Handwerk, und Karls Ansicht von der Notwendigkeit einer Wiedergutmachung der Schmach von Versailles unterschied sich im übrigen nicht von der Meinung der meisten Berufssoldaten. Auch wenn einer seiner Vorgesetzten ahnen sollte, daß mit Kleinburger ein gläubiger Anhänger Hitlers in das Berufsheer gelangt war, überging er das nachsichtig als die unschuldige Marotte eines vorbildlichen Unteroffiziers.

Seine Überlegenheit innerhalb des Vereins stupider Schreihälse von Ausbildern konnte nicht verborgen bleiben. Und als man nachträglich feststellte, daß er Abitur hatte – diese Rubrik fehlte im Fragebogen der Unteroffiziersaspiranten –, schlug man ihn augenblicklich für die Offizierslaufbahn vor.

Nachdem die anhaltende Torheit der Weltmächte, die nicht bereit waren, das Diktat von Versailles zu revidieren, und die Lawine der Weltwirtschaftskrise Adolf Hitler mit atemberaubendem Tempo zur Macht emporgetragen hatten, enttarnte die Bewegung ihre Maulwürfe, um ihren Einfluß im Staatsapparat zu stabilisieren. Die plötzliche Erkenntnis, daß Oberleutnant Kleinburger, bereits Adjutant des Stadtkommandanten von Berlin, ein Nazi war, erfüllte die Stabsoffiziere mit Ekel und Grauen. Der Reichstagsbrand hatte bereits den letzten Kampf entfesselt, der mit unnachsichtiger Vergeltung gegenüber den genauso unbarmherzigen politischen Gegnern von gestern einherging.

Gerade als der bis dahin nazifeindliche Stadtkommandant

und sein Stellvertreter beschlossen, daß sie, ausschließlich der Soldatenehre verpflichtet, zuerst den Verräter und dann sich selbst erschießen würden, trat er zu ihnen, erwies ihnen feierlich die Ehrenbezeigung und übermittelte den Dank des Führers für ihre Treue zu Volk und Reich. Sie hatten der Aufforderung falscher Demokraten nicht Folge geleistet, das Rad der deutschen Geschichte mit Waffengewalt zurückzudrehen. Dann bat er gehorsamst, sich entfernen und seine bisherigen Aufgaben weiter erfüllen zu dürfen.

Dabei blieb es nicht lange, die Beförderungen ließen nicht auf sich warten, obwohl er nie darum nachgesucht hatte. Auch wenn es sich bald herumsprach, daß sein Parteibuch eine dreistellige Nummer hatte – bezeichnend war, daß man es ihm per Post geschickt hatte, weil er nie einer Ortsgruppe der NSDAP angehörte –, war ihm mit der Zeit der Ruf eines «anständigen Nazis» geblieben. Wahrscheinlich deshalb erlangte er später nie den Rang eines Standartenführers, der ihm längst zugestanden hätte.

Für die Funktionäre blieb er weiterhin ein sonderbarer Vogel, der für sie trotzdem unentbehrlich wurde, da er nie müde war, der Partei lebenswichtige Dienste zu leisten. Der weitverzweigte, für Zivilisten schwer faßbare Organismus des Heeres ließ sich unmöglich so einfach vereinnahmen wie alle anderen staatlichen Institutionen oder gleichschalten wie die Wirtschaft. Nur Spezialisten, die viele Jahre darin verbracht hatten, beherrschten ihn. Männer von Kleinburgers Format, die zu erkennen vermochten, ob er den Bedürfnissen der Bewegung nicht zu dienen aufhörte oder sich gar an einem Putsch gegen sie beteiligte, waren rar wie Nickel, eine beliebte Floskel aus jener Zeit, als es der Reichswehr noch immer verwehrt war, sich anständig zu bewaffnen.

Deshalb blieben ihm die innerparteilichen Kämpfe erspart, die mit der berüchtigten Nacht der langen Messer ihren Höhepunkt fanden. An jenem Junitag 1934, als Tamtams die Nachricht von der Exekution zahlreicher hoher SA-Führer in München und Berlin verbreiteten, die einem Gemetzel gleichzukommen schien, erklärte Kleinburger auf einer Besprechung mit Stabsoffizieren – er war inzwischen avanciert –, der Führer sei berufen, Deutschland die Ehre zurückzugeben; wer immer sie gegen Schweinemist eintausche, verdiene das Schlachtmesser. Erwartungsgemäß befriedigten und beruhigten gerade diese ungewohnt scharfen Worte die Soldaten. Einen «grausamen Ehrenmann», nannte ihn ein Stabsoffizier, und das Wort machte die Runde.

Bei Kriegsausbruch meldete er sich wiederholt zur Front, das glaubte er, dem Vater schuldig zu sein. Die Partei wollte ihn aber auch weiterhin als ihren Aufseher in der Höhle des Löwen haben. So ergab es sich, daß ihn seine Frau und die Tochter, die soeben an der Schwelle der Pubertät angelangt war, oft bei sich hatten. Mit ihm gemeinsam kletterte auch Gertrud in all den Jahren auf der gesellschaftlichen Leiter nach oben, hielt trotzdem an seinen Prinzipien fest, die sie beide der Tochter einzuprägen suchten. Sich an sie zu halten war schwer in Zeiten wie diesen, die die niedrigsten menschlichen Triebe und Sehnsüchte begünstigten, aber das gelebte Vorbild der Eltern trug zum Gelingen entscheidend bei.

Der unerwartete Rückschlag vor Moskau im Spätherbst 1941 hatte die Front erschüttert. Männer wie Kleinburger, die das Vertrauen in Führer und Sieg verbreiteten, wurden plötzlich ganz vorne gebraucht. So wurde Karl zur Waffen-SS versetzt und zum stellvertretenden Divisionsführer der SS-Infanteriedivision «Das Reich» ernannt. Die Kragenspiegel seiner Uniform zierten seither silberfarbene Knöpfe, und an die Stelle des Rangs eines Oberstleutnants trat der ihm entsprechende eines Obersturmbannführers.

Auf die Härte der russischen Front war er durch seine

asketische Natur vorbereitet. Strapazen und Gefahren ertrug er mit einer solchen Selbstverständlichkeit, daß niemand in ihm eine «Stabsratte» vermutete. Seine Ankunft hatte die Moral der Frontoffiziere, die die Bewegung längst nur noch an den Berliner Bonzen maßen, beachtlich gestärkt. Dieser Mann, weder ein Fanatiker noch ein Zyniker, imponierte ihnen nicht nur durch seine Ruhe und Beherrschtheit, sondern auch, weil er die Lagekarte genausogut beherrschte, wie er über markige Schillerworte verfügte; Bücher gehörten bei ihm zur eisernen Ration.

Was ihn dagegen beunruhigte, war nicht die zutage tretende Verzagtheit, in der Lage dieser steckengebliebenen und frierenden Armee nur zu begreiflich, sondern die Fälle barbarischer Unmenschlichkeit gegenüber dem tatsächlichen und dem mutmaßlichen Feind, mit der die Truppe an diesem oder jenem Abschnitt ihre Depressionen auszugleichen suchte. Als er zum ersten Mal erfuhr, daß in einem niedergebrannten Dorf, kurz zuvor von den Russen verlassen, alte Frauen, die sich in Erdhütten verkrochen hatten, ohne Urteil aufgehängt worden waren, übergab er den befehlshabenden Offizier dem Kriegsgericht.

Dem Divisionskommandeur, der ihn auf den geheimen Befehl des Armeeführers zur Sonderbehandlung von Banditen hinwies, antwortete er heftiger, als es seine Art war, kein deutscher Offizier könne dabei Mord an Greisinnen im Sinn gehabt haben; sollte sich dergleichen wiederholen, werde er dem Führer persönlich Meldung erstatten. Zum ersten Mal seit Landsberger Zeiten hatte er sich auf ihn berufen. Man brachte diese Drohung schleunigst mit der Nummer seines Parteibuchs in Zusammenhang und war verunsichert. Die ungesetzlichen Eigenmächtigkeiten im Aktionsradius der Division nahmen tatsächlich ab, weil man sie jetzt langwierig durch Gerichtsverfahren legalisieren mußte.

Damit hatte er sich zum ersten Mal in seinem Leben Feinde gemacht und den Spitznamen «Onkel Wanja» bekommen. Als dann unter seinem Kübelwagen eine von Partisanen gelegte Mine hochging, gönnte ihm das so mancher, und fast alle waren froh, nun endlich Krieg führen zu können, wie es dem Zeitgeist und den Umständen entsprach. Einer von ihnen, der über einen Kanal zu Himmler verfügte, meldete nach Berlin, dem Parteigenossen Kleinburger würde, falls er überlebte, eine Schule germanischer Härte nottun.

Wissen konnte er es nicht, aber er ahnte, daß er irgendwo in Ungnade gefallen war, als man ihn nicht, wie er erwarten durfte, in den Generalstab zurückberief, sondern als Kommandanten in diese kleine Burg versetzte – sein Name wurde zum bösen Omen. Die pathetisch klingende Begründung, seine Aufgabe sei es, die gefährlichsten Feinde des Reiches aus ganz Europa zu bewachen, die entweder zum Tode verurteilt waren oder ganz im Gegenteil in dieser Isolation als Objekte eines möglichen politischen Kuhhandels heil überleben sollten – verbarg sich da nicht etwa der landesverräterische Gedanke einer deutschen Niederlage? –, konnte an der Tatsache nichts ändern, daß man einen Soldaten jählings zum Kerkermeister gemacht hatte.

Das war hart. Es traf ihn schwerer als die Splitter der Mine, beschädigte aber nicht seine Seele. Er war überzeugt, daß er in den zwanzig Jahren, die er der Bewegung diente, in den elf Jahren, die er ihr Mitglied war, und in mehr als vier Kriegsjahren nicht nur keinen Menschen umgebracht oder unrechtmäßig hatte umbringen lassen, sondern auch seine Träume und seinen menschlichen Anstand durch blutigen Sumpf hindurch gerettet hatte. Das konnte auch seinen Vorgesetzten nicht verborgen geblieben sein. Er hatte sich langsam zu der Überzeugung durchgerungen, daß darin wohl auch der Sinn dieses befremdlichen Kommandos zu suchen war. Dieser scheinbar verlorene Posten, auf dem sein Befehl Gesetz war, ermöglichte es ihm vorzuführen, daß die deutsche Gerechtigkeit streng, aber menschlich sein konnte.

So, wie er war, setzte er die Existenz vieler ähnlich Denkender voraus, die sich nach dem Vorbild des Führers richteten. Seine Fronterfahrung hatte es ihm erlaubt, den weiteren Verlauf des Rußlandfeldzugs realistisch einzuschätzen. Der Rückzug, nach Stalingrad unvermeidlich, mußte vorübergehend Panik auslösen, die alle Parasiten am künftigen Deutschland, jenen trüben Abschaum von Fanatikern und Zynikern an den Fronten und im Hinterland, aufdeckt und wegschwemmt. Und des Führers Getreue werden dann unter seinem Kommando mit neuer Begeisterung und fürchterlichen Waffen die rote Lawine zum Stillstand bringen, einen würdevollen Frieden mit den Staaten der westlichen Kultur schließen, mit dem Endsieg über die Russen die Welt vor dem Bolschewismus retten und ihr für Jahrhunderte eine Pax Germanica – den Deutschen Frieden zu bescheren.

Er war kein Weichling. Schickte er einerseits deutsche Männer wegen disziplinarischer Verstöße an die Front, so verhielt er sich gegenüber jenen um so weniger sentimental, die sein Volk daran hinderten, seine historische Mission zu vollenden. Todesurteile der Gerichtshöfe in Oslo, Prag, Paris und vielen anderen Städten ließ er auf vorgeschriebene Weise in der vorgeschriebenen Frist vollstrecken. Das Verschulden prüfte er nicht nach, dazu war er nicht befugt, und die rechtens Verurteilten erregten bei ihm kein Mitleid, solange er nicht einem formellen Fehler auf die Spur kam.

Nahm er jedoch die geringste Unstimmigkeit wahr – und als ihm aufging, daß sein Stellvertreter Grube zu den unzuverlässigen Zynikern gehörte, überprüfte er die Todesurteile persönlich –, legte er kompromißlos gegen die Exekution sein Veto ein. Der Chef der Prager Gestapo, dem zu Ohren kam, daß eine kommunistische Agitatorin nur deswegen nicht hingerichtet worden war, weil sie in den Begleitpapieren irrtümlich einen Tag älter als in der Urteilsausfertigung angegeben war, kam höchstpersönlich angereist, um diesem beschissenen Bürokraten einzuheizen. Er fand heraus, daß seine Leute eine andere Person, eine Gemüsefrau und Konfidentin, zum Schein wegen geringfügiger Schiebereien eingesperrt, vor die Gewehrläufe geschickt hatten, und konnte sich bei dem Festungskommandanten gar nicht genug entschuldigen.

Kleinburger hatte gleich in den ersten drei Tagen seiner hiesigen Tätigkeit nach und nach allen drei Wachmannschaften zu verstehen gegeben, was er bedingungslos verlangte. Unter anderen Selbstverständlichkeiten auch die strengste Einhaltung der Gefängnisordnung seitens des Wachpersonals. Alle drei Ansprachen beendete er mit denselben Worten.

«Offiziere, Unteroffiziere, Männer der SS! In seinem Werk ‹Mein Kampf› hat unser Führer klar und für jeden verständlich dargelegt, welche Eigenschaften ein deutscher Mann besitzen muß, damit seine Rasse Anspruch auf Weltherrschaft hat. Die harten Kriegsjahre sind eine Feuerprobe, die alles verbrennen soll, was Plutokraten und Judenbolschewisten in die deutsche Seele gesät haben. Unser Volk muß die Verkörperung der unbesiegbaren Kraft werden. Ihr untrennbarer Bestandteil ist auch die Gesetzlichkeit. Ein Herr bestraft seinen Hund streng, aber gerecht, will er dessen Ergebenheit oder mindestens seine treuen Dienste nicht verlieren. Die hier festgesetzten Personen, ob in Schutzhaft genommen oder zur höchsten Strafe verurteilt, auf deren Bestätigung und Vollstreckung sie hier warten, haben die deutsche Strenge bereits kennengelernt. Aus unserem Verhalten ihnen gegenüber müssen sie begreifen, daß sie sich einer neuen Zivilisation barbarisch widersetzt haben, die wir hier verkörpern. Soldaten des Führers! Nehmt meine Worte nicht auf die leichte Schulter. Ich sage das ein für allemal, denn ich bin es nicht gewohnt, mich zu wiederholen, und vor allem: Wer die Ideen des Führers jetzt nicht verstanden hat, der wird sie nie verstehen können. Die Folgen hat sich dann jeder selbst zuzuschreiben!»

Die Männer der Wachtruppe hörten eine solche Rede zum ersten Mal. Dafür hatten sie schon mehr als ein Großmaul erlebt, das mit ähnlichen Phrasen zu verdecken suchte, daß es weit hinten in der Etappe, mit allen ihren Annehmlichkeiten, Privilegien und Vorzügen, überleben durfte. Deshalb machten sie unbeirrt weiter. Für die meisten von ihnen waren die Gefangenen nur rechtloses Vieh, an dem sie ihre Wut und Ängste auslassen konnten, die ihnen die Meldungen von der Front, die Briefe aus dem zerbombten Reich oder aber die Verluste im Casino einjagten. Ein paar Sadisten befriedigten hier ihre perversen Gelüste.

Am siebten Tag nach Antritt des neuen Kommandanten erhielten ein Offizier, fünf Unteroffiziere und elf Männer die Anweisung, ihre Siebensachen zusammenzupacken und sich beim Ersatztruppenteil der Waffen-SS in Aussig an der Elbe zu melden. Was das bedeutete, wußten sie, und auch, daß über die meisten von ihnen, ehe ihre eventuelle Beschwerde verhandelt würde, bereits Gras gewachsen war. Fluchen half nicht, sie konnten nur beten, falls sie es noch konnten. Als Kleinburger am achten Tag unterwegs zu seinem Dienstzimmer war, wußte er, daß zumindest in seiner kleinen Garnison deutsche Ordnung herrschte.

Jetzt geht er wieder die Lindenallee entlang, und wie immer, seit er nicht mehr laufen kann, atmet er in tiefen Zügen frische Luft ein, die heute nach welkem Heu duftet. Erstaunlicherweise trübten keine Gewissensbisse die Ankunft der Tochter, und die zärtliche Nachtstunde mit Trudl ließ ihn seine Verkrüppelung vergessen. Nicht einmal die Prothesen schmerzen heute, und außerdem freut er sich auf die Überraschung, die Gertrud Punkt acht erleben soll. Als er davon erfahren hatte, wollte er das Vorhaben verbieten, als unerlaubten Mißbrauch der Mannschaft zu Privatzwecken. Er erfuhr jedoch gleich, daß die Festungsfrauen die Abgeltung der Unkosten für die Mitwirkenden ordnungsgemäß beim Regimentsstab in Leideneritz bezahlt hatten, und ließ dann der Sache gern ihren Lauf.

Um so mehr geht ihm das zweite Versprechen im Kopf herum, das er Gertrud vor einer Woche gegeben hatte. Schon der bloße Gedanke an Kolatschek hob ihm jedesmal den Magen. Hielt er, wie er sie bezeichnete, Fanatiker und Zyniker für das größte Unglück der Bewegung, so verkörperte für ihn Kolatschek deren Verderbnis. Er wußte, daß jeder Umsturz auch den moralischen Abschaum hochspült, es berührte ihn jedoch peinlich, daß dieser sich in erster Linie im Sicherheitsdienst breitmachte.

Grundsätzlich war er für ein Europa ohne Juden, seit ihm verständlich gemacht worden war, daß sie nach den Worten eines deutschen Historikers, den der Führer oft zitierte, ein «Ferment der Dekomposition» seien – Kleinburger hatte sich diese magische Formel eingeprägt und benutzte sie auch gern –, eine stete Bedrohung der nationalen Gesellschaften, die sie für ihre gewinnsüchtigen Ziele zu gegenseitigem Blutvergießen aufhetzten. Als Einzelne waren die Juden trotzdem für ihn Menschen, denen die zivilisierte Welt so manches verdankte. Deshalb war er mit ihrer Konzentration in einer Art Ost-Israel – ja, und warum nicht gerade im Generalgouvernement? – einverstanden, oder in Galizien, wo sie seit jeher in großen Kommunitäten gelebt hatten.

Die immer wieder auftauchenden Gerüchte, sie würden systematisch ausgerottet, hielt er für zionistische Propaganda. Die sollte dem Reich in den Augen der natürlichen Verbündeten im Westen schaden, die sich – für beide Seiten gleichermaßen tragisch – vorübergehend Sowjetrußland angeschlossen hatten. Um so mehr empörten ihn glaubhafte Nachrichten über die Verhältnisse im Ghetto, das sich in Sicht- und Hörweite der Festung befand. Die mangelhaften hygienischen Verhältnisse, so gut wie keine ärztliche Versorgung – für Kleinburger war es selbstverständlich, daß Menschen, die morgen erschossen werden müssen, nicht noch heute unter Zahnschmerzen leiden sollen! –, die willkürliche Verkürzung der Mindestration, Raub und Gewalt seitens des Wachpersonals und insbesondere die Übergriffe bei den nächtlichen Deportationen hielt er für gesetzwidrig und darum für gefährlich und schädlich.

Er war jedoch soweit Soldat, sich in fremde Kompetenzen nicht einzumischen. Er wartete also auf die Kommission, die hier früher oder später erscheinen mußte, und konzentrierte sich lieber darauf, daß wenigstens seine Festung in jeder Hinsicht ein Gegenpol zu Kolatscheks Ghetto war. Diesen Kameraden von gegenüber, der zum Glück einen niedrigeren Rang hatte, mied er, wo er nur konnte. Den früher gemeinsam gefeierten Saufgelagen beider Kommandanturen setzte er bei seinem Dienstantritt mit dem Hinweis ein Ende, sie schwächten den Sicherheitsgrad beider Einheiten. Die Folgen seiner Verwundung erlaubten es ihm, private Einladungen auszuschlagen, und so begegnete er seinem Kontrahenten nur bei gelegentlichen Lagebesprechungen in Leideneritz, was ihm vollauf genügte.

Kolatschek war ihm vor allem deshalb suspekt, weil er zu jener Gruppe führender Parteigenossen gehörte, die ihn anwiderte. Zu der zählten Feiglinge, die unter gewissen Bedingungen zu gern zu Henkersknechten wurden. Kolatschek war einst österreichischer Sozialist gewesen, der nach dem Bürgerkrieg von 1934 als Schlachthofarbeiter im tschechoslowakischen Exil lebte. Als ihn am 15. März 1939 deutsche Motoren weckten, begann er sich aufzuführen, als hätte er Zeit seines Lebens bloß auf den Führer gewartet. Dem Kampf gegen das Judentum schloß er sich, so wurde erzählt, mit solcher Vehemenz an, daß er sogar alte Kämpfer in den Schatten stellte, bis er es schließlich zum Chef des größten Ghettos im Protektorat gebracht hatte.

Für den Festungskommandanten blieb Kolatschek auch in seiner hohen Funktion, die er vermutlich über Leichen erklommen hatte, ein Schlächter. Das Vieh ersetzten ihm die Juden. Über seine Potenz bei Vergewaltigungen waren Legenden im Umlauf. Die Karrieren solcher Kolatscheks waren nach Kleinburgers Maßstäben ein Schandfleck auf dem Banner der Bewegung. Ein Gedanke tröstete ihn: Daß es in ein paar Tagen zehn Jahre her sein wird, seit der Führer in Bad Wiessee die ähnlich demoralisierte Bande Röhms und seiner Spießgesellen zerschmetterte.

Und diesen Kerl sollte er um einen Gefallen bitten?

Nein, er kann das nicht, und Gertrud muß es begreifen. Christine ahnt ohnehin noch nichts von diesem Einfall ihrer Mutter...

Es macht ihn froh, daß sie den ganzen Sommer über hierbleiben wird, in Sicherheit und unter seinem und Gertruds Einfluß. Morgen wird sie schon achtzehn! Plötzlich berührt ihn die Vorstellung, was sie in Berlin ganz allein hatte durchmachen und verkraften müssen.

Er sieht sie ständig vor sich, wie sie ihm am letzten gemeinsamen Abend in der Wohnung am Anhalter Bahnhof zum Grammophon eine Improvisation zur Musik des letzten «Tristan»-Akts getanzt hatte. Bis heute spürt er die Beklommenheit, als er ihre damals noch kindlich zarten Bewegungen beobachtete, daß er und Gertrud dieses Kind zurückließen und all den Gefahren des Erwachsenwerdens und des Kriegs aussetzten. Aber Gertrud sagte so entschlossen, wie er es gewöhnlich selbst zu tun pflegte.

«Ich habe dich geheiratet!»

Für ihn hatte sie die Tochter geopfert, und Christine ermöglichte es ihnen, denkt er dankbar, mit ihrer stillen Tapferkeit. Gibt es irgend etwas auf der Welt, was er den beiden verweigern möchte, wenn er auch nur einen Teil dessen ersetzen könnte, was er ihnen nahm? Weshalb will er eigentlich nicht verstehen, daß das Vorhaben, zu dem er vor einer Woche schließlich ja gesagt hatte, später allen seinen Leuten hinter diesen Mauern etwas Freude bringen sollte?

Durch den grünen Laubtunnel gelangt er direkt zum mächtigen Eingangstor der Festung, wo auch sein Dienstzimmer liegt. Er erwidert den korrekten Gruß der Wache, betritt den Vorraum seines Zimmers und befiehlt dem Unteroffizier vom Dienst, der stramme Haltung angenommen hat.

«Verbinden Sie mich mit Sturmbannführer Kolatschek!»

IV

Zur gleichen Zeit

Gertrud kämmt ihr langes dichtes Haar und betrachtet dabei jede einzelne Strähne. Nicht einmal die unbarmherzige Morgensonne entdeckt im Schwarz ein Grau. Ein Leben lang wecken diese Haare bei ihr ängstliche Verwunderung. Einst waren sie der einzige Reichtum des mageren, verstörten Bayernmädels. Nie hatte sie erfahren, wer ihr Vater war, es kam ihr erst viel später zu Ohren, daß es ein junger Adeliger sein sollte, der dann über Jahre hinweg das Schweigen der Landarbeiterin mit einer bescheidenen Rente lohnte.

Als die wilde Inflation der Nachkriegszeit das Gut des leichtsinnigen Barons verschlungen hatte und seine Unterstützung nunmehr ausblieb, zog die Mutter samt Tochter der warme Sog Münchens wie frierende Fliegen an. Der schlaue Wirt, den sie um die gewöhnlichste Arbeit baten, schätzte den Wert von Gertruds Haarpracht im Kampf um die wenigen noch zahlungsfähigen Gäste richtig ein. Die Mutter als Küchenhilfe und am Waschtrog garantierte, daß er die reizvolle Tochter in der Schenke behielt. Dank ihrer konnte er bald auch den Garten aufmachen. Und in jenem Garten hatten diese Haare Karl Kleinburger bezaubert und hielten ihn bis heute gefesselt.

Jetzt wallen sie zwischen den noch immer festen Brüsten beinahe zu den Knien herab. Wie so oft denkt sie: Was haben die Haarspitzen nicht schon alles gesehen! Um mehr als zehn Zentimeter werden sie jedes Jahr länger. Jetzt flicht sie die

Flut zu einem Zopf und seufzt. Ihr Haar kommt ihr oft wie ein Seil vor, das sie an das Jahr 1938 bindet, das Jahr des bejubelten Anschlusses, in dem später auch das Sudetenland dank des Führers genialer Taktik kampflos heim ins Reich kam. Das ganze Deutschland glich für sie einem Ast voll praller Knospen, die allesamt wundersame Blüten hervorbrachten ... und auch Gertrud wollte nicht abseits stehen!

Bei der Geburt der Tochter wäre sie fast gestorben, und die Ärzte verboten ihr strikt ein weiteres Kind. Sie versuchte, Karl zu überreden, wußte, wie sehr er sich ein Karlchen wünschte, aber er ließ es nicht zu. Nur einmal im Leben sagte er, er habe dem Reich genug gegeben, als daß er vielleicht wegen eines einzigen Soldaten auch sie verlieren sollte. In diesem berauschenden Jahr der Hoffnungen überlistete sie ihn jedoch und wurde erneut schwanger. Sie überstand die Geburt ziemlich gut; der Junge jedoch kam tot zur Welt. Jetzt ließ sie die Haare über alle Längen wachsen, als wollte sie sich dadurch von jener Hoffnung noch nicht trennen.

Aus den geflochtenen Zöpfen bildet sie auf dem Kopf ein Gebäude. Sie spürt das Gewicht aller dieser Jahre, gerät darunter fast ins Wanken. Freilich glaubt sie an den Sieg Deutschlands, und der Führer wie auch Karl sind ihr dafür Garanten, aber ihre Seele, die immer so hell und gütig war und erfreut über jedes Geschenk des Lebens, wird seit Karls schrecklicher Verstümmelung immer bedrückter.

Ihr Mann irrt nicht: Sie war zu Gott zurückgekehrt. Vor Karl hält sie den wirklichen Charakter und die Stärke dieser Heimkehr verborgen, weil sie spürt, daß es ein Ausdruck von Angst vor der Zukunft ist und damit auch von Mißtrauen gegenüber allem, woran sie glauben will. Aber dem ist doch gar nicht so, berichtigt sie sich selbst; sie glaubt doch nach wie vor gleich fest an den Sieg und bittet Gott allein darum, das Heil der gerechten Sache nicht mit dem Verlust ihrer Lieben bezahlen zu müssen. Sie seufzt und verläßt das Bad.

Auf dem Herd in der Küche dampft schwach eine riesige Kupferkanne mit Wasser. Gertrud holt den im Backrohr versteckten Schlüssel hervor – so hatte sie es von der Mutter, Gott hab sie selig, gelernt – und schließt die Speisekammer auf. Auf zwei Silbertabletts thronen ein hoher Marmorkuchen und eine ausladende Sachertorte nebeneinander. Nach ihrer Heirat hörte Gertrud auf, zudringlichen Gästen Maßkrüge zu servieren, und half statt dessen bei einem Konditor aus, auch er, ein heimlicher Anhänger der Partei. Mit dem Fingernagel kratzt sie nun ein winziges Bröckchen von der Torte ab, kostet mit geschlossenen Augen. Sie ist zufrieden. Sie nimmt den Kuchen mit und schließt die Speisekammer ab.

Sie tut den Schlüssel in sein Versteck zurück, zuckert die duftende Marmorkuppel und trägt sie ins Speisezimmer. Es liegt auf der anderen Seite des breiten Ganges. Der Gang schneidet die Etage und auch die Wohnung in zwei Teile. Das Herrenhaus ist nur dem Namen nach herrschaftlich, diente stets Soldaten, später Beamten als Unterkunft. Um deren Bedürfnisse kümmerten sich früher Marketenderinnen, dann Offiziersburschen und schließlich Dienstmädchen. Der vorige deutsche Kommandant holte sich gegen gewisse Hafterleichterungen weibliche Gefangene, am liebsten Französinnen. Er ließ für sie im Hause sogar eine ziemlich bequeme Zelle mit einem breiten Bett einrichten. So entstand ein behagliches Bordell, das die meisten Dienstgrade der Wacheinheit gern besuchten. Damals führte die Festung weit vor dem Ghetto, wo nur Jüdinnen zu haben waren.

Die Soldatenfrauen, die die Baracken auf dem äußeren Hof bewohnten und die Innenhöfe nicht betreten durften, hießen Gertrud wie eine Heilige willkommen. Nachdem ihr Mann der Hurerei und Sauferei schlagartig Einhalt geboten hatte, erhielten sie von ihr die weibliche Würde zurück. Einmal in der Woche durften sie das Herrenhaus besuchen und sich ihre bis dahin trübseligen Unterkünfte nach ihrem Geschmack, ganz wie zu Hause herrichten. Gertrud hatte längst begriffen, daß Karl sich gerade durch seine Vorzüge auch erbitterte Feinde schuf, glaubte jedoch, daß zumindest diese Frauen ihm zutiefst dankbar waren – für sie.

Das Dachgeschoß des Herrenhauses, in dem einst Ordonnanzen gehaust hatten, ließ Gertrud für hohe Gäste einrichten und setzte zutreffend voraus, daß sie dem Aufenthalt in Leideneritz den Vorrang geben würden; dort harrten ihrer erlesenere Genüsse als in dieser steinernen Burg. Im hübschesten Zimmer stellte sie das alte Bett ihrer Tochter auf. Hierher kam sie, um heimlich zu beten ... Die rechte Seite des ersten Geschosses hatte sie ihnen beiden zugedacht: Für Karl einen privaten Arbeitsraum, daran schloß sich ein riesiges Bad, zu dem ein ehemaliges Büro umgebaut wurde, das eheliche Schlafzimmer, aus dem man in den familiären Speiseraum, in eine geräumige Küche und die nicht minder große Speisekammer gelangte.

Die sechs Zimmer auf der gegenüberliegenden Seite des Ganges hatte sie durch Herausnehmen der Zwischenwände zu einem einzigen Raum verbinden lassen, der mit vier schweren, dunkelroten Vorhängen je nach Bedarf verkleinert oder vergrößert werden konnte. Neben einem beliebig geräumigen Eßzimmer für Besuche war auf diese Weise eine geeignete Räumlichkeit für ihre gesellschaftlichen Betätigungen entstanden: Jeden Mittwoch kamen die Frauen aus der Festung zur Kaffeestunde hierher, die man mit Geplauder und Strikken verbrachte; letztes Weihnachten hatte sie hier ein unvergeßliches Festmahl für die Familien aller Offiziere und Unteroffiziere aufgetischt.

Gestern hatte sie den vorderen Vorhang zugezogen, um in

gemütlicher Atmosphäre alles Notwendige für das Frühstück zu neunt vorzubereiten. Das festliche Geschirr, aus der übernommenen Berliner Wohnung rechtzeitig vor den Bomben gerettet, glänzt hier bereits in voller Meißener Schönheit, der Kuchen, den sie jetzt mitten auf den Tisch stellt, krönt das Werk. Dann tritt Gertrud auf den Gang hinaus, steigt die Steintreppe hinauf, öffnet die Tür zum Dachgeschoß und geht zum mittleren Zimmer, das erste Mal ohne Wehmut: Der barmherzige Gott hatte ihre inständigen Gebete erhört.

Vorsichtig klopft sie an. Niemand antwortet. Leise betritt sie die Stube. Das Fenster geht als einziges im Haus nach Westen, der nahe Festungswall bewahrt hier immer noch die Dämmerung. Christine liegt auf dem Rücken, beide Hände neben dem Kopf, ein Akt wehrloser Ergebenheit. Erst jetzt sieht die Mutter, daß ihr Kind in diesem Jahr zur Frau geworden ist. Sie nimmt sich vor, der Tochter durch Liebe alles zurückzugeben, was sie durch ihr langes Alleinsein in Berlin entbehren mußte.

Sie will die Schlafende streicheln, aber schon bei der ersten Berührung erschrickt sie, als der regungslose Körper emporschnellt. Schlanke Hände legen sich um ihren Hals, warme Lippen bedecken ihr Gesicht mit kleinen Küssen, und eine fröhliche Stimme ruft, wie sie es vor vielen, vielen Jahren von ihr gelernt hatte.

«Guten Morgen, Geburtstagskind!»

Glücksgefühl vertreibt den Schreck. Als Gertrud die Tochter gestern nach einem Jahr wiedersah, nahm sie sie zunächst nur als bloße Einbildung wahr, wie sie sich bei ihren heimlichen Gebeten oft einstellte. Karl hatte den ganzen Abend nur kurze Fragen gestellt, Christine ausführlich geantwortet und Gertrud den Sinn der Worte eigentlich nicht verstanden, nur ihre Musik vernommen. Nun hatte sie beide wieder bei sich, die Säulen ihres Lebens, und verstand nicht mehr, wie sie ohne eine von ihnen je hatte leben können.

Doch war sie – so war ihr bewußt, und sie prägte sich das immer wieder ein – eine deutsche Frau, ihr Volk kämpfte auf Leben und Tod gegen die Kräfte des Bösen, die ihre Welt, die von den Ariern geschaffene Kultur zerstören wollten, und sie konnte ihm in diesem schicksalsschweren Kampf einzig und allein durch Entsagen helfen. Dafür belohnte Gott sie jetzt mit einem Geschenk, von dem Millionen Volksgenossen nicht einmal zu träumen wagten. Sie durfte mit einem angebeteten Gatten zusammensein, den seine Verwundungen noch begehrenswerter machten, und nun auch mit der heißgeliebten Tochter, die das Leben und Treiben im Berlin dieser gefährlichen Jahre nicht um ihre kindliche Reinheit gebracht hatten.

Sie beginnt zu weinen. Jetzt erschrickt Christine.

«Was ist passiert?»

Doch die Tränen schwemmen nur die angesammelte Angst all der vielen Monate hinweg, die niemals ausgesprochen werden durfte. Gertrud schluchzt.

«Ich bin ... dir so dankbar ...»

«Wofür ...? Mami, wofür?»

«Daß du's geblieben bist ... mein Mädelchen ...»

«Das bin ich doch immer gewesen. Deins und Vaters!»

«Ja, aber ... da warst du klein und bei uns ... jetzt bist du schon erwachsen und warst so lange allein ...»

«Ja und ...?»

«Bist du ...?»

«Was ...?»

Vertrauten sie denn nicht immer einander wie zwei gleichaltrige Freundinnen? Gertrud bringt es über die Lippen.

«Du hast noch keinen ... du bist noch Jungfrau, nicht wahr?»

«Ja ...»

«Ich habe... also, ich habe nicht geglaubt, daß du es dort durchhalten kannst!»

«Warum denn nicht?»

«Mir hat gereicht, was du vor Vater erzählt hast.»

«Darüber hab' ich doch kein Wort...»

«Vor allem hast du mit keinem Wort auch nur eine deiner Klassenkameradinnen erwähnt. Das heißt, daß du unter ihnen keine Freundin hast. Täusche ich mich da?»

«Nein.»

«Und ist das nicht der Grund? Ich meine, bist du so einsam, weil du immer noch...?»

Jetzt umarmt sie die Tochter, und Christine schmiegt sich an die Mutter wie damals in der Wohnung am Anhalter Bahnhof, als Gewitter sie nachts aufgeweckt hatten, und später, als sie im Keller des Hauses nächtelang die ersten Luftangriffe überstanden, die sie damals eher aufregten als erschreckten. Die Eltern hatte sie nie belogen. Beim Vater wagte sie es nicht, die Mutter war immer ihr Beichtstuhl gewesen. Auch jetzt sagt sie ihr die Wahrheit.

«Ja.»

«Alle anderen... schlafen schon mit Männern?»

«Ja.»

«Beneidest du sie?»

Die Tochter antwortet nicht. Gertrud streichelt sie, und erst dabei entdecken ihre Hände, was die weitgeschnittene Bluse gestern den Augen verborgen hatte. Christine, vor einem Jahr noch knabenhaft schlank, hat Brüste, fast wie sie. Diese Veränderung rührt sie von neuem.

«Ich verstehe dich, Tinchen. Mit achtzehn dachte ich, ich verbrenne. Aber da war der Krieg schon vorbei, ich hatte Zeit zu warten und auszuwählen. Für dich muß alles hundertmal schwieriger sein, nicht wahr?»

Christine flüstert kaum hörbar.

«Ich hab' Angst, Mami ...»

«Wovor ...? Daß ... du es nicht erwarten würdest?»

Der Mädchenkopf auf ihrer Schulter bebt vor Zustimmung.

«Sehnst du dich so sehr danach ...?»

Die gleiche stumme Antwort.

«Mein Gott, warum ... worauf wartest du dann?»

Christine hebt den Kopf und schaut die Mutter an, verblüfft und mißtrauisch.

«Das sagst du mir?»

«Das sag' ich dir.»

«Aber gerade du hast mir doch immer gesagt, dies sei ein Geschenk, das sich eine Frau aufbewahren soll für ... den Richtigen! Das hab' ich als einziges sogar der ‹Kuh› geglaubt.»

«Wem?»

«So nennen wir die Internatsleiterin. Die hat den Mund voll erhabener Phrasen, die sie aber mit jeder Tat in Abrede stellt. Sie ist Parteimitglied und dabei feige, verlogen, neidisch, käuflich und rachsüchtig. Sie sagt und tut nur, was gerade gefragt ist und ihr persönlich in den Kram paßt. Aber damit hatte sogar sie recht! Ich will erst den Richtigen – wie du!»

«Und wie soll der sein?»

«Weiß ich nicht, dafür weiß ich aber genau, wie er nicht sein darf. Wie all die Kasperlpuppen mit und ohne Uniform, immer gebügelt und parfümiert, die sich dank Beziehungen oder Geld in Berlin vor der Front drücken. Mami, die Mädels haben mir von privaten Luftschutzkellern erzählt, die wie noble Stundenhotels ausgestattet sind! Das ganze Jahr ist mir kein einziger Mann über den Weg gelaufen, der nur im entferntesten Vater ähnlich gewesen wäre!»

«An ihm kannst du doch sowieso keinen messen ...!»

«An wem sonst?»

«Vater hat unendliche Erfahrung hinter sich. Aber auch er ist mal jung gewesen.»

«Und war er anders?»

«Selbstverständlich hatte er schon damals all die bewundernswerten Eigenschaften, die ich aber erst später erkannte. Auf den ersten Blick unterschied er sich kaum von seinen Altersgenossen. Sogar sein erster Satz unterschied sich nicht von dem, was ich mir damals tagtäglich anhören mußte.»

«Daß er anstelle des Biers, das du ihm nicht gebracht hast, dich nimmt?»

«Ja, siehst du!»

«Aber du hast erkannt, daß er es ernst meinte!»

«Das schon...»

«Wie?»

«Das weiß ich nicht...»

«Aber von diesem Augenblick an war es dir ganz klar, daß er es ist.»

«Ja...»

«Warum wunderst du dich dann über mich? Zu mir hat bis heute keiner auch nur etwas annähernd Ähnliches gesagt. Ja, Mami, es ist nicht schwer, einen Schatz zu bewahren, der niemanden reizt!»

Gertrud ist ehrlich empört.

«Ich bitte dich, was erzählst du da?»

«Die Wahrheit! In einem Jahr hat sich kein Mann gefunden, außer den Lehrern natürlich, der mich angesprochen, geschweige denn irgendwohin eingeladen hätte. Sonntag nachmittags bin ich fast regelmäßig allein in den Zoo gegangen, bis er zerbombt wurde, damit die Mädchen wenigstens glaubten, ich würde mich heimlich mit jemandem treffen, der verheiratet sein mußte. Aber keine einzige hat mich danach auch nur gefragt. Sie sind gar nicht auf den Gedanken gekommen!»

«Tinchen ... weißt du, daß du sehr, wirklich sehr hübsch bist?»

«Nein. Anfangs hab' ich gedacht, ich sei nicht häßlich, auf alle Fälle nicht häßlicher als ein paar echte Vogelscheuchen in der Klasse. Nur sind die meisten von denen sogar schon verlobt. Was soll ich jetzt davon halten?»

«Dann ... muß es an etwas anderem liegen, Tinchen ...!»

«Aber an was denn?»

«Laß uns überlegen.»

«Ich tue ja fast nichts anderes mehr. Mir geht das schon auf den Wecker!»

«Bist du nicht vielleicht zu abweisend? Ich meine – zugeknöpft? Gibst du den Männern nicht zu verstehen, daß sie deinen Ansprüchen nicht genügen, noch bevor sie es überhaupt versuchen konnten? Und falls sie wissen, wessen Tochter du bist, könnten sie von dir nicht den Eindruck haben, du verlangst, sie müßten unbedingt dem Karli ... deinem Vater gleichkommen?»

Sie liegen sich nicht mehr in den Armen, Christine kaut aufgeregt am rechten Daumennagel, wie von klein auf immer, wenn ihr etwas um keinen Preis gelingen wollte. Dafür hält Gertrud ihre Linke fest, legt sie in den Schoß und streichelt sie beschwichtigend. Die Ehrlichkeit der Tochter besticht sie, sie ist auch während der Trennung die gleiche geblieben.

«Vielleicht hast du recht, Mami, es ist gewiß so gewesen, jedenfalls bis vor kurzem. Aber jetzt hab' ich sogar selber was versucht – und wieder nichts!»

«Hast du doch jemand gefunden, der es wert ist?»

«Ach, nein. Ich hab's erst gestern ...»

Die Mutter hört einen Vorwurf heraus, und das macht sie unglücklich.

«Das hab' ich doch nicht ahnen können, Tinchen, ich wollte dich hier in Sicherheit wissen... So ein Pech! Hast du ihm wenigstens gesagt, wohin er dir schreiben kann?»

«Wer...?»

«Na der... von dem du sprichst.»

«Er hat mich doch hergebracht!»

«Hierher? Du meinst...»

«Den Namen hab' ich überhört.»

«Weißmüller...?»

«Der große Blonde...»

«Ja! Und der kam dir also...»

«Er kam mir jedenfalls anders als all die Berliner Laffen vor. Zum ersten Mal im Leben schien mir, daß jemand Vater ähnlich sein könnte.»

Sie hört auf, an dem Daumen herumzukauen und schaut die Mutter mit einer Eindringlichkeit an, die nach Zustimmung verlangt. Gertrud entsinnt sich der Bedenken, die Karl kürzlich über Weißmüller geäußert hatte. Sie traut sich jedoch nicht, es der Tochter gerade jetzt zu wiederholen, als könnte sie damit den Faden ihres neuen Selbstvertrauens zerreißen. Sie behilft sich mit einer Halbwahrheit.

«Ja, Karl sprach kürzlich über seinen Diensteifer.»

«Und wie gefällt er dir, Mami?»

«Ein hübscher Bursche...»

«Er trägt keinen Ring, geht er hier mit einer?»

«Wo soll er hier eine hernehmen?»

«Wirklich nicht?»

«Ich glaube es wenigstens...»

«Und außerhalb?»

«Woher soll ich das wissen, Tinchen?»

«Entschuldige, ich bin unmöglich!»

Aus ihrer Verlegenheit rettet sich Gertrud mit einer weiteren Frage.

«Warte, du hast gesagt, du hättest was versucht ... was denn eigentlich?»

«Mit ihm anzubändeln. Eben, um nicht zugeknöpft und abweisend dazustehen, wie du sagst, damit gerade er nicht dachte, ich würde über ihn als Vaters Untergebenen die Nase rümpfen, hab' ich ihn während der Fahrt nach allem möglichen ausgefragt.»

«Über was?»

«Wie es euch beiden geht, wie es hier so läuft, was er hier tut, mit was man sich hier amüsiert. Was Mädchen eben so fragen – denke ich wenigstens!»

«Auf das meiste durfte er dir als Soldat keine Antwort geben!»

«Schade, dafür aber Vaters Fahrer. Der hat so ein Zeug zusammengequasselt, daß ich lieber eingeschlafen bin.»

Gertrud denkt angestrengt nach.

«Warum sagst du nichts, Mami?»

«Vielleicht ist er schüchtern ...»

«Mit so einer Figur? Auf den müssen doch die Weiber nur so fliegen!»

«Tinchen! Du bist ja eifersüchtig! Also ist Schluß mit den Hemmungen?»

Beide lachen. Christine beichtet weiter.

«Ich habe ihn dann nachts gesehen.»

«Nein ...! Du hast dich mit ihm ...»

Jetzt erst wird Gertrud bewußt, daß der junge Mann und ihre Tochter unter dem gleichen Dach wohnen.

«Nein, das nicht! Ich hab' ihn nur aus einer gewaltigen Höhe springen sehen, mir blieb fast das Herz stehen. Ich ahnte ja nicht, daß es hier ein Schwimmbecken gibt.»

«Ja, Vaters Vorgänger hat es anlegen lassen, du kannst da jederzeit baden ...»

Sie erwähnt nicht, wie empört Karl darüber war, daß es

auch in diesem Fall zum unerlaubten Einsatz von Gefangenen gekommen war, doch obwohl sie selbst ein eher unsportlicher Typ war, stieg sie gern in das immer frische Wasser, das ein französischer Architekt, der hier sein Ende erwartete, aus dem Festungsbach hierher geleitet hatte. In diesem Winkel währte für sie die verflossene Friedenszeit weiter.

Vorsichtig sagt Christine.

«Nach ihm ist eine Frau dorthin gegangen.»

Erstaunlicherweise erzählt sie der Mutter nichts von den verdächtigen Umständen; das überrascht sie selbst.

«Das konnte nur die Monika sein.»

«Monika?»

«Ich meine, sie ist mit mir die einzige, die es bislang durfte. Jetzt kommst auch du dazu, versteht sich!»

Christine ist die Neugier selbst.

«Und wer ist das?»

«Die Frau von Karlis – von Vaters Stellvertreter Grube.»

«Wie alt ist die?»

«Etwas jünger als ich.»

Christine ist beruhigt. Auf Großmütter ist man nicht eifersüchtig. In diesem Augenblick denkt sie auch nicht daran, daß die andere noch begehrter sein könnte als ihre Mutter. Sie vergißt das ebenso wie den Umstand, daß sie soeben noch Kummer hatte. Sie ist wieder ein Kind, als sie jetzt auf dem Bett herumhüpft, bis Gertrud fast herunterfällt. Aber da kniet Christine schon vor ihr, umarmt ihre Knie und preßt den Kopf in ihren Schoß.

«Mami, liebe Mami, ich bin so froh, daß ich hier bin!»

Gertrud verscheucht alle neuen Zweifel aus ihren Gedanken und freut sich mit dem Kind. Unmittelbar darauf dringt, gedämpft durch das Fenster, eine satte Melodie herein. Ein Walzer. Und eine ganze Kapelle spielt ihn. Auch die Tochter hört es und hebt den Kopf.

«Was ist das ...?»

Gertrud geht ein Licht auf. Lachend seufzt sie.

«Dieser Karli ...! Komm! Mein Gott, du hast ja nichts an ... Zieh dir geschwind was über! Schnell!»

Sogar in diesem Durcheinander greift Christine zielsicher nach einer weißen Bluse und einem weißen Rock, die ihr besonders gut stehen, knöpft beides, schon unterwegs, zu und schlüpft geradezu akrobatisch in die weißen Schuhe, als sie bereits die Treppe hinunterlaufen und über den Gang rennen wie in Berlin bei Bombenalarm. Der Walzer kommt immer näher. In der Küche scheinen sich die Gardinen in seinem Rhythmus zu blähen. Gertrud dreht sich noch schnell zu ihrer Tochter um.

«Bin ich so in Ordnung?»

«Du bist wunderschön, Mami!»

Das weiß Gertrud selbst, als sie aber endlich ans Fenster tritt, ist sie aufgeregt wie ein junges Mädchen.

V

6. 6. 1944, später am Morgen

Der Walzer erzählt von der Schönen blauen Donau. An ihren Ufern bei Passau wurde auf den Tag genau vor vierzig Jahren ein braunäugiges, schwarzhaariges Mädchen geboren, das man nach der Großmutter und der Mutter auf den Namen Gertrud taufte. Ja, ihre Mutter war nur eine arme Deputatarbeiterin, die sich den adeligen Kindesvater eher erträumt hatte, es konnte viel eher der Verwalter sein. Der gnadenvolle Herrgott hatte jedoch dem Täufling als Patengeschenk einen Schopf wie Roßhaar beschert und einen besonders glückbringenden Stern für ihn aufleuchten lassen.

Wie sie so am Fenster im ersten Geschoß des Herrenhauses steht, kommt es ihr vor, als würde sie jetzt die reiche Ernte ihres Lebens einbringen: Die Liebe der Nächsten und die Verehrung aller, denen sie mit Wort und Tat das Dasein in dieser kleinen steinernen Welt erleichtert, hinter deren Wällen der Krieg den gigantischen Dreschflegel schwingt. Hier hat ihr Mann, ein Gerechter, das Kommando, und an seiner Seite dient sie getreu ihm und allen um ihn, die ihr dafür gerade huldigen.

Auf dem Rasenrondell, umkreist vom Zufahrtsweg zum Herrenhaus, der wieder in den Lindentunnel eintaucht, aus dem er auch herausführt, ist eine schwarze Formation angetreten, aus der blendende Blitze aufflackern. In der ersten Sekunde scheint Gertrud, als könne sie die Töne des Walzers geradezu sehen. Es sind jedoch die Messinginstrumente der Blaskapelle der Waffen-SS aus Leideneritz, die die Strahlen der noch niedrigen Sonne widerspiegeln. Vor den Musikern stehen Karl und seine Offiziere, die rechte Hand am Mützenschild, in der linken Bündel langstieliger roter Rosen. Hinter der Kapelle winken die Festungsfrauen mit Sträußen aus Feldblumen.

Gertrud ist hingerissen. Um ein einziges Geschenk hatte sie Karl gebeten: um ihre Tochter. Sie stimmte ihm auch darin zu, daß sie für seinen Stab ein kleines Frühstück zubereiten sollte. Das Jubiläum fiel glücklicherweise auf einen Dienstag, so konnte sie es mit den Frauen bei der gewohnten Kaffeestunde morgen nachfeiern. Diese unerwartete Ehrung nun verschlägt ihr den Atem. Sie kennt Karl, weiß gut, daß das nicht nach seinem Geschmack war. Hatte er es zugelassen, dann nur notgedrungen auf ausdrücklichen Wunsch seiner Untergebenen. Zum dritten Mal in den letzten vierzehn Stunden verspürt Gertrud ein vollkommenes Glück: mit Karl, mit Christine und jetzt auch mit all den vielen Menschen hier, die sie alle lieben. Unwillkürlich schließt sie die Augen, als könnte sie so die Zeit anhalten.

Christine hat die Augen weit offen. Längst war sie zum nebenliegenden Fenster gegangen. Es ist geschlossen, ruhig hängt die Häkelgardine da, durch die sie alles beobachten kann, selber unsichtbar. Weißmüller steht am Ende der Ehrenreihe, niedrigster vom Rang, höchster an Wuchs. Sie erinnert sich an den Krampf im Unterleib, der sie bei der Abfahrt aus Berlin überfallen hatte. Jetzt weiß sie, daß es ein verheißungsvolles Vorzeichen war: Unmittelbar darauf begegnete sie ihm.

Scham überkommt sie, wenn sie daran denkt, was sie gestern unterwegs alles zusammengeschwätzt hat. Die Unterredung mit der Mutter erfüllte sie nach langer Zeit mit neuem Selbstvertrauen. Und ihre geheimste Befürchtung, welche die Mutter mit erstaunlicher Sicherheit herausgefunden und beim Namen genannt hatte, hört eigenartigerweise auf, ihre Seele wie mit Blei zu beschweren; im Gegenteil: Sie hat das Gefühl, ihr wachsen Flügel.

Weißmüller am Schluß der Reihe hat als einziger etwas gemein mit dem Mann am Beginn, ihrem Vater. Die vier Offiziere zwischen ihnen gehören auf den ersten Blick der männlichen Plebs an, der nicht zu helfen ist, ob sie sich nun mit Frack oder Uniform maskiert. Vater und Weißmüller, sagt sich Christine, sind Adelige der Männlichkeit. Vom Vater weiß sie das unverrückbar, bei dem anderen ahnt sie es, seit sie ihn gestern erblickt hat.

Der Vater ist schön auf unauffällige Weise. Nichts an ihm stört. Schön machen ihn für Christine seine Eigenschaften. Weißmüller ist schon vom Aussehen her schön, merkwürdigerweise ist ihr jedoch sein Äußeres nicht verdächtig, obwohl sie gerade Schönlinge nie leiden konnte. Von seinem Charakter hat sie keine Ahnung. Sie weiß aus der geringen Erfahrung ihrer Jahre, daß scheinbare Verschlossenheit ein Deckmantel für Dummheit sein kann. Alles in ihr aber sucht sie zu überzeugen, daß diese Anmut nicht bloß eine leere Schale, sondern der Hort eines ebenso außergewöhnlichen Geistes sei.

Warum, fragt sie sich, selbst überrascht von ihrer ungewöhnlichen Reaktion, warum denke ich das überhaupt? Warum glaube ich so fest daran? Warum wünsche ich mir das? Ist dieser Wunsch Vater des Gedankens? Welch eines Gedankens? Mein Gott, erschrickt sie, als sie es sich zusammenreimt: Ich sehne mich nach ihm. Ich will ihn. Ich möchte wieder mit ihm reden, ich möchte ihn berühren, ja, ich möchte mich mit ihm lieben!

Ein Jahr Einsamkeit, Angst und Kummer, Einsamkeit in einer Herde heranwachsender geschlechtsbesessener Weibchen, Angst vor einem vorzeitigen Erstickungstod im Keller und Kummer mit dem ihr plötzlich feindlich gewordenen Körper – dieses schreckliche Jahr hatte sie wie durch ein Wunder ohne Schaden überstanden. Irgendwas in ihr, gewiß auch das Vorbild der Eltern, ihre Erziehung, vielleicht auch ein trotziger Selbsterhaltungstrieb, ermöglichten ihr, sich hinter einer Schanze von Stacheln verborgen zu halten. Diese Palisade reißt sie jetzt selbst nieder, sie öffnet sich ganz und bietet sich ungehemmt einem unbekannten, nichtsahnenden Mann an. Wie mag das enden? Was soll's – versuchen wir's, und man wird ja sehen!

Ein paar Sekunden verstreichen, ehe Gertrud begreift, daß der Walzer verklungen ist. Sie öffnet die Augen und sieht ein Beet freudigen Gelächters unter sich. Auch die Musiker lächeln. Den Dreivierteltakt hatten sie vor Jahren mit dem Zivil abgelegt, auch sie versetzte er jetzt für ein paar Minuten aus der Welt im Gleichschritt stampfender Stiefel in das entschwundene Paradies raschelnder Roben und scharrender Stöckelschuhe. Jetzt ist die Reihe an Gertrud. Mit stockender Stimme sagt sie.

«Danke ... ich danke Ihnen von ganzem Herzen. Ich nehme das als eine Ehrung aller deutschen Frauen entgegen, die Ihnen lieb und teuer sind ...»

Allesamt sind sie gerührt, und keiner weiß, wie es weitergehen soll, ehe der Festungskommandant nicht die Finger vom Mützenschild nimmt und ungewohnt scherzhaft und laut die Frau im Fenster fragt.

«Lädst du uns nun ein, oder sollen wir wegtreten?»

«Um Himmels willen, ich ... ich bin von alldem so ... treten Sie näher, ich bitte Sie, kommen Sie alle zu uns herauf ...!»

Sie bemerkt, daß sie Unsinn geredet hatte, errötet und weiß nicht, wie sie das wiedergutmachen soll, aber die anderen wissen es schon selber. Der Kapellmeister wirft den Taktstock empor, und wie ein Peitschenschlag ertönt eine Melodie, bei der sich alles in Marsch setzt. Die Frauen mit den Blumensträußen Richtung Schwimmbecken, die Soldaten Richtung Allee, die Offiziere, die schon vorher eingeladen waren, in das Herrenhaus. Die Wälle vervielfältigen das Echo des Liedes.

«Denn heute gehört uns Deutschland
und morgen die ganze Welt!»

Der Tochter stellt der Vater seine Offiziere vor. Am Anfang noch nervös, beantwortet sie ihre unbeholfene Verbeugung mit leichtem Knicksen, wie sie es als kleines Mädchen lernte, nachdem ihr der Vater lächelnd erklärt hatte, es sei unpassend, wenn ein achtjähriger Frosch seine Mitarbeiter mit erhobener Rechten begrüßt. Das hat die «Kuh» ihr wieder beigebracht, doch hier und jetzt wäre es wahrscheinlich auch fehl am Platz. Sie faßt sich rechtzeitig: Weißmüller reicht sie nur noch ganz einfach die Hand. Und spricht ihn mit ungewohnter Leichtigkeit an, die erste Frucht ihrer kühnen Entschlossenheit und freilich auch die Folge einer kleinen Atemübung.

«Ich möchte mich bei Ihnen für Ihre gestrige Geduld bedanken. Und mich gleichzeitig für meine Geschwätzigkeit entschuldigen. Sie hatten das Pech, daß Sie mir als erstes männliches Wesen begegnet sind, nach einem Jahr unter lauter Mädchen. Zu Ihrem Glück bin ich ja bald eingeschlafen, nicht wahr?»

So gibt sie ihm auf eine, wie sie glaubt, intelligente Weise unter anderem zu verstehen, daß sie mit niemandem ging. Sie ist neugierig, wie er reagieren würde. Die anderen Offiziere haben keine Ahnung, worum es geht, und grinsen weiterhin einfältig vor sich hin, was sie wohl in Damengesellschaft für vornehm halten. Kurz darauf ist sie überrascht und erfreut, daß Weißmüller nicht wie die Berliner Drohnen antwortet, die sich nur in oberflächlichem Geschwafel über nichts und wieder nichts ergingen, aber auch nicht wie ein Einfaltspinsel.

«Es war mir eine Ehre, gnädiges Fräulein, Sie begleiten zu dürfen, und ich bedaure nur, Ihnen kein besserer Gesellschafter gewesen zu sein. Ich meinerseits lebe schon jahrelang unter lauter Soldaten.»

Zufrieden schaut Christine zu, wie die Offiziere die Rosen zu einem Strauß zusammenfügen; die größte Vase im Haushalt scheint noch zu klein zu sein. Gertrud ist weiterhin ganz benommen.

«Wieviel sind es ...?»

Gestern hatte der Vater nur einmal gelächelt, als er die Tochter begrüßte. Jetzt lächelt er fast fortwährend und gibt sich als ein Charmeur.

«So viel wie deine Jahre. Aber keine Angst, ich habe ihre Zahl zur Geheimsache erklärt. Jedem der Kameraden, die sich beteiligen wollten, hab' ich nur eine Teilziffer verraten.»

Sie stehen immer noch alle in kleiner Gruppe neben dem gedeckten Tisch, auch Karl hat es nicht eilig, obwohl in der Festung ein ganz gewöhnlicher Arbeitstag abläuft. Gertrud ist jedoch aus seiner Schule, auf sie kann er sich sogar heute voll verlassen. Sie stellt die rote Fontäne auf die Kredenz und fordert alle auf, keine Zeit zu verlieren.

«Bitte zu Tisch, ich mache Ihnen gleich einen schönen schwarzen Tee, echt englisch!»

Christine versperrt ihr den Weg.

«Nein, Mami, nicht, du hast doch heute Personal hier!»

Sie meint sich damit, aber eine andere kommt ihr zuvor.

«So ist es! Gertrud, alle anderen Blumen finden Sie in Vasen beim Schwimmbecken. Der Tee hat bereits die richtige Farbe, er kann sofort gereicht werden!»

Mit einer riesigen chinesischen Teekanne in der Hand

betrat eine Frau den Raum, die Christine am Gang erkennt. Anstatt des Kimonos trägt sie jedoch diesmal ein helles Leinenkleid mit rotem Gürtel; er unterstreicht ihre Schlankheit. Sie stellt die dampfende Kanne in die Mitte des Tisches neben den Kuchen und gibt Gertrud einen Kuß.

«Ich kann Ihnen nicht mehr wünschen, als Sie schon bekommen haben. Das ist also Ihre Tochter? Ich gratuliere, Christine, Ihren Stall können Sie nicht verleugnen. Ich bin Frau Grube, aber nennen Sie mich wie Ihre Mutter einfach Monika!»

Christine schüttelt die langen und kalten Finger. Ihre Kehle ist trocken. Auf Großmütter ist man nicht eifersüchtig...? Vom Internat her hat sie mit Frauen hundertmal größere Erfahrung als mit Männern, sie kennt diesen Typ. Das ist eine Wildkatze, genußsüchtig, unersättlich und mitleidslos. Die Haut verrät zwar einem aufmerksamen Auge schon ein Alter, das dem der Mutter nahekommt, aber während Gertruds Weiblichkeit Respekt hervorruft, sprüht diese hier vor lauter Sinnlichkeit.

Wie selbstverständlich ergreift dieses Weib die Regie des Frühstücks, plaziert zuerst Gertrud zwischen Karl und ihren Mann, hält für sich den anderen Platz neben dem Kommandanten frei, weist auch den drei Wachkompanieführern die Plätze zu und zeigt zum Schluß fröhlich auf zwei benachbarte Stühle, die übriggeblieben waren.

«Hierher setzen wir die junge Generation! Sagen Sie, ist das nicht direkt ein musterhaftes deutsches Paar?»

Nur der Vater beteiligt sich nicht an der lauten Zustimmung. Christine möchte in die Erde versinken vor Scham, die jedoch plötzlich in eine stille, aber um so rasendere Wut umschlägt. Auf Großmütter, die den zweiten oder gar dritten Frühling erleben möchten, muß man zwar nicht eifersüchtig sein, aber dafür braucht man mit ihnen auch kein Mitleid haben. Christine zweifelt jetzt nicht mehr daran, daß die Grube mit Weißmüller ein Verhältnis hat. Erstaunlicherweise deprimiert es sie nicht einmal. Im Gegenteil!

Ungeniert stopft sie schon ein zweites Stück Marmorkuchen in sich hinein, den sie nur ein klein bißchen weniger liebt als die Sachertorte, horcht der Mutter zu und gibt aller Welt, besonders der abgemagerten Tigerin, die am ungezukkerten Tee nippt, zu verstehen, daß es ihr geradezu großartig gehe, denn, von ihrer Jugend ganz abgesehen, müsse sie auch der Figur zuliebe keinen Hunger leiden.

«Ich glaube fest daran», erzählt die glückliche Gertrud, «daß jeder Mensch und jede Familie ihre günstigen Tage haben, so wie sie auch ein Volk hat. Deshalb hatten Karl und ich damals spontan beschlossen, am zwanzigsten April zu heiraten. An jenem Tag feierte der Führer im Landsberger Gefängnis seinen fünfunddreißigsten. In einer Fortsetzung von ‹Mein Kampf›, die Karl wieder einmal nach München schmuggelte, fand er dann die Gratulation des Führers und die Nachricht, daß unser Entschluß für ihn eins der aufmunterndsten Geschenke in dieser schweren Zeit gewesen sei – gerade dafür schenkte er ihm später die Taschenuhr! Dann hab' ich mir innigst gewünscht, das Kind genau an meinem Geburtstag zu bekommen, da auch meine Mutter, kann das noch Zufall sein?, am sechsten Juni auf die Welt kam, wie auch ich. Karl hat mich ausgelacht, er rechnete mir vor, genau, wie er nun mal ist, daß ich bestimmt vor Ende Mai niederkommen würde, doch das Lachen ist ihm vergangen, als ein Tag nach dem anderen verstrich – und nichts! Tatsächlich, am sechsten morgens setzten die Wehen ein, die dann in der Klinik den ganzen Tag über anhielten. Es war schon fast Mitternacht, als ich darum bat, die Geburt doch irgendwie zu beschleunigen. Aber der Doktor sagte, liebe Mutti, sollte es ein Mäderl werden, dann lieber eines, das es sich sein Leben lang erlauben kann, zu spät zu kommen!»

Alles lacht. Vaters Stellvertreter fragt.

«Um wieviel hat sie sich beim ersten Mal verspätet?»

«Stellen Sie sich das Pech vor! Um bloße dreizehn Minuten!»

«Oh! Ich glaube, das Fräulein hätte sich eine weitaus größere Verspätung erlauben können!»

Gelächter. Seine eigene Frau widerspricht ihm jedoch und schaut dabei Christine so liebevoll an wie eine Riesenschlange ein Kaninchen, denkt das Mädchen, oder gilt es vielmehr ihrem Nachbarn?

«Irrtum, Grube! So einen Unsinn können sich nur Männer einbilden. Verspätung ist für uns Frauen ein zweifelhafter Vorteil, genau wie die Jugend. Wer zuerst kommt, mahlt zuerst. Und wer älter ist, ist komischerweise auch schneller, stimmt's, Gertrud?»

Die Mutter, der sie den Kopf zugewendet hat, ahnt nicht, daß sie als Vorwand für eine unerhört schamlose Bosheit dienen sollte. Sie antwortet arglos.

«Das stimmt. Als ich in Christines Jahren war, schaffte ich nur einen Teil von dem, wozu ich heute imstande bin.»

Die andere strahlt und führt dabei ihre gierigen Zähne und Lippen vor.

«Das meine ich gerade!»

Christine erwidert kämpferisch.

«Wir sind schon Kinder eines anderen Deutschlands. Bald werden wir euch überholen. Paßt nur auf!»

Sie genießt den anerkennenden Blick des Vaters, und das ermuntert sie zu einem weiteren Bubenstück. Sie streckt den Arm nach dem dritten Stück Kuchen aus und schiebt dabei wie unbeabsichtigt ihren Stuhl näher an Weißmüller heran. Ihre Ellenbogen berühren sich fast. Als aber auch ihre Knie dabei aneinanderstoßen, ziehen beide sie mit einem Ruck zurück, als hätten sie sich weh getan. Sie entschuldigen sich gegenseitig mit einem kurzen Blick. Die Grube sieht das und versteht es anscheinend so, wie sich das Christine gewünscht hat. Das Mädchen ist verblüfft: Wo kommt diese Durchtriebenheit in mir her? Sie weiß es sofort: von Madame Renal aus Stendhals «Rot und Schwarz»!

Man redet über den Geburtstag des Vaters. Die Mutter beschreibt, wie sie oft und oft überzeugt gewesen sei, das Neujahrsfeuerwerk finde zu seinen Ehren statt. Wie viele Menschen kommen am ersten Tag des neuen Jahrhunderts zur Welt? Um diese pyrotechnische Freude hatten ihn die Kriegsjahre gebracht, aber das erste Feuerwerk nach dem Sieg wird ihn dafür reichlich entschädigen. Wer weiß, vielleicht kann es schon in sieben Monaten soweit sein. Da wird er doch fünfundvierzig!

Christine sitzt regungslos kerzengerade da, wie ihr Nachbar. Sie versucht eine möglichst unschuldige Miene aufzusetzen, um noch stärkeren Verdacht zu erregen. Es soll aussehen, als konzentriere sie sich voll auf ein Geschehen, das sich unter dem Tisch abspielt. Aus dem Augenwinkel beobachtet sie dabei die Grube wie eine Maus, die um die Käsefalle kreist. Beißt sie an?

Da, schon ist es passiert! Die Hexe nimmt plötzlich eine weiße Serviette und tupft sich die Lippen ab, völlig unnötig, da sie weder ißt noch trinkt, weshalb dann? Christine ist immer gespannter. Tut die andere, wozu sie sie verleitet? Die langen Finger lassen wie zufällig die Serviette los, sie fällt, schwebt zu Boden. Noch ehe sich der Nachbar zu ihrer Linken, dem das offenbar nicht einmal in den Sinn kommt, bemühen könnte, beugt sich die Grube selbst flink unter den Tisch.

Christine weiß natürlich, daß sie dort nicht das zu sehen bekommt, was sie sicher erwartet hatte. Weißmüllers Beine in schwarzen Reitstiefeln und ihre in weißen Schuhen sind so weit voneinander entfernt, wie es in dieser engen Runde nur geht. Christine stößt fast ihren Nachbarn zur Rechten an. Die Widersacherin richtet sich auf und wischt sich von neuem sinnlos die trockenen Lippen. Als sich ihre Augen wieder begegnen, schaut nur noch Christine freundlich drein. Eine Krähe hackt der anderen kein Auge aus, schnurrt sie zufrieden.

Irgendwo geht leise das Telephon. Weißmüller verschwindet hinter dem roten Vorhang, noch ehe sie überhaupt bemerkt, daß er aufgestanden war. Die Anwesenden verstummen, warten ab. Weißmüller taucht wieder auf.

«Ein dringendes Gespräch für Sie, Obersturmbannführer.»

Kleinburger hat sich bereits erhoben, bedeutet ihm mit der gesunden Hand, sich wieder hinzusetzen, geht mit festem Schritt, wobei nur Gertrud ahnt, wieviel Überwindung ihn das kostet. Der schwere Stoff dämpft jedes Geräusch, und trotzdem reden alle am Tisch plötzlich durcheinander, als wollten sie sich damit beweisen, daß keiner mithört. Die Grube hat sich bald wieder im Griff.

«Gertrud, wir haben noch eine Überraschung für Sie. Die Kinder haben mit der Lehrerin zu Ihrem Geburtstag ein kurzes Programm eingeübt. Im Namen aller Frauen will ich Sie bitten, diese Woche einmal unsere Einladung anzunehmen – heute nachmittag am Schwimmbecken. Sie dürfen uns keinen Korb geben, weil das eigentlich auch schon für Ihre Christine bestimmt ist. Wie alt werden Sie morgen, meine Liebe, sechzehn?»

Die Mutter hat noch immer nicht mitbekommen, daß hier ein privater Krieg tobt. Sie berichtigt.

«Doch achtzehn!»

«Ach! Dieses scheußliche Alter, wo wir uns für erwachsen

halten, aber noch keine Frauen sind. Zum Glück sind auch die Männer minderjährig – bis wann, Grube?»

Der Stellvertreter des Kommandanten scheint zu wissen, worum es hier geht. Schließlich kennt er sein Raubtier am besten. Jetzt versucht er zu scherzen.

«Bis zum Tode, sofern sie geliebt werden wollen. Frauen sind von Kindheit an am stärksten vom mütterlichen Instinkt beherrscht.»

Christine steht auf, nimmt mit der Zange das größte übriggebliebene Kuchenstück und legt es, ohne zu fragen, ihrer Rivalin auf den Teller. Honigsüß sagt sie.

«Aber, gnädige Frau, Sie haben ja noch keine Zeit gehabt, sich selbst zu bedienen!»

Gertrud sagt dazu treuherzig.

«Du kannst dich freuen, Tinchen, Monika singt ganz hervorragend.»

Nanu! Eine Sängerin? Hoffentlich keine echte. Andererseits – die sind meistens stockdumm!

Die mittleren drei roten Vorhänge bleiben meist auseinandergeschoben. Der größte Teil des Mehrzweckraums ist stets für den nächsten Kaffeeplausch der Frauen hergerichtet, im hinteren Sechstel pflegt der Kommandant seine Kondition bei Pingpong zu stärken. Jetzt ist er allein hier, er muß seinen Abscheu nicht verbergen, der ihn wie immer überkommt, wenn er die Stimme Kolatscheks hört. Heute bereits zum zweiten Mal.

«Heil Hitler, Obersturmbannführer! Ihr bescheidener Wunsch war mir höchster Befehl. Ich hab' eine Person gefunden, die im Ballett bewandert ist.»

«Es ging doch bloß darum, daß meine Tochter den Versuch macht...»

«Für Ihre Tochter ist das Beste gerade gut genug. Bei der

Gelegenheit: Soll Ihre Gattin denn heute nicht einen besonders wichtigen Geburtstag feiern?»

«Wir haben ihn bereits gefeiert.»

«So früh schon? Wie schade! Na, dann vielleicht das nächste Mal. Obgleich Sie wahrscheinlich befürchten, daß ich nach Juden stinke!»

«Sturmbannführer...»

«Sollte ein Witz sein, Obersturmbannführer! Meine Empfehlung an die Gattin als auch an das Fräulein Tochter. Die Person ist auf dem Weg zu Ihnen. Ach, noch was. Sie kennen doch gewiß schon die morgendliche Meldung des OKW!»

Am Teetisch schweigen die weiblichen Waffen, denn Gertrud plaudert aus ihren Erinnerungen.

«Zu meinem fünfunddreißigsten lud mich Karl nach Prag ein, es war gerade drei Monate wieder deutsch. Ein Jahr später kündigte er mir ein tolles Geschenk an. Es war der Blitzkrieg gegen Frankreich. Im Jahre einundvierzig entschuldigte er sich, sein Geschenk würde sich ein wenig verspäten, es fiele dafür noch toller aus als im Vorjahr. Vierzehn Tage später begann der Feldzug gegen Rußland. Und das Jahr danach bekam ich Rommels Offensive in Afrika...»

Der Faden war gerissen. Jeder der Anwesenden weiß, warum. Das letzte Jahr hatte sich einen wesentlichen Teil von Gertruds Geschenken zurückgeholt. Blitzsiege wurden von schweren Verteidigungskämpfen abgelöst, der Hammer der Luftangriffe schlug jetzt mit voller Kraft auch auf das Reich ein. Die meisten hier sind wie Kleinberger überzeugt, daß es zu der Strategie des Führers gehört, die feindliche Koalition in eine Falle zu locken; daß es nur eine Probe der Standhaftigkeit ist, die mit dem einmaligen Sieg der deutschen Nation gekrönt werden wird. Und dennoch überkommt sie ein leichtes Schaudern, als Kleinburger zurückkehrt und sich nicht mehr hinsetzt.

«Meine Herren, das Oberkommando der Wehrmacht gab bekannt, daß Anglo-Amerikaner heute früh eine Invasion in Frankreich versucht haben. Unsere Kameraden schlagen sie heldenhaft ins Meer zurück. Für uns hier sehe ich keine Notwendigkeit zu außerordentlichen Maßnahmen. Gehen Sie sorgfältig allen Ihren Dienstpflichten nach. Ich danke Ihnen im Namen meiner Gattin und meiner Tochter für diese beseelte Stunde.»

Auch die Frauen sind aufgestanden. Sie zählen sich zu den Soldaten. Schweigend räumen sie den Tisch ab. Die Grube legt dabei unauffällig ihr Stück Marmorkuchen zu den anderen zurück. Weißmüller steht in musterhafter Haltung vor dem Kommandanten.

«Obersturmbannführer, soll ich meinen Ausgang verschieben?»

«Nicht nötig, Untersturmführer. Hauptsturmführer!»

Jetzt reißt Grube die Hacken zusammen. Der Kommandant sagt zu ihm!

«Komme in fünfzehn Minuten nach. Christine, bleib noch, bitte ...!»

VI

Gleich darauf

Vater und Tochter sitzen am abgeräumten Tisch. Die Männer sind zum Dienst gegangen, die Frauen in die Küche. Es ist nicht die einladendste Umgebung für ein vertrauliches Gespräch, aber Kleinburger ist in Zeitdruck und will trotzdem mit Christine reden. Obwohl er sich bestimmte Worte und Empfindungen versagt hatte, als er den Traum, ein Dichter zu werden, aufgab, hatte er sich echten Gefühlen nach wie vor nicht verschlossen. So auch der Liebe nicht.

Mit einem Teil seines Wesens liebt er den Führer und die Bewegung, mit dem anderen seine Frau und seine Tochter. In der ersten Beziehung dominierte jene Härte, die das Leben ihn lehrte, in der zweiten eine vom Vater ererbte Empfindsamkeit. Niemand ahnte, wie schwer er sich ihrer seit seiner Jugend erwehren mußte. Es dauerte jahrelang, bis er sich seiner Neigung zu verräterischer Ergriffenheit entledigte, bis er das angeborene Mitleid zu unterdrücken verstand. Den Ausweg fand er in der Tugend der Gerechtigkeit. Durch strenge und präzise Einhaltung der Gesetze und Vorschriften, die er von sich und jedem seiner Leute verlangte, schützte er andere vor Grausamkeiten und somit auch sich selbst vor falscher Nachsichtigkeit.

Er war stets bereit, für Führer, Volk und Reich sein Leben zu geben. Aber solange er es lebte, gehörte es zu gleichen Teilen auch Gertrud und Christine. Als er noch gläubig war, hatte er in der Familie das Fundament der Kirche gesehen, später dann logischerweise die biologische Grundzelle des

Organismus der Nation. In ihm nahm die Frau die höchste Stelle ein als dessen Vermehrerin. Daß er Gertrud, seiner Ersten und Einzigen, auch mit allen Sinnen verfallen war, bestärkte ihn darin. Die Zeit nahte, da ihre gemeinsame Tochter die selbe Stellung im Leben einnehmen sollte. Das begriff er, als er sie gestern nach einem Jahr wiedersah, und eigentlich erst in jenem Augenblick wurde er sich auch seiner geistigen Vaterschaft bewußt. Hier, wo ihr nur ein Schatten der Berliner Gefahren drohte, verspürte er zum ersten Mal Angst um sie. Er fing vorsichtig an.

«Wie hast du geschlafen?»

«Wunderbar.»

«Hat dich nichts gestört?»

«Nein! Und ich kann gar nicht genug bekommen von eurer Luft. Und diese Stille!»

«Und die Grillen? Mir tut der Kopf von ihnen weh.»

«Für mich sind sie eine Art Musik gewesen. Sie haben mich in den Schlaf gezirpt. Und wenn du den Zug meinst, so sind Züge meine Liebe, wie du weißt. Dagegen die Nächte in Berlin ...»

«Auch hier sind nicht alle Nächte ruhig.»

«Ja, aber... hier bist du und Mami. Mit euch mag mir geschehen, was will!»

Das freut ihn, aber er gibt es nicht zu erkennen, er will mit ihr jetzt keine Zärtlichkeiten und Komplimente tauschen. Gestern hatte er sie beharrlich nach ihrem Berliner Jahr ausgefragt, um sich eine Meinung bilden zu können, wieweit sie dadurch belastet wurde. Das Ergebnis freute und beunruhigte ihn in gleichem Maß. In jenem Schneckenhaus, in das sie sich dort wohl zurückgezogen hatte, überdauerte ihre Naivität. Der Krieg hatte sie bereits Angst gelehrt, aber ihr bisher nicht sein Grauen vorgeführt.

Daß die Internatsleiterin ihre prominenten Zöglinge vor

Aufräumungsarbeiten bewahrte, an denen sich die Mehrheit der Bevölkerung beteiligte, hatte er von Gertrud erst vor einer Woche erfahren. Er begriff, daß Berlin für sie eine brennende Kulisse geblieben war. Und aus dem Gleichgewicht brachte ihn ihr Bekenntnis, daß sie noch nie einen Toten gesehen hatte. Und das im fünften Kriegsjahr!

Karl Kleinburger hatte einmal ein ähnlich zweifelhaftes Glück wie sie. An die Front des Ersten Weltkriegs war er nie gekommen, und seine Sonderstellung in der Bewegung schloß eine unmittelbare Teilnahme an bewaffneten Konflikten aus. Seinen ersten Toten sah er erst im Februar 1933, nach dem Reichstagsbrand. Nicht einmal der Umstand, daß es der aufgeblasene Besitzer einer kommunistischen Druckerei war und daß der wildgewordene Pöbel, der mit seinem Schleim jede edle Erhebung befleckt, ihn gekreuzigt hatte, minderte den Schock.

Er übergab sich damals die ganze Nacht, und das Bild verfolgte ihn noch lange, bis es langsam, aber nicht völlig, von anderen verdrängt wurde. Er vertraute sich nicht einmal Gertrud an, sondern trug es in sich als Warnung, die sich oft meldete, wenn er an Christine dachte. Insgeheim hoffte er, daß sie ihren Schock längst hinter sich hatte, da er wußte, wieviel besser ihn an der Front junge Soldaten als ältere Reservisten bewältigen.

Aber er bekam ein Kind zurück, und das wird hier mit ihm in einer Umgebung leben, mit der er selbst am schlechtesten von allen fertig wurde, in die ihn das Reich bisher geschickt hatte. Auch der betäubendste Duft nach Gras und das allerstärkste Zirpen konnten ihr auf Dauer nicht verbergen, was hinter diesen Festungswällen und hinter den Mauern der ehemaligen Garnisonsstadt am anderen Flußufer vor sich ging. Deshalb versucht er, es ihr jetzt selbst zu erklären, soweit er das darf.

«Christine, du bist aus einer Stadt hierhergekommen, die barbarisch in Schutt und Asche verwandelt wird, in der Tag und Nacht Frauen und Kinder sterben müssen. Manche deiner Freundinnen haben den Vater oder den Bruder an der Front verloren. Es könnte dir also scheinen, du wärest hier in ein Paradies gekommen. Von der Front trennen uns hier in der Tat Tausende Kilometer. Und da weißt du noch nicht, daß dieser Ort, dessen Kasematten jeder Bombe widerstehen, wahrscheinlich nie bombardiert werden wird. Ahnst du, warum?»

«Nein, Vati...»

«Weil, von einigen Dutzend deutscher Soldaten abgesehen, ebenda auf dem kleinen Raum mehrere hundert verschworene Feinde des Reichs konzentriert sind. Im Vergleich zu ihnen sind wir ein lächerliches Häuflein, dessen Vorteil nur darin besteht, daß es bewaffnet und mit Gesetzesbefugnissen ausgestattet ist. Verstehst du mich? Weißt du, wovon ich rede?»

«Von diesen... Partisanen...?»

«Partisanen sind wiederum ein anderes Kapitel, aber ganz gut, daß du sie erwähnst. Du weißt, ich wurde nicht im offenen Kampf verwundet, obwohl ich mich nie davor gedrückt habe. Mit meinen Kameraden wurde ich in der Etappe überfallen, hinterhältig. Die Mine, die auf einem öffentlichen Weg eingegraben war, hätte ebenso Zivilisten umbringen können, die Landsleute jener, die sie gelegt hatten. Und zu ähnlichen Methoden greift der Gegner auch hier, im Herzen Europas.»

«Hier sind auch Partisanen...?»

«Keine Angst, nein, das hier ist altes deutsches Gebiet. Die Feinde operieren hier in den Städten und mit anderen Mitteln. Sie zersetzen die Versorgung. Oder sie sabotieren die Kriegsproduktion. Durch ihre Schuld explodieren unsere

Granaten nicht oder versagen die Motoren unserer Flugzeuge und Panzer. Andere wieder hören trotz strengem Verbot feindliche Sender und verbreiten seine Lügen, um den Widerstand gegen uns anzufachen, verstehst du?»

«Wessen Widerstand...?»

«Du weißt doch, daß in Europa auch noch andere Völker leben: Franzosen, Holländer, hier die Tschechen. Sie alle haben ihre historische Chance verspielt, führende Nation unseres Kontinents zu werden, und haben sich uns untergeordnet. Verbissene Chauvinisten können sich immer noch nicht damit abfinden und fallen uns in den Rücken. In Friedenszeiten würden sie an uns die Großmut des Siegers kennenlernen. Wir würden sie erziehen. Aber wir befinden uns in der schwersten Phase des Kampfes gegen den grausamsten Feind – die Bolschewisten. Leider haben die Angelsachsen bisher nicht begriffen, daß wir auch für sie kämpfen, wie es gerade ihr heutiger Versuch beweist, in Frankreich eine zweite Front zu schaffen. In einer solchen Zeit bedeutet jeder, der uns von innen heraus zu schwächen versucht, ernste Gefahr und muß die volle Strenge des Kriegsrechts zu spüren bekommen. Begreifst du?»

Die Tochter nickt, doch der Vater zweifelt daran.

«Weißt du nun wenigstens, was meine hiesige Aufgabe ist? Welche Rolle diese ausgediente Festung spielt?»

«Als eine Burg? Wenn sie sich erheben würden?»

Nun begreift er nicht.

«Wer...?»

«Du sagtest, daß hier herum Hunderte von Feinden wären...»

«Ich habe gesagt, daß sie hier konzentriert sind, das bedeutet – isoliert. Die am anderen Flußufer, bei denen es sich um Juden handelt, die doch schon rein rassenmäßig in Europa immer ein Fremdkörper waren, die sind von Amts wegen in einer Stadt zusammengefaßt, die ihnen das Reich großzügig zur Verfügung stellt. Sie soll ihnen, solange ihre Übersiedlung nicht abgeschlossen ist, als Zwischenstation dienen, wo sie unter sich leben können, auch mit ihren Kindern, die dort sogar eigene Schulen haben. Ich dagegen habe es mit politischen Übeltätern zu tun. Es sind die erbittertsten von allen. Sie sind hier in Haft.»

Er sprach es aus und blickt die Tochter an. Aber sie nickt wieder bloß zustimmend mit dem Kopf. Er fährt also fort.

«Einige sind ehemalige Repräsentanten der besetzten Länder, die keine Bereitschaft zur Zusammenarbeit mit dem Reich zeigten. Die sind hier während des Kriegs interniert, bis ihre eigenen Völker über ihr Schicksal entscheiden. Andere waren Mitglieder von Untergrundorganisationen, die noch nicht völlig aufgedeckt und zerschlagen sind. Sie wurden als mögliche Zeugen hergebracht. Weitere werden hier als Geiseln festgehalten, damit sich ihre Angehörigen im feindlichen Ausland die aktive Arbeit gegen uns überlegen. Das ist zwar hart, aber schon in der Bibel steht geschrieben – Zahn um Zahn! Und dann sind hier noch solche, die va banque gespielt und verloren haben. Sie wurden von ordentlichen Gerichten rechtskräftig verurteilt.»

«Für wie lange ...?»

«Bei wem man fand, er sei zur Umerziehung tauglich, um dann weiter in einem deutschen Europa arbeiten und leben zu können, an den Früchten unseres Sieges teilzuhaben, der wird in Lager geschickt, in denen die Losung heißt ‹Arbeit macht frei›; auch wir hier geben manchen Gelegenheit zu nützlicher, wenn auch schweren Arbeit. Die übrigen, Christine, haben ihr Leben verwirkt. Doch das Gesetz gewährt auch ihnen genügend Zeit, um ein Gnadengesuch einzureichen, Familienangelegenheiten zu ordnen und vor allem ihre verwerflichen Taten zu bereuen.»

Mit seinen Ausführungen ist er fast zufrieden. Die Tochter scheint eher interessiert als bedrückt.

«Wieviel...?»

«Was...?»

«Wieviel Zeit haben sie...?»

«Etwa drei Monate. Hundert Tage.»

«Und was machen sie... inzwischen?»

«Zum Tode Verurteilte werden allerdings nicht wie normale Gefangene behandelt. Das ist nicht unsere Erfindung, mein Liebes, und so wird es in der ganzen Welt gemacht. Wer nichts zu verlieren hat, pflegt besonders gefährlich zu sein. Wem nicht mal mehr das eigene Leben gehört, der hat noch weniger Erbarmen mit dem Leben anderer als vorher. Nun, sie sind in einem besonderen Hof untergebracht, auf kleine Gruppen verteilt und streng bewacht. Sie dürfen sich um ihre persönliche Hygiene kümmern und dann nur noch warten, das Gewissen prüfen, beten oder einfach hoffen, daß ihnen Gnade zuteil wird.»

Die Tochter läßt die klaren Augen nicht von ihm. Er versteht das als Zustimmung und Aufforderung, weiterzusprechen.

«Christine, morgen wirst du achtzehn und beginnst sicher zu ahnen, was im menschlichen Leben am schwersten ist. Ja, seinen Sinn zu finden. Das bedeutet, den eigenen Platz in der Welt zu finden. Schon längst wirst du um dich herum gesehen haben, wie viele Unglückliche ihn nicht gefunden haben und kaum je finden werden. Viele verbergen das hinter hysterischem Fanatismus, der genau gesehen die Kehrseite des Glaubens ist, andere mit blankem Zynismus, einige existieren nur als eine besondere Art Tier. Mich hat zweimal im Leben das Glück getroffen, daß mir die Wahrheit geschenkt wurde. Zuerst machte mich mein Vater mit Nietzsche bekannt... habt ihr den schon durchgenommen?»

«Ja ...»

«Was für dich vielleicht langweiliger Schulstoff ist, war für mich eine Offenbarung: Moralische Stärke ist höchste Tugend, größte Sünde heißt moralische Schwäche; gut ist, was siegt, schlecht, was unterliegt; der natürlichste Instinkt der Menschen als auch der Völker ist der Wille zur Macht, mit dessen Hilfe sie unwerte Rassen zugrunde gehen und neue Kulturen entstehen lassen; nur dank der Macht kehrt der sterbliche Mensch ewig auf die Erde zurück, immer stärker, immer klüger, immer schöner!»

Christine sieht dabei im Geist Weißmüller als vorweggenommene Wiederkehr ihres Vaters, und Nietzsche fängt jetzt an, sie zu interessieren.

«Ja, mein Mädchen, jeder Satz ein Schlag gegen meinen Schädel. Welch eine Erleichterung nach all dem Geschwätz über Nächstenliebe und himmlisches Heil, das Generationen verblendete, so daß sie unfähig waren, die Welt tatsächlich zu verbessern! Und dann kreuzte einer derer meinen Weg, von denen Nietzsche behauptet, das Volk sei nur ein Vorwand zur Entstehung einiger weniger Genies.»

«Der Führer ...»

«Er. In der kritischen Stunde der Menschheit, als der jüdische Bolschewismus wie ein unersättlicher Drache das geschwächte Europa fast schon verschlingen konnte, das er zuvor mit der Mär von der Gleichheit aller hypnotisiert hatte, besaß allein der Führer den Mut zu erklären, daß dieser verlockende Gedanke wider die Natur sei. Und daß die Deutschen das auserkorene Volk sein würden, wenn sie es fertig brächten, den falschen Humanismus in sich zu unterdrücken und das höhere Prinzip als neue antike Kultur den verfaulten, bürgerlichen Pseudoidealen entgegenzusetzen. ‹Diese herrliche Kultur›, zitierte damals der Führer Nietzsche, und ich weiß es bis heute auswendig, ‹dürfen wir mit einem blutüberströmten Sieger vergleichen, der bei seinem Triumph die Besiegten wie Sklaven mitschleppt, die an seinen Kampfwagen gefesselt sind›.»

Auch Christine ist wie gefesselt. Sie vergißt, wo sie ist und wer zu ihr spricht, so lebendig sieht sie das Bild vor sich: Der stolze Sieger trägt das Antlitz ihres Cherubs.

«Hörst du mir noch zu?»

«Aber natürlich, Vati! Mir ist nur gerade klargeworden, daß du Nietzsche und den Führer hattest, aber ich hab' zum Glück dich.»

«Das freut mich mächtig, Christine, denn ich gebe ja nur eine Stafette weiter. Doch ich habe dir das alles aus einem anderen Grund erzählt. Menschen wie Nietzsche, den Führer, aber auch mich und dich nennt man Idealisten. Für uns gilt nicht, daß der Zweck die Mittel heiligt, sondern daß die Mittel das Ideal in Frage, ja sogar auf den Kopf stellen können. Bis deine Generation heranreift, meine Kleine, die von den Wirren der zwanziger Jahre nicht geschädigt und bereits vom neuen Deutschland erzogen wurde, müssen wir damit leben, daß es in unseren Reihen auch Menschen gibt, für die dort einmal kein Platz sein wird. Ja, du mußt dich darin zurechtfinden, daß du aus einem Mädcheninternat direkt an die Front gekommen bist, auch wenn hier das Gras duftet und die Grillen zirpen und die westlichen Piloten kaum Bomben über einem Ort abwerfen werden, wo es, wie sie sicher wissen, so viele ihrer Leute gibt. Ich sag' dir nicht mehr, als ich darf, aber auch nicht weniger, als ich muß: Gerade hier, wo sich der Elite unserer nationalen Feinde die Elite der Deutschen stellen sollte, ist das Gegenteil eher die Wirklichkeit. Das ist nicht schwer zu erklären. Die besten deutschen Männer sind in dieser Zeit vor allem dort, wo über den Ausgang des Kampfes entschieden wird. Zum Bewachen von Gefangenen muß man keine Musterknaben haben, es genügt, wenn sie ein erfahrener Kommandant am Zügel hält. Der langen Rede kurzer Sinn: Hab' hier niemals, sofern du ihm begegnen solltest, Mitleid mit einem Gefangenen, auch wenn er dir noch so elend erscheint; sein Schicksal hat er durch den ungezähmten Haß auf uns selbst besiegelt. Aber halte auch nicht jeden von den Bewachern für einen würdigen Vertreter deines Volkes und deiner Rasse; einige haben sich zu dieser Arbeit allzugern gemeldet, weil sie, ich sag's mal grob, das Töten ohne Risiko reizt. Habe ich mich verständlich ausgedrückt?»

Er fragt sie unbewußt, wie er seine Untergebenen fragt, und sie stimmt ihm ebenso knapp zu wie diese.

«Ja.»

«Ich werde froh sein, wenn du dir hier eine eigene Welt schaffst. Lese, lerne, treibe Sport, hilf der Mutter. Sie hat völlig recht, wenn sie die Frauen meiner Untergebenen nicht als Dienstmädchen verwenden will.»

«Ich freue mich darauf. Im Internat durfte ich höchstens das Bett machen. Ich will endlich Haushalt lernen. Vor allem Kochen.»

«Das kann ich gar nicht erwarten. Du weißt, wie gern ich gut esse. Pflege auch nie Kontakt zu der Mannschaft, erwidere nur freundlich ihren Gruß. Suche keine besondere Annäherung an die Frauen, sei aber gegen sie auch nicht abweisend. Eine Ausnahme ist die Grube, sie ist die Frau meines Stellvertreters und lebt mit uns unter einem Dach. Sie war angeblich mal Schauspielerin oder etwas Ähnliches. Eben eine Künstlerin.»

Also eine Komödiantin? Darum! Christine fragt wie nebenbei.

«Wie ist sie?»

«Frag Mutter, sie kommen ganz gut miteinander aus. Ihr Mann gehört jedoch entschieden zu den Zynikern, also wird auch sie nicht weit weg davon sein.»

Christine denkt angestrengt nach. Soll sie nach Weißmüller fragen? Gern würde sie aus dem Mund des Vaters ein Lob auf ihn hören. Im Geiste taucht vor ihr jedoch rechtzeitig die «Kuh» auf, bei der schon der geringste Ausdruck von Interesse eines der Mädchen an einem männlichen Angestellten eine fast hysterische Wachsamkeit weckte, die nicht nur einmal bis zu dessen Entlassung führte. Sie ist sich bewußt, daß ein solcher Vergleich dem Vater unrecht täte, diese Frage behält sie trotzdem lieber bei sich.

«Du kannst aus der Festung selbstverständlich jederzeit fort, solltest du mal einkaufen oder ins Kino gehen wollen. Wir haben hier sogar ein eigenes, oft auch recht gute Filme, mit Paula Wessely oder Kristina Söderbaum, mit Albers und Rühmann, aber den Genuß würde dir gewiß das Publikum verderben. Es setzt sich vor allem aus Leuten zusammen, die ich vorhin erwähnt habe. Grube stellt dir einen Dauerpassierschein aus, nach Leideneritz und zurück pendelt alle zwei Stunden ein Bus, er hält gleich hinter der Brücke. Was die Bewegungsfreiheit in der Festung selbst angeht, genügen dir sicher die Warnschilder und Wachen. Ausnahmen, denn im Sperrgebiet liegt auch der Luftschutzbunker, erteilen die Offiziere, die du heute kennengelernt hast.»

Der Vater zieht seine große Nickeluhr heraus, die sie seit ihrer Kindheit bewunderte. Zuerst wegen ihres ewig eilenden Sekundenzeigers, danach, als sie begriff, daß er sie aus der Hand des Führers bekommen hatte, in Zeiten, als er dessen geheimer Soldat war. Später ließ er die Kunde davon auf den Innendeckel eingravieren – für Christine und ihre Kindeskinder. Daran denkt er jetzt wieder, und er fühlt sich in seinem Willen bestärkt, auch weiterhin als des Führers Soldat zu bestehen, treu und unerschütterlich wie seine Lieblingshelden – die Griechen vor Troja, die, trotz wilder

Streitereien, nach mehreren argen Niederlagen den Feind doch noch bezwangen.

«Gibt es vielleicht etwas, das du von mir noch wissen möchtest?»

Christine schüttelt den Kopf.

«Aber sollte mir etwas Wichtiges einfallen, darf ich dich immer noch fragen, nicht wahr?»

«Siehst du, ich bin das gar nicht mehr gewohnt. Ich muß wieder lernen, Vater zu sein.»

«Du nicht! Du kannst das weit und breit am allerbesten, Vati!»

Unerwartet setzt sie sich auf seinen Schoß und küßt ihn. Davon sind beide überrascht. So was hatte sie sich nicht mehr getraut, seit er Uniform zu tragen begann. Aber sie hat eben schreckliche, schreckliche Lust zu küssen. Sie schließt die Augen. Wo bist du, mein Cherub?

Hinter dem Vorhang klingelt wieder das Telephon. Der Vater ist froh, daß er sich aus der Umarmung, die ihn ebenso bedrückt wie auch rührt, nicht unbegründet freimachen muß. Er hebt Christine hoch und stellt sie auf die Beine. Bei soviel Plötzlichkeit vermag nicht einmal sie zu unterscheiden, wo Muskeln sind und wo Prothesen. Kleinburger marschiert durch den Raum und nimmt den Hörer ab.

«Ja?»

«Grube. Obersturmbannführer, man hat diese Person gebracht.»

«Welche ... ach! Ich komme schon. Grube!?»

«Ja?»

«Neuigkeiten aus Frankreich?»

«Es ist die Normandie. Sie haben es nicht geschafft. Bisher.»

«Gut. Ende.»

Er kehrt zur Tochter zurück, die weiß, daß die Stunde der

Vertraulichkeit vorbei ist. Aber er überrascht sie noch einmal, als er sie jetzt auf die Stirn küßt und wieder anlächelt.

«Sieht so aus, als bekämst du das Geschenk schon heute.»

«Was für eins??»

«Eine Überraschung.»

«Papi! Sag's mir!»

Es ist wieder wie in alten Zeiten im Zuhause am Anhalter Bahnhof, wo mit Hämmern, Puffern, Rädern, Pfeifen und Dampfstößen die ganze Welt Christine wissen ließ, wie begierig sie auf sie wartet. Weder die Bahnhofshalle noch die Wohnung stehen noch, die Welt führt Krieg, das Kind ist erwachsen, doch der Vater kneift ihr genauso wie damals in die Nase und sagt.

«Sei nicht so neugierig, sonst wirst du schnell alt!»

VII

Zur gleichen Zeit

Monika Grube hatte der Jubilarin mit dem Geschirr ausgeholfen und geht hinunter ins Erdgeschoß des Herrenhauses. Die rechte Seite nimmt ihre Wohnung ein, die der Kleinburgerschen etwa entspricht. Auf der linken Seite liegen vier Zimmer mit Klo, Dusche und Kochecke für ledige Offiziere, von denen jetzt nur eins belegt ist. Obwohl zwei der Wachkompanieführer unverheiratet sind und der dritte seine Frau in Schlesien gelassen hatte, gaben alle den unwirtlichen Stuben im Eingangsturm den Vorzug. Sie befürchteten, ihre private Lebensführung könnte den sonderlichen, gefährlich einflußreichen Kommandanten reizen.

Wolfgang Weißmüller hielt Kleinburgers Ankunft in der Festung für eine Befreiung von Chaos und Morast, die Unterkunft in seiner Nähe für eine Auszeichnung und eine Aufforderung, auch in der Freizeit im Dienst zu sein, bei Tag und bei Nacht seiner Aufgabe gerecht werden zu können. Dazu verpflichteten ihn schon die Uniform der SS-Elitetruppe wie zuvor die eines Unterbannführers der HJ und ganz am Anfang seiner Laufbahn jene Umstände, unter denen Deutschland zu seiner Mutter und der Führer zu seinem Vater wurden.

Nachdem Monika Grube im Herbst definitiv hierher zu ihrem Gatten gezogen war, hielt sie zunächst diesen jungen Mann mit dem Gesicht und Körper eines griechischen Gottes für einen besseren Komödianten als sich selbst. Mit den Augen und dem Gehör einer Theaterfüchsin registrierte und wertete sie jede seiner Bewegungen und Äußerungen.

«Paß auf, Grube, wen der uns hier scheinbar so unbeholfen vorgaukelt, falls er nicht gerade strammsteht! Dieser ungetrübte Enthusiasmus im Auge, dieser grundaufrichtige Ton, wenn er vom Endsieg spricht. Das ist doch Kleinburger selbst, wie der in seinem Alter gewesen sein mußte, als er wahrscheinlich einen bis an sein Lebensende andauernden Hirnschaden erlitt. Was bist dagegen du mit deinem lau vorgetäuschten Eifer? Der Junge könnte in Opportunismus unterrichten!»

Grube widersprach ihr entschieden, wie es sonst nicht seine Art war. Weißmüller spiele nichts, behauptete er. Auch der sei Nazi aus Überzeugung, offenbar die Frucht der Erziehung in Heimen für Waisenkinder gefallener Parteirecken. Und auch er werde bald, falls er es nicht schon jetzt ist, lebensgefährlich sein. Monika glaubte ihrem Mann erst, als sie sich davon auf ihre Weise selbst überzeugt hatte.

Monika Treu wurde 1907 in Saarbrücken geboren, als Tochter eines Weingroßhändlers, der sich grenzenlos in eine Wanderschauspielerin verliebt hatte und sie sogar heiraten durfte. Sie kam aus Reims, und Monika benutzte bei ihren eigenen künstlerischen Anfängen ihren schönen Mädchennamen Marquitan, bis das plötzlich nicht mehr opportun war: Sie hatte weder Zeit noch Lust, jedem der machthaberischen Siegheiler, der sie erfolglos ins Bett zu kriegen versuchte, klarzumachen, weshalb sich eine deutsche Künstlerin nach dekadenten Franzosen benennt, gerade wenn sie einen so urgermanischen Namen trägt. Als sich bald nach des Führers Machtergreifung das Saarland demonstrativ zur Rückkehr ins Reich entschloß, nahm sie den Namen Treu wieder an und blieb ihm vorsichtshalber auch treu, als sie Grubes Frau geworden war.

Ehe es dazu kam, erlebte sie aufregende Jahre, in denen sie sich mühsam durchschlug bis an die Schwelle einer schwindelerregenden künstlerischen und gesellschaftlichen Karriere. Verdienst daran hatte vor allem ihre Mutter, die ihr außer riesigen Katzenaugen, einer zierlichen, aber herrlich geformten Figur mit einem entzückenden kleinen Popo, außergewöhnlich schlanker Taille und einem großen, wunderbar festen Busen auch komödiantisches Talent vermacht hatte. Es war nicht gerade überwältigend, aber die Mutter gab ihre Erfahrungen hinzu und Monika Ehrgeiz und nimmermüden Fleiß.

Es war auch Geld für einen Gesangs- und Tanzlehrer da, und später auch für eine reiche Theateraussteuer, ohne die ein Engagement an privaten Bühnen undenkbar gewesen wäre. Als ihr erster Direktor, Chef einer Hamburger Kammerbühne, ihre aufreizende Altstimme vernahm und feststellte, daß sie ihm wie aus der Pistole geschossen alle wichtigen Rollen ihres Fachs herunterbeten konnte, als er in ihren Koffer schaute, der die erforderlichen Roben enthielt, und in den Augen der Adeptin las, daß ihre Dankbarkeit dem gegenüber, der ihr den Bühneneingang öffnete, keine Grenzen kennen würde, sagte er zu und bereute es nie.

Sie blieb ihm treu auf der Bühne, bei Tisch und im Bett gute fünf Jahre lang, Flirts mit bedeutenden Persönlichkeiten nicht mitgerechnet, die ihrerseits den Interessen des Theaters dienten und nie die letzte Grenze überschritten. Monika Marquitan war klug genug, um zu wissen, daß sie zum großen Sprung, auf den sie hinarbeitete, obendrein den Ruf einer Frau besitzen mußte, die jeder begehrte, doch nur ein Ausgewählter erringen kann.

Ihr Pygmalion – in der Rolle Professor Higgins' trat er sogar mit ihr auf und stachelte sie als Blumenverkäuferin Eliza zur Höchstleistung an, die sogar bei der Berliner Presse Aufmerksamkeit erregte –, Ihr Prinzipal, Regisseur und Geliebter war Jude, ebenso begabt wie weitsichtig. Bereits an jenem Tag, als Hindenburg Hitler die Macht übergeben hatte, begriff er, daß er unverzüglich emigrieren mußte, und das ohne Monika. Er wußte, daß sich ihr bescheidenes Talent allein in der Muttersprache entfalten konnte, und auch, daß sie ihn bis zum Tode als einen Entführer verfluchen würde, der ihren aufgehenden Stern zum Erlöschen brachte.

Als er ihr das erklärte, weinte sie um so verzweifelter, weil er recht hatte. Kaum war er fort, interessierte sich der Direktor der Hamburger Operette für sie und engagierte sie vom Fleck weg. Sie gestattete ihm, ihr Geliebter zu werden, mit ihrem sechsten Sinn wußte sie jedoch, daß diese Verbindung nicht an die große Glocke gehängt werden sollte. Nach Premieren, Bällen, Banketten und intimen Diners in seiner Villa mußte er sie stets artig zu ihrer kleinen Wohnung in der Milchstraße bringen. Ihre Schwelle überschritt er nie.

Das blieb auch allen anderen versagt, obwohl sie sich inzwischen danach sehnte, endlich in alle Künste der Liebe eingeführt zu werden, von denen ihre beiden Direktoren nicht allzuviel zu bieten hatten. Sie war sich sicher, daß Affären mit Kollegen, Journalisten und Möchtegernmäzenen sie früher oder später in das Eintagsfliegengewimmel namenloser Sternchen zurückwerfen würden. Deswegen interessierte sie sich nicht so sehr für Geld. Unbeirrbar glaubte sie: Gelingt, was ich mir vorgenommen habe, wird sich Reichtum von selber einstellen, gemeinsam mit dem Ruhm!

Sie liebte sich heimlich mit unbekannten Studenten und mit namenlosen Matrosen, die sie in der Deichstraße oder auf Sankt Pauli aufgriff. Schon ihr jüdischer Entdecker hatte ihr in wilden Auseinandersetzungen anempfohlen, sich doch den Nationalsozialisten anzuschließen: Seit jeher war sie versessen auf große, muskulöse, gutaussehende Männer jenes Typs, der sie in antiker oder in nordischer Ausführung gleichermaßen anzog. Für Monika war es ein leichtes, von ihnen angesprochen zu werden. Hatten sie leere Taschen, übernahm sie kameradschaftlich Abendessen und Logis im Hotel. Sie lohnten es ihr mit allerlei Genüssen und wurden selbst immer gekonnter beschert. So vergingen in angespannter und angenehmer Erwartung drei Jahre.

An der Neige des regnerischen Hamburger Frühlings hatte sich der Gauparteitag der NSDAP eine Festvorstellung gekauft. Sie spielte die Soubrette im «Vogelhändler» und war verblüfft, daß die Wahl auf dieses seichte Alpenspektakel gefallen war. Vor dem Schlußcouplet teilte ihr in den Kulissen der Direktor mit, sie solle sich für ein Bankett umziehen. Das gehörte zu ihren Pflichten, und so fragte sie nur, wo er mit dem Wagen auf sie warten würde. Säuerlich gestand er, die Ehre betreffe nicht ihn. Der Gauleiter, einer der mächtigsten Männer im Reich, habe nur sie ganz persönlich eingeladen.

Zu ihrer Überraschung saß in der Limousine, die vor dem Künstlereingang vorfuhr, auch dessen Gattin. Der Pelzmantel, mitten im Mai über die Schultern geworfen, verriet eine plebejische Henne, die er geheiratet haben mußte, als er seinen künftigen Glanz noch nicht ahnen konnte. Sie wich Monika den ganzen Abend nicht von der Seite und schwatzte in einem fort von deren «göttlicher Leistung», wahrscheinlich um ihren Schock zu überspielen, daß sie den Titel der ersten Dame des Abends mit einer Konkurrentin teilen sollte, die ihr Gatte selbst angeschleppt hatte. Monika erschwerte ihr das nicht und erwartete mit Neugier, wie das weitergehen würde.

Der Gauleiter kam während des Abends nur einmal zu ihnen, um ihr ebenfalls für die «göttliche Leistung» zu danken. Er sagte, die Bewegung schätze bekanntermaßen Künstler und gedenke, ihnen jegliche Aufmerksamkeit, Fürsorge und Unterstützung zu widmen. Am anderen Tag rief er an, ob er sie besuchen dürfe.

Sie entgegnete, sie empfange Herrenbesuche grundsätzlich nicht zu Hause. Er erwiderte, das wisse er, sonst hätte er sie auch weder eingeladen noch angerufen. Er jedoch, wie Monika sicherlich verstehe, könne sich ein Treffen zu zweit in der Öffentlichkeit nicht erlauben. Darum bitte er sie, eine Ausnahme zu machen – er habe eine Überraschung für sie.

Sie tat es, selbstverständlich, und war überrascht, als zu vereinbarter Stunde eine unbekannte alte Dame an der Tür geklingelt hatte. Es war der Gauleiter. Er lachte, bis er blau anlief, als er ihr schilderte, wie sein blöder Sekretär in einem Verleih auf Perücke und Kostüm für einen Faschingsball bestand, den es im Mai nicht mehr geben konnte. Erst sein Dienstausweis habe das Personal überzeugt, daß es nicht um die Vorbereitung eines raffinierten Raubüberfalls ging.

Er ersuchte sie ohne Umschweife, mit ihm jetzt gleich zu schlafen. Sie war darauf vorbereitet, um endlich ihre wirklich göttliche Leistung vorführen zu können. Sie ließ diesen bulligen, glatzköpfigen Kerl mit Händen wie Schaufeln, von ihrem Mannesideal meilenweit entfernt, aber auch keineswegs abstoßend, wissen, er habe schon bei der ersten Begegnung auf sie großen Eindruck gemacht. Gerade deshalb könne sie es jedoch nicht zulassen, daß er ihretwegen politischen Selbstmord beginge.

Da er zweifellos präzise Informationen über sie habe, fuhr sie fort, wisse er am besten, daß sie ihn nicht belüge. Sie sei wirklich allein, nicht aus Not, sondern aus Überzeugung. Leute von der Kunst widerten sie an, die kenne sie allzugut, meist seien das aufgeschwemmte Schwächlinge, und noch mehr ekelten sie die Geldsäcke in den Logen, die sie mit Heiratsanträgen überschütteten. Denen allen habe sie einen Korb gegeben, und dafür haßten sie sie nun und warteten nur darauf, ihr die eigene Schmach heimzahlen zu können.

Und da komme er! Und sie wisse, wenn sie sich ihm hingäbe, würde das in ihnen beiden einen Brand entfachen, der kaum zu löschen sei. Sein entzückender Trick mit der

Kostümierung ließe sich nicht wiederholen, denn entdeckte man ihn, bräche ihm das den Hals. Ein Gauleiter im Rock und mit Dutt! Außerdem müsse sie auch an seine Frau denken, die so freundlich bei dem Bankett zu ihr gewesen sei, die schätze sie und könne den Gedanken nicht ertragen, daß gerade sie Monika für die Urheberin ihrer Demütigung hielte.

All das spielte sie mit Leidenschaft und Noblesse, die einer besseren Rolle würdig gewesen wären, und erinnerte sich dabei dankbar an ihren verflossenen Juden. Der Hosenanzug, den sie vorsätzlich gewählt hatte, umspannte sie wie ein enger Panzer, ließ alle Vorzüge ihres Körpers hervortreten und ihn gleichzeitig unerreichbar erscheinen. Der Gauleiter war von Begierde geschüttelt, schämte sich jedoch, sich auf sie wie auf Dutzende Frauen vor ihr zu stürzen, die sich ihm fast immer zuvorkommend hingelegt hatten.

Verwirrt begann er zu faseln, er schätze seine Gattin nicht minder, die sei sich jedoch seiner aufreibenden Mission voll bewußt und entschuldige darum verständnisvoll seine zeitweiligen ... hier hielt er inne und errötete wie ein Schuljunge, der sich dumm versprochen hatte. Monika nahm es jedoch als erwartetes Stichwort auf, um ihn mit der Replik zu trösten, daß gerade die Großzügigkeit seiner Frau ihn verpflichte, sich nicht wie ein feiger Spießbürger zu verhalten, sondern als der, der er sei – eine der Säulen des neuen Deutschlands. Übrigens, so gesehen habe er einen mächtigen Verbündeten im Reichspropagandaminister persönlich!

Der Gauleiter war eigenartigerweise gar nicht auf dem laufenden, und so verriet sie ihm, was man in allen Theatergarderoben von Flensburg bis Schliersee flüsterte: Der Hauptpropagandist der Bewegung, Doktor Joseph Goebbels, war dem außerehelichen Zauber einer notabene tschechischen Filmschauspielerin erlegen; als dieselbe die unwürdige Rolle einer geheimen Mätresse gleichermaßen ablehnte, bekannte er sich seiner Frau Magda, die, um ihn nicht zu verlieren, mit der klassischen Dreierlösung einverstanden war: Der Minister wird ihr die gebührende Ehrerbietung bezeigen, und sie nimmt die Gegnerin zur Freundin, um so den Liebenden ein müheloses Zusammensein zu ermöglichen.

Monika sprach nicht aus, was sie wie auch Doktor Goebbels für das Wesentliche hielt: Daß ein solches Übereinkommen das Vorspiel zur tatsächlichen Lösung ist, sobald sich die Welt an die neue Verbindung gewöhnt hat; ihre Legalisierung ist dann nur noch die formelle Bestätigung einer Realität. Diese Information und Vorstellung begeisterten den Gauleiter. Er schwor Monika, sie alsbald zu der Sonnenseite des Lebens emporzuheben, und hoffte, sie werde ihn dafür jetzt gleich vom unerträglichen Druck seiner in Aufruhr geratenen Drüsen befreien.

Der Knöpfchenpanzer hielt stand, aber der Vorschuß ihrer Küsse, in denen die Schule von Sankt Pauli erglänzte, genügte auch: Der allerletzte befreite den Bonzen vom Ballast männlicher Säfte auf eine Art, von der er bislang nur geträumt hatte. Als die Explosion der Sinne abgeklungen und er soweit wieder zu sich gekommem war, daß er sich den Rock anziehen und die Perücke aufsetzen konnte, gehörte er Monika auf Gedeih und Verderb.

Die folgenden zwei Jahre brachten ihr das angelegte Kapital mehrfach zurück. Obwohl man ihr die besten Rollen anbot, trat sie immer weniger auf. Sie sagte der täglichen Theaterschinderei und den Sekkierereien der Regisseure Valet und lobpries ihren Juden, der das vorausgesehen hatte. Sie spielte jetzt vor allem sich selbst in Zivil und war noch besser als seinerzeit in der Rolle der Eliza Doolittle. Der Gauleiter ging nun mit ihr auch ohne Ehefrau aus. Monika wurde zum Fixstern der Hamburger Gesellschaft, bewundert, gefürchtet und begehrt: Wann immer ihr nimmersatter Anbeter aus der Liebesermattung emportauchte, war er ihren zahlreichen Fürsprachen zugänglich.

Als sich seine Frau endlich zur Revolte entschloß, war es schon zu spät. Er verhalf ihr zu ein paar blauen Flecken und drohte, wenn er in Rage kam, sogar ihr mit Neuengamme, dem KZ seines Gaus; gefährde sie doch mit ihrer Hysterie den Ruf eines der Großen der Bewegung. Öffentlich begann er von Scheidung zu reden, seine Gattin, deutete er an, verfalle bürgerlichen Manieren. Er ließ Monika eine reizvolle kleine Villa zuteilen, vormals von der Geliebten eines jüdischen Reeders bewohnt, die zu den Huren verjagt wurde, nachdem ihr Gönner mit Familie nach England abgesegelt war. Ein solches Geschenk lehnte sie vorsichtig ab und zahlte die niedrige Miete von ihrer Gage. Alles, was sie zu veranlassen und zu erledigen hatte, meldete sie nur per Telephon einem seiner Sekretäre, der alles prompt besorgte und nach und nach ihr eigener wurde. Er hieß Rupert Grube. Monikas Ziel lag zum Greifen nah.

Die Katastrophe löste Magda Goebbels aus, als sie sich in ihrer Verzweiflung ganz unerwartet an den Führer wandte. In einem seiner gefürchteten Wutanfälle zwang er den Minister zur totalen Kapitulation. Sein Geschrei: «Wer Geschichte macht, darf kein Privatleben führen!» und «Das deutsche Volk will so was nicht dulden!» flog wie ein Echo durch die ganze Parteilandschaft. Die Filme mit der tschechischen Ehebrecherin wurden von dem reumütigen Minister über Nacht verboten, und sie floh überstürzt aus dem Reich in die Heimat.

Als die Gattin dem Gauleiter die Kopie eines eigenhändigen Briefs an den Führer präsentierte, mit dem Zusatz, sie habe veranlaßt, das Original abzuschicken, falls sie sich mit ihrem Mann nicht einigen könnte oder ihr sogar unverhofft etwas zustieße, ergab er sich sofort. Im übrigen, so tröstete er sich, öffnete ihm seine Stellung eine Unzahl bereitwilliger Schöße, und irgendwann mußte er doch früher oder später auf ein ähnliches Feuer stoßen wie bei Monika, ohne darin zu verbrennen!

Monikas Macht schwand von einem Tag auf den anderen dahin. Als zur nächsten Verabredung anstelle des Fastverlobten dessen Sekretär erschien, hörte sie ihm völlig entgeistert zu und bekam nun ihrerseits einen Tobsuchtsanfall. Sie schrie, sie würde alles veröffentlichen, was sie nur wußte, angefangen mit der debilen Weibermaskerade, die gerade er, Grube, für seinen Chef aufgetrieben hatte.

Dieser jedoch, augenscheinlich verlegen, reichte ihr die Photokopien zweier Briefe, die sie nie erreichten, da der Überbringer sie direkt der Gestapo gegeben hatte. Ihr Jude schrieb, wie gut es ihm in England ergehe, wo er beim Radio untergekommen sei, und wie gern er sich an die gemeinsame Hamburger Zeit erinnere. «Bei der beigefügten Adresse eines amerikanischen Diplomaten kannst Du anonym alles ausplaudern, was Du von Deinen Nazis erfährst», endete er, «dafür werden Dich nach dem Krieg Deine Landsleute nicht im Käfig auf Jahrmärkten ausstellen, meine liebste untreue Tomate.» Für Neuengamme genügte das vollauf, und so verstummte sie.

Die Villa, die ihr blöderweise nicht gehörte, verlangte sogleich ein anderer Bonze für seine Mätresse. Das Theater verlängerte ihren Vertrag nicht, der einstige Direktor-Geliebte ließ sich feige verleugnen. Sie fand eine recht bescheidene Garconniere und verkaufte das erste Schmuckstück. Ein paarmal kam Grube noch dienstlich mit schroffen Anweisungen, was sie auszusagen habe, falls man sie verhörte. Vor Kummer nahm sie ihn mit ins Bett. Er war bei weitem nicht ihr Typ, blieb ihr aber gewogen und half ihr, ihren Sturz abzufangen. Von ihm erfuhr sie auch, daß keine einzige Bühne im Reich sie engagieren durfte.

Ein paar Monate später brach der Krieg aus. Einer der schönen Jungen, die sie jetzt wie besessen wechselte, als räche sie sich beim Gauleiter nachträglich für die Jahre, in denen sie sein stumpfsinniges Gerammel ertragen mußte, erzählte ihr von den soeben gegründeten Fronttheatergruppen, die der Wehrmacht unterstanden. Für die war ihr Name immer noch attraktiv, und das Auftrittsverbot der Reichstheaterkammer machte ihr Engagement sogar reizvoll.

Nach einem Abend am Atlantikwall, ausgerechnet dort, wo jetzt die Alliierten zu landen versuchten, meldete sich Grube bei ihr. Er war mit der Feldgendarmerie durch den Krieg gezogen und hatte von der ganzen Schweinerei die Schnauze voll. Soeben feierte er die Versetzung ins tiefe Hinterland: Dank alter Bekanntschaften sollte er Stellvertreter des Kommandanten irgendeiner Gefängnisfestung in Böhmen werden. Der Monat, den sie damals zusammen verlebten, besiegelte ein Bündnis, zwar ohne Leidenschaft, aber auch ohne Heuchelei.

Nach der Hochzeit blieb sie noch bei den Eltern in Saarbrücken, um diese mit der positiven Wende ihres Lebens zu beglücken und es Grube zu ermöglichen, sich in Ruhe auf seine neue Karriere einzustimmen. Als er sie schließlich bat, ihm zu folgen, wußte sie bereits aus seinen Briefen alles über die Kleinburgers und konnte die Bühne in der effektvollen Rolle einer Künstlerin betreten, die sich entschlossen hatte, in so schwerer Zeit dem Gatten beizustehen.

Sie gewann Gertrud völlig für sich, als sie bei der Weihnachtsfeier, von der Lehrerin begleitet, gefühlvoll alte deutsche Krippenlieder sang. Mit Grube schlief sie nicht öfter als nötig, duldete dafür aber seine Ausflüge in Kolatscheks Casino, falls er dabei – vor allem zu ihrem Schutz – nicht auf

Pariser verzichtete. Ihm wiederum, dessen war sie sicher, war ihr Interesse an Weißmüller nicht entgangen, gab es aber in keiner Weise zu erkennen. Monika war ihm übrigens seit der Hochzeit ziemlich treu, nach den hektischen Jahren kostete sie die lässige Rolle der verheirateten Frau aus. Den harmlosen Seitensprung in Saarbrücken gab sie ihm nach ihrer Ankunft laut Absprache freimütig zu. Erst der Anblick dieses Jungen entfachte in ihr wieder die Sehnsucht nach echter Leidenschaft, was sie dann lieber für sich behielt.

Es dauerte lange, bis sie begriff, daß Weißmüller nichts vortäuschte, sondern eben so war. Sie hatte mit ähnlich scheuen Typen ihre Erfahrung. Sie stellte die zarten Eisen, wie sie es nannte, begierig, aber vorsichtig auf, ähnlich einem reifen Mann, der sich eine Jungfrau einfangen will. Und gerade vor einer Woche wäre es ihr beim Wehr in dem künstlich angelegten Flußarm fast geglückt, als sie erfuhr, daß er dort manchmal abends im eiskalten Wasser schwamm. Gekonnt nutzte sie das Überraschungsmoment aus. Aber kaum schien ihr, daß er endlich ihre Küsse zu erwidern begann, wurden sie von der Sirene gestört. Er mußte zum Dienst. Seitdem wich er ihr jedoch aus, und sie hätte sicherlich die Schlinge vorläufig gelockert, wäre da nicht plötzlich die Tochter des Kommandanten aufgetaucht. Monika witterte augenblicklich Gefahr.

Jetzt steht sie im unteren Flur des Herrenhauses und hält den Atem an. Sie ist überzeugt, daß niemand sie überraschen kann, aber ihr Herz klopft, als sie geschwind und lautlos ein paar Schritte macht und die letzte Klinke auf der linken Seite des Ganges niederdrückt. Es ist nicht abgeschlossen. Sie schlüpft blitzschnell durch die Tür, schließt sie hinter sich, lehnt sich an sie mit dem Rücken. Der junge Schöne in der schwarzen Uniform steht mitten im Zimmer und starrt sie unter seiner Mütze mit den Todesinsignien wie ein aufgeschrecktes Kind an.

«Du fürchtest dich vor mir, Wölfchen?»

«Was wäre, wenn jemand hier...»

«Es ist niemand da. Und wir sind doch Nachbarn. Oder nicht?»

«Ja...»

«Was hab' ich dir bloß getan?»

«Nichts...»

«Warum weichst du mir dann aus?»

«Ich weiche Ihnen nicht...»

«Den siebten Tag schon. Du schleichst durch den Flur, damit ich dich nicht höre. Gestern nacht bist du sogar vom Schwimmbecken weggerannt, als du mich wahrgenommen hattest. Und jetzt siezt du mich wieder! Warum denn, Wolfi?»

«Ich...»

«Sind wir etwa nicht Freunde?»

«Ja...»

«Haben wir uns nicht immer so gut unterhalten?»

«Ja...»

«Und war es uns letztes Mal nicht angenehm miteinander?»

«Ja...»

«Haben wir uns nicht so schön...?»

Sie löst sich von der Tür und geht auf ihn zu. Er weicht zurück.

«Monika...»

«Ja? Was? Na, was denn?»

Dann bleibt sie stehen und spricht zu ihm, als hätte sie tatsächlich ein Kind vor sich.

«Wölfchen, du Narr, ich versteh' dich doch. Hab keine Angst, ich bin dein Kamerad. Ich könnte dir bestens raten...»

«Wobei?»

Daraus ist erneut Furcht herauszuhören, und Monika ahnt plötzlich ihren wirklichen Grund. Er ist so simpel, daß sie jetzt nicht begreift, wie ihr das früher entgehen konnte. Sie will ihn jedoch nicht vorzeitig aufscheuchen und antwortet wieder mütterlich.

«Bei allem. Kameraden sollen sich helfen. Oder nicht? Ich dir, du mir. Du hast heute frei, gehst du zu deinem Lieblingsplatz schwimmen? Ich komme mittags aus der Stadt vom Friseur zurück und könnte so gegen eins über das Wehr zu dir waten.»

«Mittags...?»

«Ist das Unauffälligste! Wir treffen uns eben rein zufällig und plaudern ein Weilchen, in allen Ehren. Es ist wichtig für uns beide, ich muß dir doch einiges erklären. Oder etwa nicht?»

«Ja...»

«Also um eins!»

Souverän verläßt sie sein Quartier, doch alles in ihr bebt. Treff' ich jetzt jemand, ist das ein schlechtes Zeichen, treff' ich niemand, krieg' ich ihn noch, bevor der Hahn auch nur einmal kräht!

Auf dem Flur und auf der Treppe keine Menschenseele.

VIII

6. 6. 1944, am frühen Vormittag

Die Jüdin steht in der Ecke des steinernen Flurs neben der Tür zum Vorzimmer des Kommandanten. Sie schaut zur Wand, so daß sich ihr Aussehen nicht feststellen läßt. Sie wirkt ziemlich klein, hat einen zu langen, schwarzen Mantel an, geeignet für winterliche Fröste, nicht aber für diesen warmen Junitag. Ihre Füße stecken in robusten schwarzen Schnürschuhen, wie sie Männer tragen. Männlich wirkt auch der kurze Schnitt der kastanienbraunen Haare. Sie ist allein hier, keiner schenkt ihr Aufmerksamkeit. Aus der Festung gibt es kein Entrinnen.

Der SS-Mann, der sie herbrachte, wälzt sich lümmelhaft in einem Ledersessel hinter der Tür herum, der für wartende Besucher bestimmt ist. Die Maschinenpistole hat er auf den Boden gelegt und unterhält sich laut mit dem Diensthabenden am kleinen Tischchen. Auf dem Schreibtisch, an dem er gewöhnlich arbeitet, hockt Grube; er hört zu, schlürft schwarzen Kaffee und hat durch die offene Tür auch das Telephon im Zimmer des Kommandanten im Auge.

Der Mann aus dem Ghetto berichtet von dem neuen, erstklassigen Puff, genannt «Shalom», den Kolatschek gerade im Casino aufgemacht habe. Er versprach den Lagerältesten, weibliche Freiwillige, sofern sie den höchsten Ansprüchen gerecht würden, müßten nicht auf den Transport. Die Auswahl sei kolossal, auch Fräulein Töchter aus den reichsten Judenfamilien Europas fehlten nicht. Kolatschek habe auch eine Prämie für Jungfräulichkeit ausgeschrieben: ein halbes

Kilo Pferdefleisch. Die Anwärterinnen prüfe er selbst, noch keine, wiehert der Erzähler, habe er erwählt, in jede sei er bis jetzt reingekommen.

Als der Kommandant vom Flur kommt, werden zwei Arten von Drill sichtbar. Der Diensthabende macht sofort zackig Meldung, und auch Grube nimmt die vorgeschriebene Haltung ein; der SS-Mann von drüben läßt sich beim Aufstehen Zeit und gibt sich mit weiteren Formalitäten erst ab, als Kleinburger unmittelbar vor ihn hintritt. Die gegenseitige Abneigung beider Kommandanten, obwohl sie niemals öffentlich offenbart wird, überträgt sich auch auf die Mannschaften. Der Ghetto-Mann weiß natürlich, daß die meisten Männer aus der Festung seinen Chef auf Händen tragen würden, und gerade deswegen hat er vor Kleinburger Angst.

«Obersturmbannführer, Oberscharführer Kühne mit einer Jüdin!»

«Rühren, Oberscharführer! Bringen Sie sie zu mir! Grube...!»

Er betritt sein Dienstzimmer, gefolgt von seinem Stellvertreter, während Kühne auf dem Gang verschwindet.

«Ich möchte gern, daß Sie dabei sind, Hauptsturmführer. Was auf Anregung meiner Frau zustande kam und zur Zeit meiner Tochter zugute kommen soll, hätte ich nie gestattet, wenn es nicht allen hier Nutzen bringen würde. Sollte der Versuch erfolgreich verlaufen, können wir ihn auf eine breitere Grundlage stellen, gewiß finden sich unter den Frauen, aber auch unter den Soldaten Liebhaber von Gesang oder Malerei. Das Ghetto verfügt über fähige Kräfte aus allen Bereichen, und wir werden das selbstverständlich nicht umsonst verlangen. Ich dachte, daß die Leitung der kulturellen Tätigkeit Ihre Frau übernehmen könnte.»

Grube stimmt ihm, wie stets jedem Vorgesetzten, kopfnikkend zu. Während jedoch in allen ähnlichen Fällen bei ihm solche Phrasen in das eine Ohr hinein- und beim anderen Ohr wieder hinausgingen, war er längst überzeugt, daß Kleinburger alles, was er sagte, auch todernst meinte. Immer wieder verwirrt und verärgert ihn das. Er glaubt, daß erzwungene Charakterlosigkeit lebensnotwendig sei und deshalb in einem morschen Regime auch erlaubter Selbstschutz geworden ist. Das Erscheinen eines einzigen Apostels der Gerechtigkeit macht diese Einstellung fraglich, beschuldigt alle anderen der Lebenslüge.

Auch jetzt, leider, zweifelt er nicht daran, daß der Kommandant nicht nur an seine Tochter dachte, sondern auch den Vorteil seiner Untergebenen, ihrer Familien und auch Monikas im Auge hat. Er erquickt sich an der Vorstellung ihres wilden Gelächters, wenn er ihr abends verkünden wird, ihr werde die Ehre zuteil, mit den Hurenböcken und Halsabschneidern aus den Wach- und Hinrichtungskommandos künstlerische Zirkel zu organisieren, von Juden geleitet. Und die erste wäre schon da!

Oberscharführer Kühne hält jetzt, als er die Jüdin hereinführt, seine Maschinenpistole vorschriftsmäßig im Anschlag. Sie ist wirklich nicht groß, im langen Habit und in den schweren Latschen wirkt sie noch zierlicher, wie ein Clown, denkt sich Kleinburger. Den schmutziggelben Stoffstern auf der Brust brauchte sie nicht zu tragen; von ihrer Herkunft zeugt die Adlernase, betont durch den Streichholzschnitt der Haare. Ihr Blick ist matt, der Gesichtsausdruck stumpf, obendrein sieht sie wie fünfzehn aus. Hatte sich Kolatschek einen Jux mit ihm erlaubt? Der Kommandant fragt zweifelnd.

«Was ist das für eine?»

«Ungarin, Obersturmbannführer.»

«Tänzerin?»

«Ja, Obersturmbannführer!»

«Ich hatte um jemand gebeten, der Unterricht geben kann!»

«Jawohl, Obersturmbannführer. Sturmbannführer Kolatschek läßt ausrichten, mir zu gestatten, den Rundfunk einzuschalten.»

«Wozu?»

«Zur Probe.»

Kleinburger schaut auf, ob Grube das begreift. Nein. Der Oberscharführer erklärt.

«Irgendeine Station, die Musik sendet. Natürlich keine Marschmusik. Er hat's getan und empfiehlt es Ihnen auch.»

Der Kommandant fordert Grube auf.

«Finden Sie was!»

Grube schaltet den riesigen Superhet ein, der fast alle Sender der Welt hereinholt. Kurzes Warten, bis er warm wird. Aus dem Rauschen ertönt eine bekannte Stimme.

«... keine feindlichen Flugzeuge. Ich wiederhole: Über dem Reichsgebiet befinden sich keine feindlichen Flugzeuge. Ende der Luftlagemeldung.»

Alle drei Männer denken dasselbe: Die kreisen heute alle über der Normandie ...

Unmittelbar darauf dröhnt ein schneidiger Marsch durch den Raum. Grube sucht auf der Skala. Es ist vormittags, der Äther ist voller Störungen. Dann plötzlich ein Klavier. Unbekannte Finger spielen an einem unbekannten Punkt der Erdkugel eine elegische Komposition, die Kleinburger und Grube viele Male gehört haben, jedoch nicht zu benennen wissen. Sie überwindet tobende Fronten, durchdringt Sperrfeuer und Festungswälle. Kühne dreht sich zu der Jüdin um, als führte er tatsächlich eine Zirkusnummer vor.

«Na also, tanz! Los!»

Ihr Gesichtsausdruck bleibt unverändert, doch ihr Körper setzt sich in Bewegung, als laufe langsam eine Maschine an.

Die Schnürschuhe stampfen schwer auf den Brettern des Fußbodens, es wirkt wie eine holprige Parodie, solange Kleinburger nicht darauf kommt, worin der Fehler liegt. Ungehalten sagt er zum Oberscharführer.

«Sie sollte wohl besser die Latschen und diese Kutte ablegen, nicht?»

Der Oberscharführer ist angenehm überrascht.

«Soll sie sich ganz ausziehen?»

Damit bringt er den Kommandanten aus dem Konzept.

«Wie, ganz?»

«Na – nackt.»

«Warum das ...?»

Jetzt ist Kühne ratlos.

«Ich dachte, Sie wollen sie sich anschauen, Obersturmbannführer ...»

«Ich will sie tanzen sehen! Wie kann jemand in so einer Montur tanzen??»

Der Oberscharführer brüllt, um als alter Kommißstiefel die Zurechtweisung nach unten weiterzuleiten.

«Runter mit Schuhen und Mantel! Mach, eh' ich dir helfe!»

Die Jüdin zieht sich mit einer Geschwindigkeit aus, die beweist, daß sie mit Befehlen dieser Art ihre Erfahrungen hat. Unter dem langen Überzieher taucht ein dicker Pullover auf. Sie legt ihn von selbst ab. Dann bleibt nur noch ein Baumwollhemd, unter dem sich fast unmerklich eine Andeutung von Brüsten abzeichnet, und der Rock. Als sie ihn aufknöpfen will, sagt Kleinburger.

«Das reicht ...»

Kühne wiederholt es brüllend. Als hätte man einen Roboter ausgeschaltet. Der Kommandant verliert endlich Geduld und Lust.

«Tanzen soll sie ...»

«Tanze!!»

Die Jüdin bewegt sich langsam von neuem, und was dann folgt, verändert die Atmosphäre total. Die Augen, bisher ausdruckslos zu Boden gerichtet, erhalten plötzlich einen Glanz, auch jetzt schaut sie keinen von ihnen an, sondern durch alle hindurch, als wären sie gar nicht in diesem Raum, in den fast kindlichen Körper tritt eine Spannung, die auf die Männer in den schwarzen Uniformen überspringt, gleich darauf wirkt sie einen Kopf größer, und es dauert einen Augenblick, bis sich das Wunder selbst aufklärt, als die Zuschauer entdecken, daß jetzt das gesamte Gewicht auf den Zehenspitzen ruht, während die Fersen mit der Gerade des Spanns fast zusammenlaufen, auch die Arme verlängern sich, als hätten sie Gelenke und Muskeln verloren, Liszts Musik, zum Schlußakkord steil emporsteigend, gleitet in die Tänzerin und die Tänzerin in sie hinein, bis sie zu verschmelzen scheinen, dann wechseln sich noch die Spitzen beider Füße abwechselnd hoch über dem kurzgeschorenen Kopf ab, und schließlich verschwindet wie durch Zauber auch dieser, als würde er abgehackt, bis er wieder über den schmalen Schultern auftaucht, als das Mädchen niederkniet und ihn wie ein verletzter Vogel auf die am Boden gekreuzten Hände legt. Es herrscht Stille.

Die Männer kommen nur langsam zu sich. Auch der Oberscharführer begreift, daß er Zeuge von etwas geworden ist, was über seinen Horizont geht. Aus dem Empfänger ertönt wiederholt eine unbekannte Erkennungsmelodie. Der Kommandant schaltet ihn endlich aus und findet die Sprache wieder.

«Wer ist sie...?»

Aus dem Ärmelaufschlag zieht Kühne ein mit Bleistift beschriebenes Stück Papier hervor. Er kehrt in die altvertraute Welt zurück, als er liest.

«Ballontay Anna, geboren tausendneunhundertvierundzwanzig.»

«Was ist sie?»

«Jüdin. Aus Ungarn.»

Kleinburger wird ungeduldig.

«Ich meine von Beruf!»

Der Oberscharführer artikuliert Silbe für Silbe.

«Pri-ma-bal-le-ri-na.»

Dann reicht er ihm lieber den Zettel. Mehr steht jedoch nicht drauf.

«Wo? Ich meine, wo hat sie getanzt, bis ...»

Kühne weiß es nicht. Grube kennt sich aus.

«Die Ungarinnen sind immer Klasse gewesen. Als meine Frau Solistin der Hamburger Operette war, wimmelte es im Ballett vor lauter Ungarinnen.»

Kleinburger gedenkt nicht, weiteren Schilderungen von Erfolgen der Hauptsturmführersgattin zuzuhören.

«Hat sie irgendwelche Kleider?»

Kühne wundert sich stumm. Sie ist doch angezogen.

«Ich meine Ballettklamotten. Tänzerinnen haben doch eine ... Ausstattung!»

Der Oberscharführer verteidigt sich.

«Mir hat keiner was mitgegeben, Obersturmbannführer!»

Grube wartet mit einem Rat auf.

«Unser Magazin. Gewiß finden wir was im Magazin.»

«Gut ... Melden Sie Sturmbannführer Kolatschek, daß ich ihm einstweilen Dank sage. Wegen der Vergütung werde ich mich mit ihm einigen, wenn ... Wann sollen wir sie zurückbringen?»

Der Oberscharführer grinst.

«Ich soll melden, daß Sie das nicht brauchen, Obersturmbannführer.»

«Wieso das ...?»

«Sie sollte gerade heute nacht mit dem Transport gehen. Ich soll ausrichten, daß wir sie abgeschrieben haben.»

«Wie?»

«Ganz normal...»

«Zeigen Sie mir ihre Papiere!»

Kühne wundert sich, weist auf das bekritzelte Blatt, das er ihm zuvor übergeben hatte. Der Kommandant wird ärgerlich. Er wühlt auf dem Schreibtisch und hebt wahllos einige ausgefüllte Formulare hoch, die dort sauber gestapelt liegen.

«Haben Sie die Überstellungspapiere gesehen?»

«Hab' ich, Obersturmbannführer. Sie hat keine mehr.»

«Wie soll ich das verstehen?»

Der Oberscharführer weiß nicht: Ist der Festungskommandant tatsächlich so ein Trottel, wie behauptet wird, oder will er ihn bei irgendwas erwischen und reinlegen? Notgedrungen entrinnt er der Falle, indem er ihm selber eine stellt.

«Sie war schon im Waggon, als Sie dem Sturmbannführer Ihren Wunsch mitgeteilt haben. Ihm war bewußt, daß komischerweise ausgerechnet heute auch das ganze Ballett auf der Liste stand. All die Hupfdohlen hatten über sein Casino die Nase gerümpft. So ließ er für Sie wenigstens eine herausholen, angeblich die beste. Da mußte er sie aus dem Bestand streichen.»

«Bitte...»

Die drei Männer vernehmen im gleichen Augenblick eine heisere Frauenstimme und drehen sich nach dem Laut um. Im ersten Augenblick halten sie es nicht für möglich, daß das die Jüdin sein könnte. Die steht regungslos wie eine mechanische Puppe da, deren Feder abgelaufen ist, die Augen erloschen auf den Boden gerichtet. Aber die Lippen bewegen sich tatsächlich.

«Bitte sehr, lassen Sie mich in den Transport zurück...»

Im Ghetto hätte ihr der Oberscharführer sofort eine übergezogen, aber hier wartet er lieber ab, ob er von Kleinburger den Befehl dazu erhält. Der Kerl ist zumindest unzurechnungsfähig. Das Schweigen im Zimmer erlaubt es der Jüdin, in recht gutem Deutsch mit unverkennbar ungarischem Akzent hinzuzusetzen.

«Ich habe dort Mutter und Schwestern ...!»

Erst jetzt sagt der Kommandant.

«Sie soll draußen warten!»

Kühne dreht sich um, aber Grube war früher dran. Er weist die Jüdin an, vor ihm herzugehen. Im Vorzimmer schiebt er sie in Richtung Flur. Hinter der Schwelle läßt er sie einfach stehen, schließt die Tür hinter sich und kehrt in das Zimmer des Kommandanten zurück. Kleinburger hat auf ihn gewartet, betrachtet den vor ihm liegenden Haufen, der aus Mantel, Schuhen und Pullover besteht. Dann widmet er sich erneut Kühne.

«Wie wird bei Ihnen aus dem Bestand gestrichen?»

«Normal. Man überführt zu den Toten. Auf der Fahrt gehen immer einige ... na, drauf.»

«Aber in der Zielstation werden sie doch erneut gezählt!»

In dieser Hinsicht kann ihn der Oberscharführer beruhigen.

«Wir geben ihnen heute eine ... einen Körper mehr mit. Wir haben immer welche auf Vorrat.»

«Dann muß der doch Ihnen wieder fehlen!»

Kühne erklärt ihm vorsichtig, damit es um Himmels willen nicht nach Dreistigkeit klingt.

«Obersturmbannführer, bei uns hat's nicht ein paar Hundert, sondern einige Zehntausend. Und die kommen nicht einzeln mit einem Gerichtsurteil, sondern zugweise, manchmal auch ohne Listen. Von oben gesteht man uns eine Irrtumsquote zu.»

So etwas scheint Kleinburger zum ersten Mal zu hören.

«Eine was ...?»
«Gewissermaßen eine Schwundquote.»
«Wie hoch ...?»
«Das läßt sich nicht so genau... etwa eins auf tausend Stück...»
Der Kommandant hat genug.
«Bloß, daß wir hier keine... Irrtumsquoten haben. Für einen ähnlichen Irrtum würde hier jeder Richtung Front verschwinden, verstehen Sie mich recht?»
«Jawohl, Obersturmbannführer!!»
«Wir dürfen in den Bestand nur ordentliche Häftlinge aufnehmen und vorübergehend auch Transits oder Hilfskräfte. Aber von denen muß ein ordentlicher Beleg hinterbleiben, wo sie herkamen und wo sie hingekommen sind.»
«Jawohl, Obersturmbannführer!»
«Also bringen Sie sie unter diesen Umständen wieder zurück!»
Nun nimmt Kühne erneut stramme Haltung an.
«Das darf ich nicht, Obersturmbannführer!»
«Ich befehle es Ihnen!»
«Der Transport ist bereits abgezählt.»
«Na, und? Wo ein Körper weniger sein kann, darf gewiß auch ein Körper mehr sein!»
«Falls sie zurückkommt, fliegt das auf.»
Kleinburger läuft die Stirnader an.
«Ich habe um nichts Gesetzwidriges gebeten, Oberscharführer!»
Kühne verteidigt jetzt seine eigene Haut.
«Ich unterstehe dem Befehl von Sturmbannführer Kolatschek, Obersturmbannführer. Den Befehl müßte er ändern!»
Dem Kommandanten ist klar, daß der Mann im Recht ist, und er greift zum Telephonapparat. Kühne setzt hinzu.

«Er ist in Leideneritz. Er kommt nachmittags zurück.»

Kleinburger befiehlt Grube.

«Finden Sie ihn und verbinden Sie mich!»

Grube sagt gedämpft, als glaubte er, der Oberscharführer könnte ihn nicht hören.

«Ist es nicht vielleicht besser abzuwarten, bis er wieder da ist? Möglich, daß er ungern vor jemand anderem ...»

Kleinburger denkt nach. Die Situation beginnt peinlich zu werden. Auch ihm paßt es nicht, daß Kühne dabei war. Was passiert ist, kann nicht ungeschehen gemacht, nur in Ordnung gebracht werden. Heißer Kopf – schlechter Rat, ist das nicht seit jeher seine feste Überzeugung? Er macht der Situation ein Ende.

«Sie können wegtreten, Oberscharführer! Melden Sie dem Sturmbannführer, er soll mich unverzüglich nach seiner Rückkehr anrufen.»

Erleichtert streckt Kühne die Rechte in die Luft.

«Heil Hitler!»

Beide antworten ihm gleichermaßen. Grube kommt es wie immer lächerlich vor, wenn Männer aussehen, als prüften sie, ob es in einem Zimmer regnet. Der SS-Mann marschiert geschwind und erleichtert durch das Vorzimmer, grüßt den Diensthabenden wieder leger, öffnet die Tür zum Flur und geht an der Jüdin vorbei, als wäre sie Luft. Das Knallen der genagelten Stiefel auf den Steinfliesen verhallt langsam.

Grube unterbricht das Schweigen. Zum ersten Mal in dem gemeinsamen Jahr erlebt er, daß sich Kleinburger keinen Rat weiß. Mit dem sechsten Sinn des einstigen Parteibürokraten und Feldgendarmen wittert er eine Gelegenheit. Wozu? Er weiß nicht. Etwas sagt ihm, daß der naive Einfall mit der jüdischen Tanzlehrerin dem Kommandanten ein wenig die Flügel stutzen und seinem mörderischen Unfehlbarkeitsgefühl eine Schramme versetzen könnte. Er schließt die Tür hinter sich.

«Obersturmbannführer, löschen wir das Feuer nicht, bevor es nicht brennt. Bis zum Abend kann sie ruhig ohne Papiere bleiben. Das Fräulein Tochter wird Freude haben und die Idee ausprobieren. Damit erweisen wir doch wirklich allen einen Dienst! Wir bringen den Papierkram inzwischen schon in Ordnung.»

Ein solcher Standpunkt beruhigt Kleinburger nicht. Er denkt angestrengt nach. Es klopft an der Tür.

«Ja!»

Auf der Schwelle steht der Diensthabende mit einem Fernschreiben.

«Eine neue Meldung des OKW!»

Die beiden Offiziere lesen gemeinsam die vom Oberkommando der Wehrmacht zusammengestellte Litanei französischer Namen: Ste. Mère Eglise, Pic Du Hoc, Port-en-Bessin, Arromanches, Ouistreham – Kleinburger sagen sie nichts, Grube sind sie vertraut, noch voriges Jahr stand er überall dort. Es waren einstmals verschlafene Städtchen am Kanal, die später der Atlantikwall verschlang, jene noch immer uneinnehmbare Festung des deutschen Europas. An ihre Pforten pochen, wie hier weiter berichtet wird, mindestens fünf große Schlachtschiffe, zwei Dutzend schwere und hundert leichte Kreuzer sowie auch Tausende von Bombenflugzeugen. Unter diesem stählernen Schirm kommen zahllose Landungsboote an. Der Wall widersteht jedoch wie ein Amboß, die Meereswellen sind dunkelrot, an den Stränden Dünen von Toten.

Die beiden spüren, daß dies einer der Schlüsselmomente dieses ganzen Krieges ist. Der Fall mit der Jüdin wird zur lächerlichen Lappalie. Der Kommandant setzt sich an den Schreibtisch und sagt.

«Man soll sie auch baden.»

Sein Stellvertreter packt ihre Sachen, grüßt und geht. Die Jüdin steht da, wo er sie zuvor hingeführt hatte. Grube begreift nicht, wo die schlaffen Muskeln und der leere Blick die Kraft und den Geist hergenommen hatten, als sie vor einer Weile mit der Schwerkraft wetteiferten. Während er sie genau betrachtet, befiehlt er über die Schwelle hinweg dem Diensthabenden.

«Unterscharführer, rufen Sie den Magazinverwalter her!»

Der andere telephoniert, während er zu der Jüdin mit halblauter Stimme spricht, damit nur sie es hören kann.

«Hier! Zieh deine Schuhe an! Du wirst dich retten. Vielleicht auch deine Familie, das liegt an dir. Du wirst der Tochter des Kommandanten Tanzstunden geben. Nur eins merke dir: Vergiß, daß du Deutsch kannst. Vergiß am besten überhaupt, daß du sprechen kannst!»

IX

Zur gleichen Zeit

Christine verläßt in sportlicher Kleidung das Herrenhaus. Die Uniform des Bundes deutscher Mädchen, die sie in Berlin stets tragen mußte, hatte sie absichtlich im Internat vergessen. Als Erbin von Vaters einstiger Freidenkerei glaubte sie, daß Überzeugung nicht von äußeren Formen abhängt. Wo sie es nur konnte, wollte sie sich jung und ungebunden fühlen. Das, genauso wie Sport, Ballett und Bücher, half ihr, den Krieg heil zu überstehen, ihn nicht als Zweck zu begreifen, sondern als Mittel zum künftigen Frieden.

In der Hand hat sie jetzt Halbes «Jugend», im Herzen Begierde. Im unteren Flur vernahm sie eine entfernte Mundharmonika und blieb stehen. Spielt da etwa diese Kunsthexe? Die Sonne beginnt schon anständig herniederzubrennen. Sie möchte baden gehen, weiß aber noch immer nicht, war das gestern morgen nur pure Aufregung oder die erste Welle ihrer verflixten Tage? Sie will lieber abwarten. Sie hat mitbekommen, daß Weißmüller frei hat, und fragt sich, wo sie ihn am ehesten rein zufällig treffen könnte. Auch bei Nacht hatte sie im Widerschein der Lichter die bronzene Haut gesehen. Wo geht hier ein Cherub sonnenbaden?

Im Flur hinter ihr knallt schallend eine Tür zu. Sagt er es ihr selbst? Wie schon vor dem Frühstück atmet Christine zweimal rasch durch, um den schneller werdenden Puls zu beruhigen. Beim Hochsprung nimmt sie so immer Anlauf.

Sie wendet sich jetzt nicht um und macht sich darauf gefaßt, einen leichten Schreck vorzutäuschen, wenn sie angesprochen wird. Sie erschrickt in der Tat, als die Altstimme ertönt.

«An die Sonne?»

Die Grube. Im tief ausgeschnittenen, giftgrünen Kleid und mit einer Brille gleicher Farbe schiebt sie ein Damenfahrrad neben sich her; der Rock wird von einer Kettenabdeckung geschützt, den oberen Teil des Vorderrads schmückt eine bunte Netzbespannung. In Abwesenheit männlicher Zuschauer verhält sie sich ganz friedlich, und Christine antwortet ihr unwillkürlich ebenso freundlich.

«Ein bißchen ...»

«Das ist eine unserer wenigen Freuden daselbst. Manchmal kommt es mir vor, als würden eher die dort uns hier festhalten.»

Sie wendet den Kopf zu den inneren Wällen zurück, in deren Grundmauern die Gefängniszellen liegen müssen. Christine bemerkt, daß sich die Grube trotz der Brille geziert herumdreht, damit ihr die Sonne nie ins Gesicht schien. Verbirgst du deine Fältchen? grinst sie verstohlen. Laut sagt sie nur.

«Wo kann man hier draußen am besten in Ruhe lesen?»

Die Grube schaut sich um, als dächte sie angestrengt nach, und dann zeigt sie zur Allee hinüber.

«Fünfzig Schritte nach links liegt der Pfad zum alten Brunnen. Dort können Sie sich auch ungestört sonnen, sogar nackt, wenn Sie möchten.»

Christine zieht daraus den Schluß, daß Weißmüller auf der gegenüberliegenden Seite sonnen geht, zum Schwimmbekken. Sie gibt sich jedoch weiterhin freundlich und bedankt sich für den guten Rat. Die Grube wehrt ab.

«Keine Ursache! Gern geb' ich Ihnen einen besseren, sollten Sie es wünschen. Kommen Sie zu mir, wenn es Ihnen langweilig wird. Oder wir fahren zusammen nach Leideneritz, falls Sie Lust haben, dort ist ein ordentliches Tanzcafé mit flottem tschechischem Jazz. Wir sind hier die Jüngsten, wir müssen zusammenhalten!»

Christine amüsiert sich. Am Morgen war sie von dieser Person den Kleinkindern zugeordnet worden, jetzt den alten Weibern. Liebenswürdig verabschiedet sie sich und schwört in das sich entfernende Wiegen des verführerischen Hinterteils im Sattel, daß sie ihr den Liebling wegschnappen wird, und wenn die Grube sich ihn mit Riemen an den Fahrradrahmen binden würde. Sie lächelt über diese Idee noch, als sie auf dem Weg zum Becken die Spur im Gras verfolgt, die ihre unverhoffte Nebenbuhlerin hier in der Nacht hinterlassen hatte.

Das Lachen vergeht ihr, als sie sich selbst durch die dichte Barriere der Holundersträucher hindurchzwängt, wo gestern vermutlich auch die andere hängengeblieben war. Am Tag kommt sie jedoch ohne Schrammen durch. Das Schwimmbecken wird von pseudoantiken Vasen eingesäumt. Sie sind voller Feldblumen, die am Morgen die Grube hier arrangiert hatte. Diese alte Vettel ist überall. Bis jetzt noch! Christine richtet sich auf, betrachtet sich in dem glatten Wasserspiegel und legt sich dann zufrieden in den Schatten des Sprungturms. Sie versucht zu lesen und wartet. Wird der ersehnte Fisch anschwimmen, den sie hier angeln will?

Die gute Laune, mit der sie gestern eingeschlafen und heute aufgewacht war, hält noch immer an. Dieser Max Halbe paßt dazu nicht. Zum einen liest er sich schwer, lauter Personennamen und Doppelpunkte, zum anderen wirkt er plötzlich allzu erdichtet. Was Christine seit dem gestrigen Abend erlebte und fühlt, ist weitaus spannender. Und glaubwürdiger, sie selbst war doch die Hauptfigur. Von was eigentlich? Von einem Liebesdreieck? Das hatte sie sich doch selber ausgedacht! Ein Blick aus dem Fenster und ein paar banale Sätze, das ist alles, was sie von den beiden anderen wußte.

Nicht einmal das trübt ihre Stimmung. Ihr scheint, daß sie soeben den Kern des Schriftstellerns entdeckte. So wird also eine Geschichte geboren? Eine Mischung aus Wirklichkeit und Traum? Noch immer konnte sie sich nicht damit abfinden, daß es ihr wahrscheinlich wegen des Krieges kaum gelingen würde, Tänzerin zu werden, obwohl sie so gute Voraussetzungen hat. Eine neue Idee beschwichtigt sie. Nein, keine Schauspielerei, wie sie noch kürzlich gedacht hatte. Grimassen schneiden kann jede Grube. Sie wird schreiben!

Über Liebe wird sie schreiben. Einen Roman über ein Mädchen, dessen Beschreibung auf sie passen würde, in das sich ein wunderschöner Engel verliebt, in weißem Gewand und mit großen schwarzen Flügeln. Er kommt jede Nacht zu ihrem Fenster geflogen und schaut scheu auf das Bett, vom Mond angestrahlt, wo sie nackt schläft. Die Wangen herunter rinnen ihm Tränen, weil er für irgendein Vergehen, das er sich im Himmel hat zuschulden kommen lassen, verdammt ist, sie lieben zu müssen, aber niemals berühren zu dürfen. Das Mädchen findet sich plötzlich in einem seltsamen, fast endlos scheinenden Raum, in dem es statt Wänden nur wehende Vorhänge gibt, da erblickt sie den Weinenden und beschließt, ihn zu trösten, sie nähert sich ihm, aber er bleibt immer gleich weit weg, sie läuft auf ihn zu, aber es hilft nichts, sie ruft ihn, hört jedoch keinen Laut ihrer eigenen Stimme, verzweifelt streckt sie die Arme nach ihm aus, und da... kriegt sie von ihm einen Tritt!

Christine schreit entsetzt auf.

«Ah!!»

Untersturmführer Wolfgang Weißmüller erschrickt. Er ist wieder mit seiner hautfarbenen Badehose bekleidet und hat die schwarze Mütze auf.

«Seien Sie nicht böse, Fräulein ... ich hab' Sie wirklich nicht bemerkt ...»

Christine blinzelt, setzt sich auf, zieht ihren Rock zurecht, greift nach dem Buch und steht auf den Beinen. Dabei kommt sie zu sich. Weißmüller zieht sich hastig die Reithosen an und wendet sich verlegen um, während er sie zuknöpft.

Als er sich endlich entschlossen hatte, Monika Grube beim Wehr zu treffen, war er ruhiger geworden. Ihr freundschaftlicher Ton hatte ihn überzeugt. Er glaubte, die Hauptsturmführersgattin habe wirklich vor, den peinlichen Auftritt der letzten Woche vergessen zu machen. Ihre unerwartete Leidenschaft hatte aufs neue die Ordnung zerstört, in der er erzogen war und in der er sich bis zu einem unglückseligen Ereignis sicher fühlte. Diese Frau drohte die Grundlagen seines Wesens erneut zu erschüttern. Er wußte nicht mehr, wie er ihr ausweichen sollte! Jetzt war er erleichtert. Weil ihm bis zu dem Stelldichein noch Zeit blieb, wollte er wieder einmal richtig springen, der lange freie Fall ins Wasser tat auch seiner Seele gut. Ganz in Gedanken, hatte er das im Schatten schlafende Mädchen übersehen.

«Ich bin doch nicht böse ...!»

Am liebsten würde sie sich eine Ohrfeige geben. Sie bemüht sich, es wiedergutzumachen.

«Sie müssen sich meinetwegen nicht anziehen, ich gehe woandershin!»

Er ringt bereits mit den Hemdknöpfen.

«Nein ... auf keinen Fall!»

«Links von der Allee soll ein alter Brunnen sein ...»

«Dort sind nur Brennesseln!»

Christine packt neue Wut auf die Besitzerin des herausgestreckten Hinterns. Dir werd' ich's zeigen, wo man sich ungestört sonnen kann!

«Sie kränken mich, wenn Sie jetzt weggehen!»

Der junge Mann ist mit dem Anziehen fertig. Soeben schloß er das Koppel, mit einer großen Pistolentasche daran.

«Warum sollte ich Sie ...»

«Weil es so aussieht, als ob ich mir alles erlauben kann, nur weil mein Vater hier der Kommandant ist.»

«Sie haben sich doch gar nichts erlaubt ...»

«Ich hab' Ihren Platz besetzt. Hierher kommen Sie doch zum Springen, oder?»

Weißmüller staunt.

«Ich hab' Sie gestern nacht gesehen.»

«Sie waren hier ...?»

«Ich meine, vom Fenster aus. Von da sieht man nur das Sprungbrett, ich war richtig erschrocken.»

Das zwingt ihn zu einer neuen Entschuldigung.

«Ich ahnte nicht, daß ich Sie damit störe ... ich dachte, Ihr Zimmer liegt auf der anderen Seite ...»

«Nein, ich wohne im mittleren, dort oben.»

»Ach so ...»

«Ich habe dann eine Mundharmonika gehört. Waren Sie das?»

Die Brusttasche seines Hemdes ist aufgebläht. Er zieht das kleine Instrument heraus, als wollte er es wegwerfen.

«Entschuldigen Sie! Es wird Sie nie mehr ...»

«Spielen Sie ruhig jeden Abend. Dabei schläft man gut ein.»

«Im Ernst ...?»

«Ich lüge nicht. Sagen wir, wenn ich nicht muß. Und bei Ihnen muß ich's doch nicht, oder?»

«Nein ...»

«Also können Sie ruhig dableiben!»

«Ja ...»

«Und auch ruhig springen. Ich kann genausogut woanders lesen, es wird ja auch einen Platz ohne Brennesseln geben.»

Ihre Erwartung, daß Weißmüller das ablehnt, wird nicht enttäuscht.

«Nein, bitte, bleiben Sie hier. Ich kann immer springen. Sie sind nur über die Ferien hier.»

Der Bursche hat entschieden Kinderstube, sagt sie sich.

«Das werden lange Ferien. Da könnten Sie warten.»

«Ich kann genausogut im Fluß ...»

Der Fisch will schon wieder entschlüpfen. Christine wirft einen neuen Köder aus.

«Kommen viele Leute hierher?»

«Das Becken ist den Stabsangehörigen vorbehalten. Aber meistens bin ich hier allein.»

«In der Nacht hab' ich hier, so kam es mir vor, eine Frau erblickt, Sie nicht?»

Christine traut den Augen nicht, als der schwarze Offizier rot wird und fast stottert.

«Nein, nein ...! Das war wahrscheinlich ... das konnte nur die Gattin des Hauptsturmführers sein. Ich habe sie nicht gesehen!»

Christine weiß, daß jetzt auch er nicht lügt. Warum ist er also aufgeregt? Sie dreht an der Rolle, er zappelt, aber einen Sinn ergibt das nicht.

«Sie schwimmt auch gern?»

«Sie? Ich glaube, nicht ...»

«Sie sind ihr hier nie begegnet?»

«Nie. Sie ist kein sportlicher Typ ... denke ich wenigstens ... Sie ist eine Künstlerin!»

Schon wieder! Sind denn alle hier auf den Kopf gefallen?! Christine will diesen Künsten auf den Grund kommen.

«Das ist komisch. Was wollte sie wohl hier in der Nacht?»

«Weiß ich nicht ...»

«Sie ging nicht den Weg entlang, sondern durch das hohe Gras.»

«Vielleicht ist sie eine Kneippianerin?» sagt er.

«Eine was?»

«Barfuß im feuchten Gras laufen ist eine... Abhärtungsübung... von Pfarrer Kneipp erfunden, wir haben es als Jungen täglich machen müssen.»

«Aber wahrscheinlich kaum im langen Kimono, oder? Ich bin gerade an derselben Stelle durch die Sträucher gekrochen. Ich war froh, daß ich meinen sportlichen Rock anhatte.»

Er nickt zustimmend, und Christine muß das Thema wechseln, wenn sie nicht wie eine eifersüchtige Trine dastehen will. Sie findet allerdings bestätigt: Etwas geht hier vor! Entweder gehen sie miteinander, und er deckt sie recht ungeschickt, oder... eine schier unwirklich schöne Möglichkeit, aber auch überraschend wahrscheinlich: Tritt Christine in diesem wirklichen Roman nicht gerade zur rechten Zeit auf, wenn ihn dieses alternde Weibchen jagt und er vor ihr flüchtet? Obwohl innerlich aufgeregt, versucht sie kühl und listig von einer anderen Seite zu bohren.

«Sie sind auch in einer Art Internat gewesen?»

Froh, daß er das heikle Thema verlassen kann, wird er langsam gelöster, wie es sich zwischen Gleichaltrigen längst gehörte.

«Ja.»

«Und Sie... oh, ich weiß noch immer nicht, wie Sie heißen!»

«Weißmüller.»

Es gelang ihm sogar, die Hacken nicht zusammenzuschlagen.

«Das weiß ich schon. Ich meine Ihren Vornamen.»

«Wolfgang.»

«Ich bin Christine.»

«Ja.»

«Wollen wir uns nicht setzen, Wolfgang? Mir tun bereits die Beine weh. Oder haben Sie es eilig?»

«Nein, Fräulein, ich wollte doch ...»

«Springen, das hab' ich Ihnen verdorben, also können wir uns wenigstens unterhalten, oder?»

«Mit Vergnügen, Fräulein.»

«Christine.»

«Ich weiß, Fräulein.»

«Also, könnten Sie nicht mit diesem ‹Fräulein› aufhören?»

Entweder kapiert er schwer, oder er will nicht.

«Wie soll ich es dann ...»

«Mich beim Vornamen nennen, genau wie ich Sie. Oder ist es Ihnen unangenehm, daß ich Wolfgang zu Ihnen sage?»

«Nein, das nicht.»

«Was dann?»

«Ich weiß nicht, ob ich mir erlauben darf ...»

«Oder aber Sie wollen nicht? Ist vielleicht der SS-Untersturmführer über eine schlichte Mädelscharführerin erhaben?»

«Nein, das nicht!»

«Außerdem sind wir hier die Jüngsten, sollten wir da nicht zusammenhalten?»

Genüßlich benutzt sie den Satz der Alten.

«Das schon ...»

«Also?»

«Mit Vergnügen, Fräulein ...»

«Mit Vergnügen, Christine!»

«Mit Vergnügen, Christine ...»

Beide lachen, er noch etwas steif, aber er hat bereits seine Unnahbarkeit verloren. Christine setzt sich auf den Betonsockel des Sprungturms. Sie weist neben sich und betrachtet mit Wohlgefallen, wie er seine endlosen Beine verschränkt. Dabei spricht er sie sogar zum ersten Mal an.

«Sie waren Scharführerin?»

«Bin ich noch.»

«Ich war so was Ähnliches ...»

«Wo?»

«In Zwiesel.»

«Das ist doch ...»

«Im Bayerischen Wald.»

«Nein! Sie sehen so richtig nordisch aus, bestimmt nicht wie ein Waldler. Das sind doch ... ach!»

Sie hält sich den Mund zu. Er beendet den Satz.

«Hinterwäldler?»

«Mein Gott, ich wollte Sie nicht ...»

«Ich bin aus München.»

«Nein! Und meine Eltern haben sich in München kennengelernt.»

Sie lachen schon ungezwungen, so viele Gemeinsamkeiten machen ihnen Spaß. Christine unternimmt einen weiteren Schritt. Wie aus Versehen duzt sie ihn.

«Also dann darf ich dich ungestraft fragen, warum die Waldler dauernd lachen, wenn es blitzt und donnert?»

«Weil sie glauben, sie würden photographiert.»

«Den kennst du. Und weißt du, warum bei der Waldlerhochzeit hinter der Kutsche immer ein Karren mit Mist herfährt?»

«Nein ...»

«Na doch, damit sich die Fliegen nicht auf die Braut setzen! Hast du den nicht gekannt?»

«Nein.»

Jetzt gelingt es ihr, einen ungeheuchelten Schreck vorzutäuschen.

«O Gott, ich duze Sie ...»

Du würdest vor Neid platzen, Komödiantin, wie der darauf anspringt und sagt, was ich hören wollte!

«Das macht doch nichts ...»

«Aber dann mußt du mich auch!»

Seine wiederauflebende Verlegenheit vertreibt sie mit einem Vorschlag, der ihn nicht nur beruhigen, sondern beide einander näherbringen soll als ihr erstes gemeinsames Geheimnis. Jedes Netz beginnt mit einem einzigen Knoten.

«Natürlich nur, wenn wir allein sind! Keine Angst, ich verplappere mich nicht. Und wenn du dich versprichst, passiert auch nichts. Frau Hauptsturmführerin hat doch beim Frühstück gemeint, daß ich noch ein halber Säugling bin!»

Ist dem so, wie Christine sich einredet, muß dieser Mensch begreifen, daß gerade sie für ihn die richtige Verbündete ist, von der gleichen Krake verfolgt. Mit einer Behendigkeit, von der sie noch gestern abend keine Ahnung hatte, strickt sie die erste Reihe des Netzes zu Ende.

«Wie nennt man dich? Wolfi?»

Sie erinnert ihn dadurch an Monika Grube und stürzt ihn in Verwirrung.

«Wer ...?»

«Na, die Eltern. Mich Tinchen ... dich?»

«Ich hab' sie nicht gekannt ...»

Auch dieses Thema zwingt ihn zur Wachsamkeit. Ist es eine Absicht, daß die Tochter des Kommandanten ständig ins Schwarze trifft? Ihre Jugend und Herzlichkeit schließen das fast aus, aber Weißmüller hat in gewissen Dingen die Erfahrung eines reifen Mannes. Die Reaktion des Mädchens vertreibt jedoch jeden Verdacht.

«Mein Gott, wieso?»

«Vater ist gefallen, und Mutter hat sich... zu Tode gegrämt.»

Christine rechnet schnell nach.

«Aber du kannst doch unmöglich schon während des Kriegs geboren worden sein!»

«Nein, sie haben ihn in München umgebracht, bei der mißlungenen Erhebung im November dreiundzwanzig...»

«Aber da müßte ihn doch mein Vater kennen!»

«Ich weiß nicht...»

Weißmüller hofft, daß dem nicht so ist. Das scheußliche Gerücht, das unwürdige neidische Mitkämpfer über seine Eltern verbreiteten, hatte ihm vor einiger Zeit einen schweren Schock versetzt. Bis heute weist er es mit nicht nachlassender Anspannung aller seiner Kräfte von sich. Das ist auch der Grund, warum sie ihm dann in banalen Situationen fehlen, über die seine Altersgenossen ganz locker mit einem Witz, einem Fluch, einem Kinnhaken oder einer ordentlichen Besäufnis hinwegkommen. Aber sie will dazu nicht mehr wissen, im Gegenteil, sie entschuldigt sich.

«Das konnte ich nicht ahnen.»

«Ich weiß!»

«Wie alt warst du?»

«Nicht mal ein Jahr.»

«Wer hat dich zu sich genommen? Die Großmutter?»

«Nein, nein. Ich hab' schon niemanden mehr gehabt. Sie brachten mich ins Waisenhaus.»

«Und dort warst du...»

«Bis ich zur SS kam. Dann wechselte ich in die Kaserne über.»

«Das ist ja schrecklich! Ich war ein Jahr im Internat, eine Zeitlang hat es mir dort gefallen, aber jetzt hab' ich die Nase voll davon. Schon heute läuft es mir eiskalt über den Rücken, wenn ich nur daran denke, daß ich im September wieder dorthin muß!»

«Ich kann mich nicht beschweren. Ich glaube, ich hab' dort mehr bekommen, als manch einer zu Hause.»

«Aber zu Hause doch... macht es dir was aus, daß ich dich dauernd frage...?»

«Nein!»

«Zu Hause, mag der Mensch auch noch so fabelhafte Eltern wie ich haben, zu Hause kann er auch mal ganz allein sein, wenn er es braucht. Im Internat mußte ich nachts in den Waschraum heulen gehen.»

«Ich nicht...»

«Weiß ich, daß du nicht heulst, wenigstens siehst du nicht danach aus, aber... ich bin mir dort manchmal wie in einer Herde vorgekommen, du nicht...?»

«Nein.»

«Wieso?»

«Von klein auf hatte man mir beigebracht, daß das meine Familie ist. So hat man sich mir gegenüber auch verhalten. Streng, aber... wie zu Hause, glaube ich wenigstens.»

«Hat dich auch jemand gern gehabt?»

«Gewiß... das heißt... Ich hatte nie das Gefühl, daß dem nicht so war.»

«Und hast du jemand wirklich gern gehabt?»

Hast du jetzt jemand gern? fragt sie ihn damit eigentlich, aber das ahnt er nicht, und ihn überkommt wieder die alte Angst, die er schon fast überwunden hatte, ehe sie mit Monika Grube mit voller Wucht wiederkehrte. Unverhofft schaut er auf die Uhr. Und Christine fürchtet, sie könnte ihn wieder verscheuchen, und schnell fragt sie munter.

«Hast du noch ein bißchen Zeit?»

«Ja...»

«Vater sagte, daß mir nur ein Offizier die Festung zeigen darf. Also auch du?»

«Ich denke schon...»

«Dann zeig sie mir bitte, Wolfi. Ich darf dich so nennen, oder?»

X

6. 6. 1944, später am Vormittag

Die Jüdin wird von Oberscharführer Slabicar zunächst in den ersten Innenhof geführt. Hier liegen auch der Waschraum und die Desinfektion für Gefängniszugänge. Heute ist Dienstag, der größte Schwung von den Gerichten im Protektorat trifft Mittwoch und Samstag ein. Der letzte Waschraumverwalter marschierte voriges Jahr schnurstracks nach Rußland ab, als er sich das so ausgelegt hatte, daß er die Zeit von Sonntag bis Dienstag bei seiner Konkubine in Leideneritz verbringen konnte.

Sein glücklicher Erbe, Hauptscharführer Löffler, ist kein Selbstmörder. Nach seinen Erlebnissen in Ostpolen weiß er dieses rare Fußbreit Großdeutschland zu schätzen, wo die Kanonen des Iwan nicht hinreichen und wahrscheinlich auch keine anglo-amerikanischen Bomben fallen werden und wo es vor allem den Gestank verbrannten Fleisches nicht gibt. Wie es ihm die Festungsordnung vorschreibt, macht er täglich bis auf Sonntag auch für jene vereinzelten Vögel heißes Wasser, die sich hier die Protektorats-, Reichs- und europäischen Dienststellen gegenseitig übergeben. Die Eskorten vergnügen sich neuerdings in Kolatscheks Nobelbordell.

«Grüß Gott, Rudi, ich hab' hier 'ne junge Dame zum Abseifen.»

«Grüß Gott, Franze, soll nur hereinspazieren, der Saal ist angenehm überschlagen.»

Löffler öffnet ein dickes Buch und taucht die Feder in das altertümliche Tintenfaß ein, das ihm Slabicar abzukaufen, im

Kartenspiel einzukassieren oder schlimmstenfalls zu stehlen gedenkt, um es beim nächsten Urlaub in Wien feierlich in die Requisitenkammer zu bringen, als Anzahlung auf die Zukunft.

«Zuwachs oder Transit?»

«Weder noch.»

«Sondern also?»

«Sondern nichts. Trag sie einfach nicht ein!»

In Löfflers Gehirn leuchtet es rot auf. Er schaut das Mädchen an und schöpft Verdacht.

«Also nun mal brrr, Franze. Mir ist's kein einziges Hürchen auf der Welt wert, daß ich wieder gen Osten zieh'! Was ich brauch', das kriege ich nach Dienstschluß von meiner Alten.»

«Ich würde dich doch nicht bescheißen, Rudi. Sie wurde mir im Stab von Grube persönlich übergeben. Sie ist eine Balletteuse, und ich soll sie gewaschen und gekleidet retournieren, damit sie auftreten kann.»

«Wann? Und wo?»

«Heute. Die Frau des Alten feiert einen runden.»

«Ein Rasseweib, hat Haare bis zum Arsch. Das muß wahnsinnig sein, wenn ihre Titten drin wackeln.»

«Glaub' ich auch.»

«Der Alte hat Schwein.»

«Akkurat Bein und Hand hat er halt nimmer.»

«Immer noch besser, als wenn der Schwanz weg wär'.»

«Den wird er schon noch haben. Die sieht aus, als sei sie gut begossen.»

Sie grinsen belustigt und tauschen dabei Zigaretten aus. Slabicar mag Gouloises, der Bademeister zieht Gedrehte aus echtem Englischen vor, beide haben gute Quellen in den Häftlingen aus Frankreich und Holland. Sie zünden sich je eine an und tun genießerisch den ersten Zug. Dann öffnet Löffler die Tür zum gekachelten Waschraum. Er hat keine

Fenster. Links eine lange, abgeschlagene Bank zum Ablegen der Kleider, rechts hölzerne Roste, von tausenden Fußsohlen seifenglatt. Der Hauptscharführer dreht von außen am Schalter und sagt fast einladend.

«Hereinspaziert, Mädel!»

Er macht ihr Platz. Sie tritt ein, und ihre Augen, noch immer zu Boden gerichtet, blinzeln, als sie die Kacheln sehen. Der Blick schießt nach oben. Unter der Decke glänzt kühl ein halbes Dutzend Duschen. Der schmale Rücken erbebt, zu den Männern dreht sich ein entsetztes Gesicht um.

«Nein, nein ... bitte nicht ...»

Slabicar wundert sich.

«Was hast du denn für einen Rappel?»

«Bitte, nicht allein ... allein nicht!»

Löffler fragt den Hauptscharführer.

«Eine Jüdin?»

Der gelbe Stern war am Mantel, den sie jetzt unter dem Arm trug, und Slabicar auf dem Weg hierher seinen eigenen Gedanken nachgegangen. Erst diese Frage zwingt ihn, sie sich genauer anzuschauen. Ihre Nase ist scharf gebogen, aber mit vergleichbaren Erkern stolzieren auch Schönheiten aus Slabicars banatischem Geschlecht einher. Er fragt.

«Bist du Jüdin?»

Sie nickt, fast unmerklich. Löffler lacht.

«Spiel nicht verrückt! Schau her!»

Er dreht am Haupthahn. Es rauscht. Von allen sechs Duschen fallen bis zum Boden dichte Wasserbündel herab, aus denen es angenehm dampft. Die Jüdin beobachtet das, und die Panik in ihrem Körper klingt langsam ab. Der Verwalter des Waschraums schiebt sie leicht in Richtung Bank an.

«Nun, zieh dich schon aus ...!»

Sie hatte sich wieder in einen Automaten verwandelt. Gehorsam knöpft sie die Knöpfe, Druckknöpfe, Schnallen auf,

auf die Bank fallen noch Hemd, Rock, Unterhemd, Unterrock, Schlüpfer, dicke Socken. Dann wartet sie.

«Was stehst du rum? Wasch dich!»

Sie geht seitwärts abgewandt hinüber zum Rost, so daß sie ihnen nur den Rücken zeigt. So steht sie auch unter der Dusche. Die scheint richtig temperiert zu sein, denn der Körper hat auf den Wasserstrahl nicht im geringsten reagiert. Regungslos verharrt sie im warmen Schwall, als wäre sie gar nicht lebendig.

Slabicar erinnert sich, wie ihn ein Kollege aus der Wiener Oper in den geheimen Nebenraum der Duschen für das Ballett einzuladen pflegte. Generationen von Requisiteuren harrten dort nach Ende der Vorstellung hinter den verborgenen Gucklöchern. In drei Reihen glänzten vor ihnen nackte Frauenleiber, die sich anfangs viele Minuten überhaupt nicht bewegten, als spülte das Wasser ihnen langsam die Müdigkeit aus den Muskeln heraus.

«Hej! Hej, dreh dich um!»

Das ruft Löffler. Und er muß noch lauter schreien, bis sie ihn bei dem mächtigen Rauschen hört. Sie dreht sich um. Jetzt bedeckt sie mit der einen Hand die Scham, mit der anderen die Brust.

«Fang auf!»

Er wirft ihr ein kleines Stück Seife zu, sie erwischt es nicht und fischt es dann aus den Zwischenräumen des Holzrostes heraus. Was versteckt die eigentlich vor uns? fragt sich Slabicar, da ist doch vorn gar nichts dran, sie sieht wie ein Knabe aus. Sie hält bereits die Seife in der Linken und verbirgt mit der Rechten weiter den Schoß. Wenn du wüßtest, was ich in einem Vierteljahrhundert allein in den Theatern an Tonnen von Weiberfleisch gesehen habe! spricht Slabicar im Geiste zu ihr, würdest du dich vor mir nicht mal zu pinkeln schämen...

Löffler ruft erneut.

«Also los, verdammt, wasch dich endlich!»

Die Jüdin seift sich Hals, Schultern, die Arme, Bauch, Beine ein, die biegsamen Hände schaffen es sogar, den ganzen Rücken zu waschen, als hätte sie Gelenke aus Gummi. Zuletzt fährt sie sich nur scheu mit der Seife über die flachen Brüste und stellt sich unter das Wasser, als Löffler sie anschreit.

«Und die Möse? Vielleicht wird dich einer unserer Herren Doktoren untersuchen wollen!»

Beide Männer lachen über diesen Jux, die Aussicht eines ruhigen Tages stimmt sie friedlich.

Die Jüdin hockt sich ohne Zögern hin, bis sich ihre Schenkel öffnen, und seift sich die schwach behaarte Scham nicht anders ein als die zahllosen Ballettchoristinnen, die Slabicar schon frühzeitig den Glauben an den Zauber eines Frauenkörpers verdorben hatten. Auch Löffler ist der Anblick plötzlich widerlich.

«Wäre eine deutsche Frau dazu fähig? Nicht mal 'ne Hure. Die Juden sind halt eine Rasse, die keine Scham kennt.»

Er wirft auf die Bank ein zerrissenes, aber sauberes Badetuch und bietet dem Magazinverwalter eine neue Selbstgedrehte im Tausch gegen seine Schwarze an. Sie gehen nach draußen und rauchen. Von nackten Frauen als auch Männern hatte Löffler tausendmal mehr als Slabicar gesehen. Lebendige und bald darauf tote. Er hat sie in jeder Phase ihrer Auflösung beobachtet: Schreitend, schreiend, sich krümmend und aneinanderklammernd, heulend und wimmernd in ganzen Schwärmen zu Boden sinkend und später auch brennend, sich in den Flammen aufbäumend, bis sie sich endlich in Asche verwandelt hatten, die man in einen polnischen Fluß karrte. Seit der Zeit wußte er auch, daß ein Güterzug voller Menschen zwölf Tragen Asche ergibt.

Den Nutzen aus dieser Erfahrung trug, ohne es zu ahnen,

seine dicke Ehefrau davon. Seit man ihn aus dem Osten mit einer chronischen Nierenentzündung hierher beordert hatte, verbringt er mit ihr alle Abende im guten alten Ehebett, das sie in die kleine Festungswohnung aus der Mehrfamilienvilla in Wiesbaden hierherbringen ließ, wo Löffler einst Kellner im Casino war. Slabicar gibt sich verwundert.

«Warum hat sie sich vor den Duschen so erschrocken?»

«Wahrscheinlich hat sie was gehört.»

«Was denn?»

«Von dem Zyklon.»

«Von welchem Zyklon denn...?»

«Na, dem Gas...»

«Also ist das doch wahr, ja...?»

«Was?»

«Das mit den Gaskammern? Das Zeug kommt aus den Duschen, oder wie?»

Drinnen rauscht immer noch lärmend das Wasser, draußen weit und breit kein Mensch. Slabicar dämpft trotzdem die Stimme.

«Du hast das gesehen, Rudi...?»

Löffler schüttelt unmutig den Kopf. Er hat seinen Einsatz dort ziemlich gut verkraftet, nachdem er in einem der ersten Transporte die Weinsteins erblickt hatte, die Besitzer seines Wiesbadener Heims, die ihm jedes Jahr ganz unverschämt die Miete erhöhten. Nach diesem kurzen Treffen konnte er seiner Frau andeuten, sie müßte sich diesbezüglich keine Sorge mehr machen. Trotzdem hat ihn der Mandelduft der Zyklon-Büchsen auch hier begleitet, und die zurückweichende Front ließ immer öfter die bedrückende Frage entstehen, wie die Art seiner Pflichterfüllung honoriert würde, falls... Er vertreibt den lästigen Gedanken und kehrt lieber in die Gegenwart zurück, die andere Gefahren birgt. Der Wiener stellt ihm gewiß keine Falle, der ist ein allzu großer Schwätzer, als daß man ihn hier herumschnüffeln ließe, aber um so mehr hat er einen Anschiß nötig.

«Hör mal, Franze, eine Weisheit besagt: Wer viel weiß, darf nicht viel quatschen. Und wer viel quatscht, soll nicht viel wissen wollen.»

«Na, erlaub mal...!»

«Nichts für ungut, Franze. Eins wissen wir doch beide: Es ist ein Untermenschenpack. Nicht schade drum.»

Slabicar brachte die Jüdin in sein Königreich; heimlich nennt er es das Vierte Reich. Er schiebt die quietschende Eisentür beiseite, die an einer Deckenschiene aufgehängt ist. Die Effektenkammer befindet sich in den Kasematten des ersten Hofes, durch den die Lastwagen noch fahren können. Die Pläne des Lüftungssystems waren längst verschwunden, aber die zweihundert Jahre alten unterirdischen Luftschächte führen durch den Berg von Steinen und Erde ständig frische Luft zu. Auf anderen Höfen verzögert sie das Verfaulen der Gefangenen, hier das Vermodern ihrer Vergangenheit.

In seiner eigenen war der Oberscharführer, ein geborener Slowene k.u.k. Ursprungs, Requisiteur am Wiener Burgtheater, seit der Premiere von «Ein Kamel geht durch das Nadelöhr» im April 1934 bis zur Premiere von «Karl III. und Anna von Österreich» im November 1941. Vorgestellt hatte er sich im Personalbüro an jenem Tag, an dem in Wien die letzten Schüsse krachten, als die Heimwehr in den Höfen die dort aufgegriffenen Schutzbündler abknallte. Den Abschied nahm er, als die Japaner in Pearl Harbor die Amerikaner blöderweise zwangen, gegen die komplette Achse Tokio–Rom–Berlin anzutreten.

Er war, leider, an diesem berühmten Theater nicht lange genug, um unentbehrlich geworden zu sein. Als er darum in die Partei eintrat, machten die beiden anderen, die er überspringen wollte, denselben Zug. Er blieb weiterhin Dritter und mußte einrücken. Das Parteibuch verhalf ihm trotzdem zu den rückwärtigen Diensten der SS. Und der Glanz des Burgtheaters dann in diesem Mammutfundus, der alle Garderobiers Europas zu neidvollem Erblassen bringen würde! Der feine Unterschied zwischen Requisite und Garderobe entging der zuständigen SS-Behörde.

In der Festung war er nun das dritte Jahr, und er bestand auch vor den Augen des neuen Scharfmachers von Kommandant. Nicht mal auf der Liste der Hurenböcke erschien er, weil er sich, wann immer ihn die Natur bedrängte, lieber vor Ort mit jungen Burschen vergnügte, wie er sich das bereits in Wien angewöhnt hatte, seit ihn die Weiber anwiderten. Sein kleines Privatkommando wählte er vorsichtig unter den inhaftierten polnischen Zigeunern aus. Sie waren Künstler im mannmännlichen Liebesspiel und kannten nur die Sprache der Roma. Niemand konnte etwas ausposaunen: weder er ihnen, noch sie über ihn. Er vergaß nicht, welches traurige Ende vor zehn Jahren der arme SA-Stabschef Röhm und seine Lustknaben genommen hatten.

Zwei Zigeuner, sein derzeitiges Hengstlein und Stütchen, stochern jetzt mit den langen Stangen in den Tausenden von Bügeln auf der linken Seite des Tunnels herum, dessen Lampen in der Ferne zusammenzulaufen scheinen. In vier Reihen übereinander hängen hier Abertausende von Kleidungsstükken, unter ihnen scheint auf dem Steinboden eine endlose Kolonne von Schuhen zu marschieren. Rechts spuken leise die Effekten der Männer, links die Kleider der Frauen. Man bringt sie aus dem ganzen Protektorat hierher. Die meisten Besitzer waren schon längst in Asche aufgegangen, und der Rest würde ihnen bald folgen. Nach einer bestimmten Frist werden die freigewordenen Sachen den Opfern von Luftangriffen, der Winterhilfe und anderen Wohltätigkeitsinstitutionen im Reich geliefert. Dutzende tschechischer Militäruniformen, die er hier übernommen hatte, durfte er unter dem letzten Kommandanten als seine Visitenkarte zum Ändern ans Burgtheater schaffen lassen.

Was ihm jetzt seine Favoriten von links bringen, ist meistens nur Schund. Zwei, drei Sachen läßt er die Jüdin anprobieren. Das Badetuch hatte er ihr gleich weggenommen, um es Rudi zurückzugeben, sie steht wieder nackt da. Von nahem und trocken wirkt ihr Körper, das muß er zugeben, weitaus besser. Sie hat kräftige, dennoch zart wirkende Waden, einen langen Hals und nirgends auch nur eine Andeutung von überschüssigem Fleisch oder gar Fett. Auch diese Nullbrüste halten Form und verleihen dem Ganzen einen beachtlichen Reiz. Slabicar entgeht nicht, daß seine beiden Zigeuner sie ganz geil angaffen. Es macht ihn wütend.

«Glotzt nicht, ihr Blödmänner, oder ich schick' euch ins Außenkommando!»

Dieses Wort verstehen sie gut. Ihre Liebesinstrumente erschlaffen wieder, und eilends stochern sie mit den langen Stangen im Moor der Textilien weiter herum. Hengstlein apportiert triumphierend eine seidene Kutte, bestickt mit glänzendem Flitter, Stütchen liefert stolz einen Kasper als Faschingskostüm. Slabicar schmeißt es ihnen an den Kopf. Er schlägt eins der dicken Eingangsbücher auf, blättert die Seiten mit spuckefeuchtem Finger um und fliegt mit ihm die Kolonnen entlang, entgegen dem Lauf der Zeit. Dann nimmt er selbst eine Stange und wühlt persönlich in der riesigen Tombola auf der Männerseite. Er wiederholt laut, um es nicht zu vergessen.

«Dreizehntausendzweihundertundeins, dreizehntausendzweihundertundeins ...»

Gekonnt nimmt er beim ersten Versuch dicht unter der Decke einen Bügel ab, an dem einsam eine Leinentasche baumelt. Er öffnet sie auf einem der Arbeitstische und zieht triumphierend ein blutrotes Trikot und gleichfarbige Ballettschuhe mit fester Spitze heraus.

«Ich hab's gewußt, daß hier ein Tänzer gewesen ist, so ein Knirps. Dann mal los. Subito presto!»

Obwohl er es Löffler selber ausgeredet hatte, tut er jetzt zur Sicherheit, was ihm die Anordnung befiehlt, auf der sein unnachgiebiger Obersturmbannführer so herumreitet; er öffnet das Ausgangsbuch und vermerkt darin: «Eine Ballettgarn. (1 Trikot und 1 P. Spitzenschuhe, rot) auf Befehl Ostuf.» Dann präzisiert er das lieber noch zusätzlich.

«Name?»

Er muß es wiederholen, ehe die Jüdin begreift, daß er sie anspricht.

«Ballontay Anna.»

«Bist du Ungarin?»

Sie nickt. Slabicar radebrecht alle Zungen des Banats. Weiter fragt er sie in ihrer Muttersprache.

«Honnét?»

«Peströl...»

«Van egy számod?»

«Nem, én a gettóból vagyok...»

«Mikor születtél?»

«Huszonnégy június hetedikén.»

«Ohne Nummer, aus dem Ghetto, Herk. Budapest, geb. 7.6.24.» Er schreibt das kalligraphisch, ist jedesmal in der Überzeugung, daß diese Bücher ebenso wie das letzte Requisitenverzeichnis des Burgtheaters, das er geführt hatte, wegen dieser bestechend schönen Schrift gewiß noch in hundert Jahren bewundert werden. Als er die letzte Angabe einträgt, klingelt etwas leicht in seinem Bewußtsein, vielleicht das Datum, wird aber unmittelbar darauf von einem neuen Gedanken verdrängt.

Sie zog sich an, das Trikot und die Spitzenschuhe sitzen wie angegossen, aber trotz der schrillen Farbe ist sie viel ausdrucksloser, als wie sie nackt dastand. Dabei sollte es doch gerade umgekehrt sein ... Moment! Slabicar jagt die Zigeuner weg und begibt sich zu seinem gegenwärtigen Versteck. Zu diesem Zweck wählt er abwechselnd einen der Mäntel in der Karenzfrist. In dessen Taschen bewahrt er die Dollars, Pfunde und den Schmuck auf, alles, was er bei der Übernahme, die er grundsätzlich nur selber durchführt, in Futterstoffen und Kragen entdeckt. Auch diverse Relikte intimen Bedarfs, alles vom Feinsten. Er bringt ein kleines intarsiertes Schminkkästchen mit.

«Na!»

Die Jüdin betrachtet es, als ahnte sie nicht, wozu es dient.

«Na, schmink dich schon!»

Ihre Augen irren umher. Was hat sie nun schon wieder gebissen? Dann fällt Slabicar ein, daß hier fehlt, was auch die ärmlichste Garderobe im allerletzten Schmierentheater aufzuweisen hat: ein Spiegel. Er nimmt sich also selbst der kleinen Tiegel an.

«Zeig her!»

Geübt schminkt er ihr Wangen, Augenlider, Brauen und Lippen, so wie er manchmal seine Bürschlein für ihre Liebesauftritte herrichtet.

Grube richtet den Kinosaal für die Probe her. Hier steht das einzige vorhandene Klavier und vor allem ein Grammophon. Während der Kulturfritze, der dicke Scharführer Himmler, niest und lärmend die vorderen zusammenmontierten Stuhlreihen zurückschiebt, damit ausreichend Platz entsteht, geht der Kommandantenstellvertreter einen Stoß Schallplatten durch. Ihre Titel lassen verblaßte Bilder aus den fröhlichen Freiburger und Hamburger Jahren in ihm wieder erstehen, als er seine Vergangenheit noch vor sich hatte. Die Welt, die ihm damals zu Füßen zu liegen schien, war inzwischen zu diesen dünnen Scheiben zerkratzten Schellacks zusammengeschrumpft. Von jener Zeit ist ihm nur Monika geblieben. Geblieben?

Die Tür. Hätte sie nicht der Magazinverwalter gebracht, der sich jetzt ziemlich stolz meldet, Grube hätte die Jüdin nicht erkannt. Kleider machen Leute, Schminken Schauspieler. Auch ohne Theaterbeleuchtung, die erst alles voll zur Geltung bringt, sieht sie so aus, daß sie vom Fleck weg auf die besten Bühnen hinaustanzen könnte.

«Das ist Ihnen gelungen, Slabicar, Hut ab!»

Und wie seine Erinnerung verklingt, fügt Grube zu all den verschwundenen Dingen auch die Inhalte vieler Worte hinzu. Wo waren bloß die guten alten Herrenhüte hin! Schon längst und für immer hatten die schwarzen, grauen und hellen Vögel der Melonen, Borsalinos, Panama- und Girardhüte zu flattern aufgehört, ersetzt vom stumpfsinnigen Hochreißen der siegheilenden Rechten. Er verbietet sich diese Überlegungen: Er ist auf dem besten Weg, den nächsten Gnadenschuß sich selbst zu versetzen. Er sagt zu Himmler, der die Nase in einem schmutzigen Kommißtaschentuch verbirgt und auf eine Erklärung wartet, nicht viel.

«Warten Sie hier mit ihr, Scharführer, es kommt der Kommandant mit seiner Tochter.»

Himmler niest kräftig, statt zu grüßen. Er bleibt mit der Unbekannten allein.

Seinen Chef findet Grube vor dem Superhet. Das Oberkommando der Wehrmacht hat endlich einen Bericht für die Öffentlichkeit herausgegeben. Es fehlen darin die bedrükkenden Angaben über das Ausmaß der Invasion und die Stärke der angreifenden Verbände, statt dessen bringt er dramatische Details. Bis in Einzelheiten wird die mißlungene englische Luftlandung über der Stadt Ste. Mère Eglise geschildert: Die brennende Kirche schuf einen glühenden Strudel, der die Fallschirmjäger wie Fliegen in seinen Schlund hineinriß. Auf den steilen Hängen des Pic Du Hoc, wo in Wellen die amerikanischen Landetruppen zu den schweren Geschützen hinaufzuklettern suchten, baumeln in Seilen Hunderte toter Körper. Boote mit Verstärkung zerschmettern in der Brandung und in den Volltreffern deutscher Granaten. Die Angreifer können ihre Verluste kaum noch ersetzen. Die Invasion bricht zusammen. Am Atlantikwall wird eine neue europäische Legende geboren. Rom. Der italienische König Viktor Emanuel trat gestern das Thronrecht an den Kronprinzen Umberto ab ...

Der Kommandant schaltet den Empfänger aus. Jeder der beiden Männer wartet, ob der andere sich nicht zu den Nachrichten äußern wird. Nach kurzem Schweigen begreift Grube, daß er zur Tagesordnung übergehen soll.

«Sie ist soweit, Obersturmbannführer.»

«Wer ...?»

«Die Jüdin. Sieht ganz manierlich aus. Sogar sehr.»

Kleinburger nimmt das mit einem Kopfnicken zur Kenntnis und greift nach dem Hörer.

«Obersturmbannführer ...!»

«Noch was?»

«Ich habe ihr strengstens verboten, auch nur einen einzigen deutschen Laut von sich zu geben. Ich wollte verhindern, daß sie vielleicht auch das Fräulein Christine in der besagten Sache belästigt. Ich meine – Ballett kommt auch ohne Worte aus ...!»

Kleinburger ist erschüttert. Wie konnte er das vergessen? Was alles hat er sonst noch nicht bedacht? Nein, es war keine gute Idee, und er hätte sie Gertrud glatt ausreden sollen! Natürlich läßt er sich nichts davon anmerken. Er sagt zu Grube.

«In Ordnung.»

Er nimmt den Hörer auf und verlangt seine Wohnung. Er wird sofort durchgestellt, aber es dauert eine Weile, bis Gertrud den Apparat im kleinen Speisezimmer hört und zu ihm gelangt. Der Kommandant gibt sich ungewöhnlich locker.

«Hallo, Schatz, wie geht's dir?»

Grube verläßt gemessen grüßend taktvoll das Dienstzimmer. Gertrud freut sich über diesen Anruf.

«Gut, Schatzi, danke für die liebe Nachfrage.»

«Du hast schließlich Geburtstag.»

«Ja, und was für einen schönen. Dank dir!»

«Das freut mich. Ist Christine bei dir?»

«Sie ist lesen gegangen.»

«Wohin?»

«Raus. Ich glaube zum Schwimmbecken.»

«Ruf sie, ob sie gleich zu mir kommen kann.»

«Wartest du ein Weilchen?»

«Aber ja.»

Den Hörer am Ohr setzt er sich an den Schreibtisch, sieht weiter die Meldungen von gestern und die heutigen Eingänge durch, entfernt hört er dabei, wie Gertrud, höchstwahrscheinlich auf der anderen Seite des Flurs, laut ruft.

«Tinchen! Tiiiincheeeen!»

All die langen Jahre, wann immer dieser Ruf ertönt, stieg in ihm eine warme Welle empor, die er im Innersten nicht anders als Seligkeit zu nennen weiß. Weil das jedesmal heißt: Sie sind alle drei zusammen. Daß dem auch hier und jetzt so ist, kommt einem Wunder gleich. Gertrud ist zurück, außer Atem und verunsichert.

«Sie meldet sich weder vom Becken noch aus der Allee. Wo kann sie nur sein, Schatzi...?»

«Sei ganz ruhig, Schatz, ich werde sie schon finden. Mach's gut. Ich freue mich aufs Mittagessen.»

Er selbst ist jedoch unruhig und gleich, als er aufgelegt hat, klingelt er nach dem Unterscharführer.

«Fragen Sie am Tor, ob meine Tochter vielleicht die Festung verlassen hat!»

«Jawohl, Obersturmbannführer!»

Klack.

Die Pause dauert keine zehn Sekunden.

Klick.

«Nein, Obersturmbannführer!»

«Dann rufen Sie alle Wachtposten an, ob sie sich nicht zu ihnen verirrt hat!»

XI

Zur gleichen Zeit

Der Tunnel führt durch den dicken Fuß eines der Wälle. Auf die Entfernung erscheint der gegenüberliegende Ausgang wie ein Loch, durch das kein Kind hindurchkriechen könnte. Die steinerne Wölbung der Decke ist so niedrig, daß der lange Weißmüller die Mütze abnehmen muß. Im trüben Licht der verstaubten Glühbirnen sieht Christine zum ersten Mal richtig seine Haare. Weil sie eigentlich im Dienst waren, erlaubte der Kommandant den Offizieren nicht einmal beim Festfrühstück, die Mütze abzusetzen.

Christine verträgt geschlossene Räume schlecht. Im Luftschutzbunker des Internats hatte sie immer doppelt gelitten. Hier tropft es von der Decke, und der dumpfe Geruch des feuchten Lehms ruft die bedrückende Vorstellung eines Grabes hervor. Nach den ersten Schritten überkam sie die Angst, die dünne Schale des Gewölbes, erschüttert durch ihre Schritte, könnte unter der gewaltigen Last des Walls einbrechen. Ihr war gleichgültig, ob sie sich lächerlich machte, und schon wollte sie ihn bitten, umzukehren; da leuchtete sein Haar auf.

Sie hatte ihm den richtigen Namen gegeben! Nicht mal der kurze Kommißschnitt konnte die Engelslocken völlig bändigen, die sich in unzähligen Ringlein kräuseln. Jetzt erscheinen sie silbern, doch Christine weiß, daß sie die Farbe von trockenem Sand haben. Der Druck auf ihr Gemüt läßt nach. Die Angst weicht dem Gedanken, daß ihn, würden sie jetzt hier zusammen verschüttet, nie mehr eine andere bekäme.

Mit der schlagartig gebesserten guten Laune kehrt auch ihr Mut zurück.

Sie sind vor dem zweiten, soliden Gitter angelangt. Der Begleiter schließt es mit demselben Schlüssel auf, der neben seiner Pistole am Koppel hängt. Sie kann sich an seinen Haaren nicht sattsehen. Leider nur kurz. Im Augenblick, in dem sich die Löckchen im Tageslicht für Christine in lebendige kleine Schlangen verwandeln, werden sie wieder von der schwarzen Mütze eingesperrt. Aber sein Gesicht, noch vor einer Stunde so dienstlich unpersönlich, hat den kameradschaftlichen Ausdruck vom Schwimmbecken beibehalten. Wenigstens etwas. Ja dann, wo führt er uns wohl hin, der schöne Wolfi? Christine staunt.

«Gott, ist es schön hier ...!»

Der Tunnel mündet inmitten des langen Walls, der die Spannseite eines geräumigen Dreiecks bildet. Darin liegt jedoch kein nüchterner ebener Festungshof, wie er trotz Bäumen und Rasen auch das Herrenhaus birgt. Hier scheint nur Landschaft eingefangen zu sein. Von der kleinen Pforte fällt sie gemächlich zum niedrigsten Punkt ab, der dort liegt, wo sich die Schenkel des Dreiecks berühren. Bis zum oberen Rand des rechten läuft ein steiler grasbewachsener Hang empor. Und überall Sträucher und alte Baumgruppen, die den gesamten unteren Teil der linken Mauer verdecken. Durch das Grün hindurch blitzt sogar ein sich dahinschlängelnder kleiner Bach.

«Warum hat man das Herrenhaus nicht hier gebaut?»

«Wegen des Zugangs. Hierher führt nur dieser Tunnel.»

«Das würde mich nicht stören.»

Mit dir, fügt Christine im Geist hinzu. Aber gut so! Das wird ihrer beider Ort sein. Wenigstens hier wird sie keiner stören. Oder hat, fährt es ihr ins Herz, die Grube auch einen Schlüssel? Bindet sie ihn von der Koppel ihres schlafenden Mannes los, damit sie sich nachts hier mit dem Geliebten treffen kann? Vor dem Tunnel standen keine Wachen! Der Begleiter ahnt nichts von ihrer plötzlichen Verzweiflung und setzt die Führung fort.

«Und hauptsächlich ist hier der Schießstand.»

Es freut sie, daß es die alte Schachtel nicht so leicht hat, doch gleich darauf ärgert sie sich schon über sich selbst. Spinne ich denn? Nehme ich meine wild wuchernde Phantasie schon wieder ernst? Wer ist denn jetzt mit ihm hier allein, die andere oder ich? Warum verderbe ich mir unsinnig eine so einzigartige Gelegenheit? Nicht ich ihn, er hatte mich hergeführt. Also mach es ihm nicht noch schwerer, Mädel! Ihre Verzauberung muß Christine nicht vortäuschen.

«Wo kommt denn dieser Bach her?»

«Man hat damals beim Bau auch an lange Belagerungszeiten gedacht.»

«Aber jeder Bach muß doch einen Anfang und ein Ende haben!»

«Der hier entspringt aus einer Quelle in der Festung und führt unter den Wällen in die Wassergräben und in den Fluß. Niemand weiß heute mehr, welchen Weg er nimmt.»

Christine zeigt nach rechts, wo hoch aufgeschossener Rasen bis zum Scheitel des Walls hinaufklettert.

«Da fehlen nur noch die Türme eines Märchenschlosses!»

Er nickt überrascht. Er sieht diesen Ort zum ersten Mal mit fremden Augen und wundert sich, daß ihm das nicht früher eingefallen war.

«Von dort muß man eine phantastische Aussicht haben, oder, Wolfi? Können wir nicht dorthin? Wenn ich zwischen diesen Mauern leben muß, will ich wenigstens wissen, was dahinter Schönes liegt.»

Weißmüller ist in Verlegenheit.

«In dieser Richtung ist wieder nichts als Stein ... der vierte Hof ...»

«O ja. Und da darf ich nicht hin.»

«Nein.»

«Und nur mal gucken? Um eine Vorstellung davon zu haben?»

«Gegenüber stehen die Wachtürme ...»

Nicht, daß ihr daran besonders gelegen wäre, sie will nur herauskriegen, ob sie irgendeine Macht über ihn hat.

«Das Gras ist dort noch nicht gemäht. Ich kann sehr gut kriechen, du nicht?»

«Dann aber vorsichtig ...»

Damit hatte sie nicht gerechnet, und nun verspürt sie ein Gefühl der Wonne. Sie nähern sich dem rechten Wall, steigen steil nach oben. Unterhalb seiner Krone kriechen sie. Er muß sich eingestehen, das Mädchen ist gut in Schuß, ihn selbst kostet es mehr Mühe, daß sich die Spitzen der hohen Halme, die er beiseite schiebt, nicht gegen den Wind bewegen, der hier oben weht. Er bleibt etwas zurück, und so warnt er sie flüsternd.

«Halt! Warten!»

Verborgen hinter einem dünnen grünen Schleier sieht Christine die Kette der Wachtürme auf den anderen Wällen. Auf einem der entfernter gelegenen erblickt sie als erstes die vertrauten kleinen Gestalten der fleißigen Mäher, die die Sensen schwingen. Im allernächsten Turm, auf dem gegenüberliegenden Wall erkennt sie das Gesicht eines Mannes, dessen Ellbogen auf dem Kolben eines Maschinengewehrs ruht. Dann blickt sie nach unten. Der Hof, der vierte genannt, hat annähernd dasselbe Ausmaß wie alle, die sie bisher gesehen hatte. Den Grundriß stören hier weder Gebäude noch Bäume. Das Pflaster erstreckt sich zwischen allen vier

Wänden. Sie sind aus rötlichen Steinen wie die ganze Festung, ragen bis zu einer Höhe von gut acht Metern, erst dort setzt der begraste Damm des Walles an. In regelmäßigen Abständen sind in den Wänden Öffnungen herausgeschlagen, mit Gittern versperrt.

Der Hof ist leer, nur in der Mitte sonnt sich ein älterer Mann im gestreiften Anzug; er hat sich recht bequem auf einen schräg dastehenden Holzkarren gelegt, auf die Deichsel gestützt. Von weitem dringen zusammenschmelzende Klänge des Alltags her, in denen sich auch der Lärm der unermüdlichen Grillen auflöst, wie eines von vielen Instrumenten in einer großen Kapelle. Erstaunlich friedlich, denkt sie verblüfft. Aus einer der Öffnungen tragen zwei gestreifte Männer einen dritten heraus, ihnen folgt ein SS-Mann mit Maschinenpistole. Noch ehe die kleine Gruppe beim Karren anlangt, erkennt Christine ihren Irrtum. Weißmüller, bereits neben ihr, flüstert eindringlich.

«Zurück!»

Er kriecht diesmal vor ihr. Hatte er womöglich bemerkt, wie sie erstarrte? Jeden überrascht irgendwann einmal etwas, das ist doch menschlich. Zum Beispiel ein Tunnel. Oder der erste Tote! Aber das bedeutet bei weitem nicht, daß sie aus Zucker wäre. Sie hat doch nicht einmal gezittert. Gern würde sie es ihm beweisen, indem sie gelassen weiter zuschaute. Aber er ist schon wer weiß wo, und so folgt sie ihm verstimmt. Sie schleicht die eigene Spur zurück, ohne daß ein Grashalm erzittert. Und hier hat sie ihn!

«Warum durfte ich nicht eine Weile bleiben?»

«Ich hab' mir Sorgen um Sie gemacht...»

«Um uns?»

«Verzeih... um dich. Daß dich die Wache doch noch bemerkt. Ich glaube, dein Vater würde sich ärgern.»

«Also hast du dich eher um dich gesorgt.»

«Warum um mich?»

«Weil du die Verantwortung für mich übernommen hast.»

«Ich bin es gewohnt, schwerere zu tragen!»

Es freut sie, daß auch er sich gekränkt fühlt. Es liegt ihm also an ihrer guten Meinung. Wie ihr an seiner. Deshalb greift sie weiter an.

«Denkst du, ich sei eine sentimentale Gans?»

«Nein ...»

«Daß ich nicht weiß, wer die da unten sind? Vielleicht hat einer von ihnen den Piloten ein Zeichen gegeben, die unser ehemaliges Haus verbrannten, mit allen Kindern, die ich darin kannte. Vielleicht hat der dort die Mine gelegt, die meinen Vater fast getötet hat!»

Die Überzeugung, mit der das Mädchen spricht, wirkt wie Seelenbalsam auf ihn nach dem Spötteln von Monika Grube, der – darin ähnlich ihrem Mann – offenbar nichts, aber auch gar nichts heilig ist. Jetzt erst begreift Weißmüller, was es ihn gekostet hätte, wenn er sich nicht entschieden gegen sie zur Wehr gesetzt hätte.

Christine bringt geschickt ihren morgigen Geburtstag ins Spiel.

«Ich werde zwar morgen erst achtzehn, aber das hat auch sein Gutes. Weil mich, im Gegensatz zu den zimperlichen Gänsen und verwöhnten Katzen, die sogar zu faul sind, Kinder zu haben, bereits das Reich erzogen hat!»

Sie ist stolz auf sich, weil sie so präzise die Hauptsturmführerin von der eigenen Mutter zu unterscheiden weiß.

«Und ich heiße Kleinburger!»

Sie heißt nicht nur so; Weißmüller ist sich sicher, daß sie außerdem auch das Etwas hat, was er beim Vater, den er sonst verehrt, trotzdem vermißt, gerade jene Eigenschaft, von der er selbst beherrscht wird und die er vor so manchem fast verbergen muß wie einen Ausschlag: den Glauben. Nicht vorgetäuscht, nicht erzwungen, sogar nicht einmal Kleinbürgers Glauben von Vernunft wegen, sondern den echten, blinden, heiligen, einen absoluten Glauben, neben dem kein Platz für einen anderen bleibt. Plötzlich überkommt es ihn, ihr eine ganz persönliche Frage zu stellen.

«Glaubst du an Gott?»

«Nein!»

Es überraschte sie nicht, trieb sie nicht in die Enge, zwang sie nicht, nach Ausflüchten zu suchen, nicht einmal zu lügen! Daß sie noch unlängst zu jemandem betete, an den sie nie geglaubt hat, kommt ihr plötzlich so unsinnig vor, daß sie jegliche Verbindung zwischen jener verwirrten Betschwester im Internatsluftschutzraum und sich selbst hier und jetzt entschieden bestreitet. Sie braucht Gott um so weniger, da sie seinen Engel hat. Schon hat? Na gut, dann haben wird. Soeben entsteht ein Band zwischen ihnen, das bald keiner mehr zerreißen kann. Also los, Mädchen, mach weiter! Sei ehrlich und schäm dich nicht dafür, laß dein Herz freiweg reden!

«Nein, Wolfi, mir genügt der Glaube an die Mission unseres Volkes. Und den hat mir mein Vater vermacht. Kennst du Nietzsche?»

Sie liest in seinen Augen das Eingeständnis, daß dem nicht so ist, und schämt sich für diese Taktlosigkeit um so mehr, als sie sich mit Federn schmückt, die ihr noch heute früh fremd waren, bis der Vater sie von dem Schulstaub befreit hatte. Trotzdem stellt sie sich ihm weiter dreist als kolossal philosophisch gebildet dar. Und wer weiß, womit die alte Schmierenkomödiantin sich aushilft!

«Nietzsche sagt, wie du weißt, daß der größte Fehler der Menschheit Schwäche hieß und auch weiterhin heißt. Daß der tatsächliche Motor der Geschichte die Kraft ist, die unbarmherzig alles Alte und Schwache beseitigt. Und daß ein

Volk, das eine neue Kultur zu schaffen gedenkt, eine höhere und bessere, sich vor nichts fürchten darf, auch nicht vor Blut. Vater hat mir anvertraut, daß hinter diesen Mauern hier solche Menschen enden, die die Geschichte zurückdrehen wollten. Du … hast auch damit zu tun …?»

Sie sagt es und erschrickt sofort. Undeutlich ahnt sie, daß sie so etwas wie ein dreizehntes Zimmer öffnet, in dem die Erkenntnis lauert, die sie aus diesem sonnigen Mittag in die endlos düstere und blutige Welt der Erwachsenen hinaustreibt. Aber auch Weißmüller überschreitet eine Grenzlinie. Zum ersten Mal verrät er ein militärisches Geheimnis. Er weiß jedoch, wem.

«Ja …»

«Wie wird das gemacht?»

«Das ist unterschiedlich …»

«Hab keine Angst. Mir kannst du alles sagen. Glaubst du mir nicht?»

«Doch …»

«Was tust du dabei?»

«Sofern sie zum Tod durch Erschießen verurteilt sind, befehlige ich das Exekutionskommando. Dann … gebe ich ihnen den Gnadenschuß.»

«Was ist das …? Erzähl's mir ruhig!»

«Ein Fangschuß in den Nacken. Sollten sie doch noch leben.»

«Womit?»

«Also, mit der Pistole …»

Längst sind sie am Bach angekommen und sprechen im Stehen, sie mit unter der Brust verschränkten Armen, um das unverhoffte Zittern der Finger zu verbergen, er mit den Daumen im Koppel, das die Taille umspannt. Die übrigen Finger seiner Rechten umschließen dabei den oberen Rand des Lederhalfters. Diese Pistole also … diese Finger … Das

Zittern wird stärker, und sie versucht in ihrer Not kraftmeierische Sätze zu schwafeln, um den wahren Grund ihrer Erregung zu verbergen.

«Das ist doch... das ist großzügig, oder, Wolfi? Unseren Frauen und Kindern, die unter den eingestürzten Häusern verschüttet sind, gibt niemand den Gnadenschuß! Sie bleiben dort Stunden, Tage, vielleicht auch Wochen lebendig begraben. Ringsherum Dunkelheit, Stille und die Verzweiflung eines langsamen Todes!»

Die eigene Angst, die sie allzugut von den Stunden im Luftschutzkeller kennt, übertönt schnell den Schrecken, den ihr die Vorstellung seiner Finger einjagte, wie sie abdrücken... was? Und wo? Und wie? Sie muß sofort fragen, muß in sich ein für allemal den Quell dieses heimtückischen Bebens versiegeln, das ihre soeben preisgegebene Verehrung Nietzsches ins Lächerliche zu ziehen droht. Ich bin eine Athletin, schwört sie sich, ich bin eine erwachsene Frau, ich bin eine Deutsche!

«Zeig sie mir. Deine Pistole!»

Seine Rechte knöpft tatsächlich das Halfter ab und entnimmt ihm die Waffe. Sie ist größer, als sie zuvor schien. Das mattschimmernde Stück dunklen Metalls zieht Christine bereits durch seine Form an. Mit dem Zeigefinger berührt sie die Mündung. Fühlt sich kühl an... obwohl gerade da der Blitz herausfliegt, der das Werk der Gerechtigkeit vollendet.

«Laß sie mich halten!»

Sie fragt nicht, sie befiehlt. Und er gehorcht ihr. Die Pistole ist so schwer, daß sie ihr beinahe aus der Hand fällt. Aber sie hält sie fest und richtet sie sogar auf ihn. Dann erschrickt sie, als er jäh zur Seite springt, mit der einen Hand ihr Handgelenk ergreift und ihr mit der anderen die Waffe abnimmt.

«Was ist...?»

Weißmüller entschuldigt sich verlegen.

«Du hattest den Finger am Abzug! Die geht furchtbar leicht... ich trage sie immer ungesichert.»

Er legt einen kleinen Hebel um. Es knackt. Dann nimmt er das Mädchen mit der freien Linken sanft bei der Hand.

«Komm!»

Christine ist außer sich. Auch wenn er ihr damit vielleicht nur den Hang hinaufhilft, hält sie zum ersten Mal seine Hand. Sie ist schlank, fein und trocken, einfach einmalig. Und das Schönste an ihr: sie gehört keinem Engel, sondern, zum Glück, einem Mann! Er läßt sie nicht los, nicht einmal, als sie den bequemen und gemächlich abwärtsführenden Weg zu dem Platz entlanggehen, wo die beiden seitlichen Wälle zusammentreffen. Sie tut so, als rutschten ihre Schuhsohlen. Da sind sie leider schon am Ziel.

In dem Winkel steht eine lange Holzwand aus starken Bohlen. Davor ist ein halbes Dutzend dicker Pfähle in die Erde gerammt. Weißmüller bleibt stehen und sieht zu Christine hin, wie um sie zu prüfen. Sie schaut sich um. Seitlich an der linken Wand bemerkt sie ein Holzpodest. Zwei hohe Balken ragen aus ihm empor, durch einen Querbalken miteinander verbunden. Dicke Haken sind darin befestigt. Das alles verwirrt sie. Schließlich hört sie sich überrascht sagen.

«Das ist ja ein Galgen!»

«Nur für Schieber und Schwerverbrecher. Die anderen enden hier.»

Christine geht zum nächsten Pfahl. Unter ihren Füßen knirscht jetzt Sand. Als sie unmittelbar davor steht, entdeckt sie im Holz unzählige kleine, funkelnde Flächen. Sie berührt eine. Kaltes Metall. Wieder spricht eine fremde Stimme aus ihr.

«Kugeln?»

Er nickt, und seine Augen ruhen weiter auf ihr. Diesen Blick kennt sie. Ja! So schauten sie ihre Lehrer an, wenn sie sich aus ganzer Seele wünschten, von ihr nicht enttäuscht zu werden. Er wartet: Vielleicht um zu erfahren, wie sie sich verhält, sobald sie begriffen hat, daß eine jede dieser Kugeln den Pfahl nur durch einen lebendigen menschlichen Körper hindurch erreicht haben kann.

Christine verschränkt erneut die Arme und verbirgt die Hände, obwohl sie in ihren Fingern längst nur mehr ein trügerisches Kribbeln spürt. Das Zittern hatte aufgehört, gleich nachdem er ihr die Hand gereicht hatte. Sie lehnt sich mit dem Rücken an den Pfahl.

«So?»

«Die Hände haben sie hinten. Gefesselt ...»

Sie umfaßt den Pfahl hinter sich, bis sich die Fingerspitzen berühren.

«So?»

«Ja.»

«Und von wo ...?»

«Von dort ...»

Die Stelle, auf die er hinweist, ist ungefähr zehn Meter entfernt. Er geht und stellt sich dorthin. Sie kann noch jede Bewegung seiner Augen sehen. Sie sind jetzt von strahlendem Blau. Schnell fragt sie weiter, damit er nicht merkt, wie sehr sie sich von ihm angezogen fühlt.

«Und das können die sehen?»

«Sie können um eine Augenbinde bitten.»

Das Kribbeln geht erneut in ein Zittern über. Krampfhaft preßt sie hinter dem Pfahl die Finger zusammen und fährt trotzdem mit fester Stimme fort.

«Und tun sie das?»

«Die meisten wollen sehen, was mit ihnen passiert. Aber dann schließen doch viele die Augen.»

«Sagen sie etwas?«

«Manche beten. Ein paar von ihnen singen. Manchmal schreit jemand ein paar Worte heraus.»

«Was zum Beispiel?»

«Ich weiß nicht. Es sind Tschechen, Franzosen oder Holländer. Sogar Zigeuner.»

Auch er spürt plötzlich eine Erregung, wie zuletzt vor... wieviel Jahren? Er denkt nicht nach. Unwillkürlich erlebt er an sich selbst die Macht des Wortes. In Worten ausgedrückt erlangt die Alltäglichkeit eine neue Dimension. Die überrascht jetzt auch ihn. Darum fährt er fort.

«Die Zigeuner betteln und weinen oft. Sind wie Kinder, das ist unangenehm...»

Christine muß sich wieder mit starken Worten behelfen.

«Hätten sich das vorher überlegen sollen!»

Sie schließt die Augen. Ihr Gesicht nimmt einen schmerzlichen Ausdruck an. Weißmüller erschrickt.

«Was ist mit dir?»

«Sei still! Ich stell' mir das vor. Vielleicht werde ich Schriftstellerin, dann muß ich auch darüber schreiben können. Aber wie, wenn ich nur eine Frau bin?»

Und er, anscheinend schon mehr gefangen, als sie zu hoffen wagte, zieht ohne zu zögern die Pistole heraus, entsichert, hebt den Arm senkrecht hoch über seinen Kopf und drückt ab. Der trockene Schuß ohne Widerhall, an den seine Ohren hier gewöhnt sind, wirkt auf sie wie ein Flakschuß ganz in der Nähe. Sie fällt in Ohnmacht.

Als sie zu sich kommt, glaubt sie, wieder in einem Traum zu sein, wie schon am Schwimmbecken. Nur daß der Engel sie, die auf dem Sand Liegende, diesmal umarmt, streichelt und ängstlich ihren Namen ruft. Alles fällt ihr wieder ein bis zur angehaltenen Zeit. Niedergeschlagen bittet sie ihn.

«Sei mir nicht böse...»

«Sei du mir nicht böse!»

«Ich fürchte mich nicht, ich bin nur erschrocken. Das liegt daran, daß ich ständig unter Mädchen war. Aber jetzt hab' ich einen Kameraden, oder?»

«Ja ...»

«Du wirst mir alles beibringen!»

«Ich weiß nicht ...»

«Ich weiß es!»

Sie zieht seinen Kopf zu sich herunter. Ihm graut wie in jenem Augenblick vor einer Woche, als ihn urplötzlich Grubes Frau wild zu küssen begann. Aber dieser Mund beißt nicht und dringt nicht mit seiner geilen Zunge in den seinen hinein, er küßt nicht einmal, er ruht nur ergeben auf seinen Lippen, wie ihr ganzer Körper in seiner Umarmung. Weißmüller verspürt ein bisher unbekanntes Gefühl, von dem er glaubt, es sei Zärtlichkeit. Und er unternimmt nichts, um sich davon zu befreien.

Nach einer Weile stehen sie beide scheu auf, sie stauben sich gegenseitig ab, gehen schweigend zurück. Nicht einmal in dem erdrückenden Stollen faßt sie ihn bei der Hand, denn sie ist jetzt stark durch ihr unglaubliches Glück. Es überrascht sie, als Weißmüller sich noch im Tunnel die Mütze aufsetzt. Er hatte den Kommandanten eher gesehen als sie. Die Sonne blendet, Christine blinzelt und strahlt dem Vater entgegen.

«Vati, ich habe Herrn Weißmüller gebeten, mir ein bißchen ...»

«Danke, Untersturmführer, Sie können wegtreten! Hast du für mich Zeit, Christine?»

Weißmüller steht stramm und sieht zu, wie sie weggehen. Irgendwo in der Ferne, im Ghetto oder in Leideneritz, schlägt es zwölf. Plötzlich wird ihm klar: Wenn ihn noch überhaupt jemand von seinem Fluch befreien und in den Mann verwandeln kann, der er einst sein wollte – dann dieses Mädchen!

XII

6. 6. 1944, mittags

Karl Kleinburger ist erschüttert. Als Mensch und als Soldat. Als Vater erkennt er die Tochter nicht wieder, als Kommandant nicht den Untergebenen. Mit ihm wird er die Angelegenheit noch vor dem Essen klären, kurz und bündig, wie er das gewohnt ist. Er kann seine Leute nicht mit zweierlei Maß messen. Aber wie soll er, um Gottes willen, mit ihr verfahren?

Trotz seiner Verschlossenheit hatte er zu Christine immer ein herzliches Verhältnis. In ihr schien er all das zurückzubekommen, dessen er freiwillig entsagt hatte, als er sich der Partei- und Militärlaufbahn verschrieb: das Interesse an Kunst, das freie Philosophieren über Gott und die Welt. Während Gertrud längst seine strengen Maximen und Normen übernommen hatte, erlaubte er sich mit der Tochter weiterhin die verbotene Frucht der Gefühle.

Ihr geheimer Bund nahm ein Ende, als er Stabsoffizier geworden war und kurz darauf an die Front kam. Nach seiner Verwundung verwandte er alle Zeit und Energie auf eine schnelle Genesung. Dann kam die überraschende Versetzung in die Festung. Eine Beschwerde wäre gewiß bis zum Führer vorgedrungen, aber er war es gewohnt, ohne Widerrede jeden Befehl auszuführen, so, wie er das von seinen Untergebenen forderte. Inmitten der um sich greifenden Unmoral sah er darin den besagten unverrückbar festen Punkt.

Mit aller Kraft widmete er sich der neuen Aufgabe, die er sich selbst gestellt hatte: Zu beweisen, daß der ihm anvertraute Bereich jenem erhabenen Bild von Ordnung und Größe nahekam, das einst Adolf Hitler dem dahinsiechenden Deutschland vor Augen geführt hatte. Kleinburger blieb der Vision von der Gemeinschaft der starken und gerechten Männer und Frauen treu, welche die höchsterreichbare Kultur der Geschichte begründen sollte.

Er tat dies für sein Volk und also auch für seine Tochter. Damit entschuldigte er, daß er sie seit einiger Zeit arg vernachlässigte. Jetzt weiß er, daß er einen Fehler gemacht hatte, den er schnell korrigieren muß. Die junge Frau an seiner Seite ähnelt auch äußerlich kaum der Tochter, die er kannte. In ihrer ihm einst so vertrauten Seele kennt er sich nicht mehr aus.

Er bot ihr den verkrüppelten Arm, um mit der Rechten auf die schneidigen Grüße der Männer antworten zu können, die gerade keinen Dienst haben und auf dem Weg zum Essenfassen sind. Die unterdrückte Wut und der innere Unmut bewirken, daß er schneller und rüstiger als sonst ausschreitet. Sie paßt sich seinem Tempo ohne Schwierigkeiten an. Das Ergebnis ist, daß ihn der Beinstumpf mehr als üblich schmerzt.

Christine bemerkt nichts davon. Sie fuhr zusammen, das stimmt, als sie sah, wie er dort auf sie wartete. Sein Dank an Weißmüller hatte sie jedoch überzeugt, daß sie mit ihrem launenhaften Wunsch ihrem Liebling keinen Ärger bereitet hatte. Der Schuß, der ihre peinliche Ohnmacht auslöste, mußte in den gewaltigen Trichtern der Wälle verhallt sein. Was dann geschah, wußten nur sie, er und der Himmel.

Weil erst einige Minuten vergangen sind, dauert alles weiter in ihr fort. Und obwohl fast nichts vorgefallen war, glaubt sie fest, daß alles geschehen ist. Sie ist außer sich vor Stolz, wenn sie daran denkt, daß die reizlose Jungfrau von gestern, über die das ganze Internat lachte, einer so erfahrenen Frau in knapp einer Stunde den schönsten aller Burschen

«von der Maas bis an die Memel,
von der Etsch bis an den Belt»

ausgespannt hatte!

Der Kinoverwalter begriff indessen, daß er wieder einmal Opfer von Grubes beliebtem Spiel wurde. Der Stellvertreter des Kommandanten hatte bereits im Parteiapparat gelernt, was er in der Armee wiederentdeckte: Läßt er seine Untergebenen warten, schimpfen sie höchstens im Geiste auf ihn; wartende Vorgesetzte brüllen laut und bestrafen hart. Kleinburger war um so gefährlicher, weil er nicht schrie. Die Dienstgrade in der Festung, die er sich bestellt hatte und die Grube für ihn beorderte, warteten und warteten also.

Himmler ärgert sich über die eigene Dummheit. Er hätte sich wenigstens das Essen bringen lassen können. Er fragte nicht mal, wer das Mädchen war, um zu wissen, wie er sich ihr gegenüber verhalten sollte. Auf Fragen reagiert sie nicht, und er weiß nicht, ob er es ihr übelnehmen durfte. Vielleicht versteht sie ihn nur nicht, sie sieht eher italienisch aus. Sie verhält sich zwar wie eine Gefangene, aber ihr Äußeres und der angekündigte Besuch des Alten samt Tochter sind ganz unüblich. Himmler, ein alter Hase, weiß, daß jede Außergewöhnlichkeit in der Armee stinkt; im Krieg sogar nach Massengrab, voll lauter Unbekannter Soldaten.

Himmler war Lehrer im Ruhrgebiet gewesen. Kommunist, wie es dort Ende der zwanziger Jahre zum guten Ton gehörte. Die Väter seiner Schüler waren meist muskulöse Bergleute, denen er auf dem Höhepunkt der Weltwirtschaftskrise schwerlich erklären konnte, daß ihm persönlich Schopenhauer näher als Marx lag. Aus angeborener Feigheit beteiligte er sich wenigstens nicht an ihren Kampfaktionen, indem er sich auf seinen chronischen Heuschnupfen hinausredete, der ihn das ganze Jahr über quälte.

Es war nur gerecht, als er nach dem Reichstagsbrand der ersten Runde brauner Vergeltung entging. Auf die zweite wartete er nicht und zog zur Schwester nach Karlsbad. Diesmal stellte er sich auf die richtige Seite. Sein Schnupfen und das faule Gemüt verschuldeten jedoch, daß er sich auch in Henleins Sudetenpartei keine Sporen verdiente, mit denen er die Masse der Parteigenossen überragen würde. Das Interesse, das sein Name immer wieder weckte, sank sofort auf Null, wenn er jegliche Verwandtschaft mit dem gefürchteten Reichsführer SS ängstlich bestritt.

Dann aber mußte er einrücken, und die Furcht vor der Front war so mächtig in ihm, daß er auf die übliche Frage zum ersten Mal anders antwortete. An diesem Satz hatte er vorher lange herumgefeilt, damit er jede Prüfung bestehen und ihn nicht etwa in ein anderes Unglück stürzen würde.

«Den Reichsführer schätze und verehre ich wie jeder echte Deutsche zutiefst. Aber ich heiße nicht Heinrich, sondern Johann, und ich möchte nicht, daß über meinen Einsatz für das Großdeutsche Reich jedwede, auch die allerhöchsten verwandtschaftlichen Beziehungen entscheiden.»

Das genügte, um ihn für einen besonders verschlagenen Verwandten des «Reichsheini» zu halten. Er wurde für die Leibstandarte Adolf Hitlers ausgewählt und fiel auch, als sich erwies, daß er für den persönlichen Schutz des Führers körperlich nicht geeignet war, keineswegs in Ungnade. Er bekam ein Kommando in dieser idyllischen Festung als Verwalter der Bildungseinrichtungen für die Besatzung, die aus einem Filmprojektor, einem Grammophon, einem Klavier und etwa zweihundert tschechischen Büchern bestanden – aus allem, was die tschechoslowakische Armee hinterlassen hatte. Als er erkannte, was Kleinburger für einer war, trieb er über Nacht einen vollen Karren deutscher Bücher von den bereits aus dem Ghetto weggebrachten Juden auf und fälschte die Kartei, damit sie bewies, daß in der Festung schon immer fleißig gelesen wurde. So brachte er sich bis auf weiteres vor diesem Verrückten in Sicherheit.

Er kann sich also nicht beschweren. Nicht nur, weil sich kein Adressat dafür findet, auch nicht in Gestalt einer Frau – er hatte auch nie soviel Mut gefunden, um eine der ledigen Kolleginnen anzuhalten –, sondern weil es einer Gotteslästerung gliche, wie sie der Himmel zu bestrafen pflegt. Den Hunger kann er eine kleine Weile später stillen, und der Strom aus der Nase wird bald etwas nachlassen, wenn die Häftlinge dieses fürchterliche Juniheu eingebracht haben. Inzwischen niest er, was das Zeug hält, dreht sich auf dem Klavierhocker hin und her, bis sein Blick auf den schwarzen Deckel des Flügels fällt. Wie viele Jahre ist er in keinem Konzert mehr gewesen? Er klappt den Deckel zurück und klimpert auf den Tasten. Warum lernt er hier eigentlich nicht Klavierspielen? Daß ihm das bisher noch nie eingefallen ist!

Bald kann er die Tonleiter rauf und runter. Dann versucht er Akkorde, die leider mißlingen. Die falschen Töne regen ihn auf, erinnern ihn an all die nicht verwirklichten Träume und vertanen Chancen seines Lebens. Er will es schon sein lassen, als er bemerkt, wie die Italienerin auf die Tastatur starrt. Dröhnend putzt er sich die Nase und fragt sie.

«Können Sie das?»

Als sie nickt, steht er auf und überläßt ihr den Hocker.

«Dann zeigen Sie mal!»

Er ist sich nicht bewußt, daß er sie siezt. Neugierig betrachtet er den hohen Spann, der die Pedale prüft, die schmalen Handrücken, die jetzt durch leichtes Schütteln die steifen Finger lockern, wie er das zum letzten Mal im Festsaal des

Karlsbader Hotels Pupp gesehen hatte. Als sie nun bereit scheint, aber noch unentschlossen, was sie spielen soll, hilft er ihr geradezu ungeduldig.

«Kennen Sie Chopin?»

Er hatte die Vorstellung von einer der elegischen Melodien, die seinem Wesen so verwandt waren, das sich ein Leben lang nach stiller Harmonie sehnte und fortwährend nur auf falsche Töne stieß. Die Musik, die plötzlich durch den Kinosaal stürmt, ist davon Welten entfernt: Auch nach Jahren erkennt er die Etüde c-Moll wieder.

Vor solcher Musik hatte er sich eigentlich von jeher gefürchtet. Sie ähnelt einem wunderschönen Irrlicht, das die Ritter mit dem Trugbild von Liebe, Reichtum und Ruhm zu sich lockt, um sie dann ins Verderben zu stürzen. Aber jetzt, während seine Nase rinnt, denkt er zum ersten Mal mit Widerwillen daran, wohin ihn die furchtsame Vorsicht geführt hatte: Zu Mördern, denen er morgen, wenn sie wieder einmal «von der Arbeit» kommen, den neuesten Marika-Rökk-Film vorführen wird. Mit diesem Gedanken wirft er jetzt fast die ganze Stuhlreihe um, als er sich heftig von dem Ecksitz erhebt. In der Tür steht, wer weiß wie lange schon, in Begleitung eines jungen Mädchens der Kommandant.

«Obersturmbannführer...»

Kleinburgers Geste unterbricht sein Gebrüll, das aber bereits die Etüde unterbrochen hatte. Die Jüdin hört auf zu spielen, duckt sich, als wollte sie den Kopf schützen. Gleich darauf erkennt sie den Kommandanten. Hastig springt sie auf und verwandelt sich wieder in eine lebende Statue.

So hingerissen Christine von dem Spiel war, so eingenommen ist sie jetzt von dem Mädchen, dessen zarte Schönheit nicht einmal von dem blutroten Trikot in den Schatten gestellt wird. Wer ist das? Und was sucht sie hier? Sollte sie in ihr eine Freundin finden? Ungeduldig erwartet sie eine Erklärung des

Vaters. Auch Kleinburger ist von der Jüdin von neuem überrascht. Er hatte keine Ahnung, daß sie auch Pianistin ist. Und er hatte am Vormittag nicht registriert, daß sie hübsch ist. Er dreht sich zur Tochter um.

«Das ist die Überraschung zu deinem morgigen Geburtstag. Deine Tanzlehrerin und, wie ich sehe, auch deine Musiklehrerin. Du kannst gleich nach dem Essen mit ihr anfangen.»

Die Tochter fällt ihm heute zum zweiten Mal um den Hals.

«Vati! Du bist der wunderbarste Vater auf der Welt!»

Scharführer Himmler überlegt fieberhaft, ob er in einer solchen Situation den Vorgesetzten unhöflich, aber vorschriftsmäßig anstarren oder sich wohlerzogen von ihm abwenden soll. Seinen inneren Zwist löst die Tochter des Kommandanten, als sie den Vater losläßt und mit ausgestreckter Hand auf das Mädchen am Klavier zugeht.

«Freut mich sehr, ich bin Christine Kleinburger.»

Von allen am wenigsten hatte dies gerade die Angesprochene erwartet. Die Mundwinkel zucken, als wollte sie etwas sagen, aber die Reflexe aus der Vergangenheit werden von den ganz frischen verdrängt. Die Jüdin bewegt sich nicht. Christine dreht sich ratlos zum Vater um, der bereits von allein schnell erklärt.

«Deine Lehrerin spricht nicht deutsch. Aber auch so lehrt sie dich, was du brauchst. Musik und Ballett kommen doch ohne Worte aus, glaubst du nicht?»

Er schämt sich ein bißchen, daß er Grube zitiert, aber es paßt eben! Gertruds törichter Einfall muß jetzt ausgestanden werden.

«Oh, ja, Vati!»

«Und jetzt geh, bitte, und bestell der Mutter, daß ich bald nachkomme.»

«Ja...»

Das versteht sie nicht recht, ist es aber nicht gewohnt, dem

Vater zu widersprechen. Sie wird's schon noch erfahren. Es ist ein Tag voller Rätsel und Auflösungen, lassen wir uns nur weiter überraschen! Und so winkt sie dem Mädchen bloß fröhlich zu, grüßt den Unteroffizier und geht. Kleinburger wartet, bis hinter ihr die Tür zufällt.

«Scharführer! In der Zeit, wo meine Tochter Stunden nimmt, bleibt die Saaltür geschlossen.»

Himmler bemüht sich vergeblich, beim Strammstehen den Bauch einzuziehen und die Nase zu zähmen.

«Jawohl, Obersturmbannführer!»

«Wir probieren etwas aus, um das Sie sich längst selbst hätten bemühen sollen!»

«Jawohl, Obersturmbannführer!»

«Dann kümmern Sie sich jetzt wenigstens darum, daß hier keiner stört.»

«Jawohl, Obersturmbannführer!»

Soll ich auch der was sagen?, überlegt Kleinburger, ach nein! die weiß Bescheid, er muß nur noch mit Christine reden und dann in Ruhe abwarten, wie alles läuft. Es wird schon werden!

Der Kommandant geht. Er macht keine gefährliche Miene. Das Töchterlein wickelt ihn ganz schön um den Finger, denkt sich Himmler und versucht zur Abwechslung den knurrenden Magen zu zähmen. Er erlaubt sich eine Frage, denn schließlich hat er noch keine Ahnung, mit wem er die Ehre hat.

«Obersturmbannführer! Soll ich sie inzwischen in meine Dienststube bringen, damit sie sich ausruht...?»

«Nein. Sie ist aus dem Ghetto. Ich werde über sie am Abend entscheiden. Unterdessen haben Sie sie zu bewachen!»

Weg ist er. Der Oberscharführer ist wütend. Mit dieser Mitteilung war der italienische Zauber verschwunden. Eine Jüdin! Jetzt begreift er, warum der Kommandant stocksteif wurde, als seine Tochter ihr beinahe um den Hals fiel. Bewachen! Wegen einer Sara sollte er nicht essen? Er muß sich auch frische Taschentücher holen. Schon zehn nach zwölf, und die im Herrenhaus haben die Mahlzeit noch vor sich; er hat also auf jeden Fall bis halb zwei frei. Draußen, an den ständig verdunkelten Fenstern des Kinosaals vorbei, knarren genagelte Schuhe, klirrt Besteck, klappern Eßschüsseln. Bewachen? Man hat ihm überlassen, wie. Er zieht die Schlüssel hervor und nickt der Jüdin zu.

«Komm!»

Er führt sie vom Klavier über das Parkett, von dem er zuvor die vorderen Stuhlreihen weggeschoben hatte, zur Stirnwand, die von einer Projektionsleinwand bedeckt ist. Er zieht an der Schnur, die weiße Fläche fährt nach oben und legt eine mit Riegel versehene Tür frei. Himmler schließt auf und öffnet. Im kleinen Kämmerchen sind Eimer, Besen, Lappen und weiteres Gerümpel abgestellt. Er vergewissert sich, daß das Fenster unter der Decke klein und dazu noch vergittert ist.

«Hier rein!»

Die Jüdin hat dort keinen Fußbreit Platz.

«Sakra! Zur Seite!»

Er ist eher mißgestimmt, gibt den Eimern Tritte, bis ein Stück Fläche frei wird. Jetzt paßt die Jüdin rein. Er schiebt sie dorthin, macht die Tür zu, schließt ab, läßt die Leinwand herunter und geht Nase putzend essen.

Der Festungskommandant wartet in seinem Dienstzimmer, bis man Weißmüller ausfindig gemacht hat. Er will das mit ihm gleich erledigen. Komischerweise bereitet es ihm weniger Kopfzerbrechen, als es sollte, wenn es um einen so tüchtigen Mann geht. Er spürt, daß er entgegen seinen Gewohnheiten persönlich befangen ist. Er schaltet den Rundfunkempfänger ein. Es kommen Nachrichten aus der Normandie, die er schon einmal gehört hatte. Kleinburger geht zur großen Karte Europas und sucht die soeben genannten Orte. Nach Augenmaß mißt er mit den Fingern die Luftlinie der Invasion und erstarrt. Die drastischen Bilder der Fallschirmjäger, die in der brennenden Kirche schmoren, und der Leichenbündel in den Bergsteigerseilen hatten vorher auch seine Aufmerksamkeit von der bedenklichen Tatsache abgelenkt, daß der Landungsversuch auf einer Breite von fast achtzig Kilometern abläuft.

So trifft ihn Grube an.

«Der Untersturmführer hat am Tor Ausgang in die Stadt gemeldet, Obersturmbannführer! Rückkehr um drei.»

«Wie das?»

«Er hat frei. Sie selbst haben ihm das doch am Morgen bestätigt.»

Kleinburger erinnert sich. Gut, dann bringt er die Sache vor dem Vespern zu Ende. Um so früher kann er jetzt zu Tisch gehen. Und hat wenigstens Zeit, sich innerlich zu vergewissern, daß er ihm kein Unrecht tut.

«Wenn er zurückkommt, sofort bei mir melden!»

«Jawohl, Obersturmbannführer!»

Kleinburger bleibt in der Tür stehen.

«Sie gehen nicht zu Mittag, Grube?»

«Meine Frau ist beim Friseur ...»

«Irgendein Fest?»

«Ja. Der Geburtstag Ihrer Gattin. Am frühen Abend beim Schwimmbecken.»

«Aha! Sehen Sie, was ich für ein Gedächtnis habe.»

Seine Schritte verhallen, Grube gibt dem Diensthabenden Anweisungen zu Weißmüller und erledigt allerlei Papierkram. Seine Gedanken schweifen jedoch umher. Was geht hier vor? Als die Wache vom Außenhof meldete, daß sie eine weibliche Person in Begleitung des Untersturmführers gesehen habe, dachte Grube zunächst an die Jüdin. Dann erinnerte er sich, daß sie zu dieser Zeit längst von Löffler und Slabicar abgeseift und eingekleidet wurde.

Der Kommandant kam ohne Tochter zurück, und Weißmüller verschwand inzwischen aus der Festung dorthin, wo er Grubes Meinung nach auch sein sollte: beim Rendezvous mit Monika. Grube kannte sein Schicksal in dem Augenblick, als er hier diesen sandblonden Apollo erblickte, und deshalb bemühte er sich, die Ankunft seiner Frau hinauszuschieben, solange es nur ging. Sogar um den Preis, daß sie sich im Saargebiet schon fast gefährlich langweilte... Dann rief er sie also – und jetzt verfolgte er nur noch von ferne ihre unermüdlichen Bemühungen, einen fremden jungen Mann ins Bett zu kriegen, anfangs eher nostalgisch gestimmt, dann mit zunehmender Ironie.

Früher als sie, obwohl sie im Spiel der Sinne so erfahren war, begriff er nämlich, worum es hier ging. Er führte weiterhin mit ihr Streitgespräche, ob dieser Bursche ein blinder Fanatiker oder ein besserer Heuchler sei als sie beide, doch damit brachte er sie von der richtigen Fährte ab, denn der Stand der Dinge diente seinen Interessen.

Jetzt jedoch schien sich das leider zu ändern. Die angekündigte Ankunft der Tochter des Kommandanten spornte Monika an, ihr Ziel rasch zu erreichen, und die morgendliche Begegnung mit dem Mädchen hatte sie offenbar in Panik gestürzt. Gewiß versucht sie gerade Weißmüller zu verführen. War sie es vielleicht, mit der ihn der Wachtposten gesehen hatte? Er bekommt Angst um sie.

Um so mehr setzt er sich in den Kopf, den Fall der Jüdin genau zu verfolgen. Dieser durchtriebene Kolatschek erfüllte bereitwillig Kleinburgers nichtigen Wunsch, um ihm dabei eine scheinbar unsichtbare Falle zu stellen. In der Festung ist jetzt ein Körper, der hier nichts zu suchen hat. Eine Lappalie? Aber natürlich. Nur: Schon für weitaus kleinere schickte dieser Mensch, der das alles hier befehligt, anderthalb Dutzend SS-Männer in den sicheren Tod. Man flüstert, daß über ihn zwar weiterhin der Führer die schützende Hand hält, daß aber Heinrich Himmlers Blut bei bloßer Nennung seines Namens in Wallung gerät.

Grube pfeift auf die hohe Politik. Aber er will sie verstehen, wie er zum Beispiel Poker versteht. Er will ihre Regeln kennen, um in der Not erfolgreich bluffen zu können. Im gegebenen Fall will er sogar weitaus mehr: Eine gute Karte kriegen, die er ausspielen könnte, sollte es zum Schlimmsten kommen. Und das Schlimmste wäre für ihn, wenn der unsteten, untreuen und mitleidslosen Monika Grube Gefahr drohte.

Christine verdrückt bayerische Knödel, als hätte sie einen Monat nichts gegessen. Stimmt auch beinahe. Sie mochte die wenig schmackhafte Berliner Küche nie und die faden Eintöpfe des Internats noch weniger. Gertrud strahlt.

«Vati wollte, ich soll mir eine Köchin nehmen. Aber meine Mutter hat immer gesagt: Gut kocht nur, wer aus Liebe kocht. Die Arme, selbst hatte sie zuerst kein Geld dazu und später keinen, für den sie kochen konnte. Wirst du mit mir kochen, Tinchen?»

«Gern. Gleich morgen!»

«Morgen hast du Geburtstag. Und übermorgen fahren wir zusammen, um das Ballettzeug aus Leideneritz zu holen. Dann setzen wir uns auf dem Marktplatz in die Konditorei und warten wie einst, bis Vati uns abholen kommt. Nimmst du dir die Zeit, Karl?»

«Vielleicht. Ich hoffe.»

Er ist unkonzentriert, ununterbrochen überlegt er, wie er damit herauskommen soll. Er ist es nicht gewohnt, seine Maßnahmen zu erläutern, schon gar nicht im voraus. Diesmal aber wäre er froh, wenn die Tochter Weißmüllers Bestrafung verstünde, und mehr noch: Wenn sie damit einverstanden wäre. Gertrud hatte ihm vor Tisch zugeflüstert, Christine sei noch immer als Frau unberührt. Das überraschte ihn nicht. Sie hatte seine Moral und seine Härte. Die wird sie, so hofft er, auch in diesem Fall zeigen. Sie hat gerade den letzten Bissen hinuntergeschluckt und fragt ihn überraschend.

«Vati, und wer ist sie?»

«Wer...?»

«Die mich unterrichten soll.»

Er ist froh, daß sie davon selbst anfängt.

«Eine Ungarin. Es scheint, sie ist eine erstklassige Tänzerin.»

«Also, wenn sie so tanzt, wie sie Klavier spielt! Und wie hast du sie aufgetrieben?»

Eine so natürliche Frage. Wieso hatte er auch die nicht erwartet? Und warum zögert er mit der Antwort, gibt vor, daß er den letzten Bissen genießt? Überkommt ihn vielleicht neuer Zweifel?

«Ich hatte gebeten, sie uns aus dem Ghetto zur Verfügung zu stellen.»

«Eine Ungarin? Hier?»

«In diesem Ghetto sind Juden aus ganz Europa zusammengekommen, ehe ihnen das Reich ein neues Zuhause zuteilt. Das hab' ich dir doch heute schon erklärt.»

«Wo?»

«Was, wo...?»

«Wo wird das neue Zuhause sein?»

«Das ist bis jetzt natürlich Staatsgeheimnis.»

«Ja... und gibt es in diesem Ghetto ein Theater?»

«Ein Theater? Das glaube ich nicht. Es ist doch eine Durchgangsstation!»

«Schrecklich...»

«Was ist daran schrecklich? Die Juden wollten immer ihr eigenes Land haben. Früher mußten sie bis nach Palästina!»

«Ich meine, es ist schlimm, daß sie hier nicht tanzen kann. Eine Tänzerin muß immer trainieren!»

«Deshalb ist sie bestimmt froh, wenn sie wenigstens dich unterrichten darf.»

«Und sollte sie feststellen, daß ich ein absolutes Trampeltier bin?»

Gertrud erhebt sich, sie möchte die beiden nicht stören und will abräumen, aber Christine erlaubt das heute nicht, sie springt auf.

«Hingesetzt, Geburtstagskind!»

Geschickt trägt sie das volle Tablett in die Küche. Man hört das Wasserrauschen. Gertrud beugt sich zur gesunden Hand des Mannes, die auf dem Tisch liegt, und küßt sie.

«Sie ist glücklich. Von dem Spaziergang ist sie völlig begeistert zurückgekehrt. Ich bin dir ja so dankbar, Karli!»

Kleinburger beschließt, bei seinen Grundsätzen zu bleiben: Er erledigt den Fall und wird den Frauen das Ergebnis erst später zur Kenntnis geben. Am liebsten gleich mit einem neuen Angebot. Denn sollte es ihm gelingen, die Jüdin ins Ghetto zurückzubringen, was er anstreben wird, ist er bereit, Christine eine normale Tanzlehrerin zu bezahlen, schlimmstenfalls eine Tschechin. Mein Gott, wir leben hier ja nicht hinter dem Mond!

Christine summt beim Geschirrspülen das Lied, das in der Nacht von der Mundharmonika kam. Es ist der Allerweltsschlager der ganzen Front und auch der Heimat, aber für sie war er hier zum Herzenssignal geworden.

Denkst du auch an mich, Cherub? Hoffentlich bist auch du dazu verdammt, mich lieben zu müssen!

XIII

Zur gleichen Zeit

Weißmüller denkt an Monika Grube. Er überlegt, was er ihr kurz und bündig sagen sollte, damit sie ihn endlich in Ruhe ließ. Er stiefelt durch das feuchte Moos des Auwaldes, folgt in einiger Entfernung dem Pfad, der sich den künstlichen Flußarm entlangschlängelt. Er weiß zwar sehr wohl, daß er hier jetzt auf keine Patrouille treffen kann, aber trotzdem riskiert er nichts. Dabei stellt er fest, daß er den bekannten Winkel plötzlich mit den Augen von Christine Kleinburger betrachtet. Er denkt: Hier würde ihr nur das Knusperhäuschen fehlen.

Der Streifen Land zwischen der Festung und der einstigen Garnisonsstadt, dem heutigen Ghetto, gehört schon seit theresianischen Zeiten ihren Benutzern. Er war in dem Maße Bestandteil der Befestigungen, daß er sich jahrzehntelang mit Hilfe sinnreicher Stauanlagen schnell überfluten ließ. Das System hatten Holzwürmer und Rost längst zerfressen, doch das Netz der künstlichen Arme und unterirdischen Kanäle, längst samt Karten verschwunden, hatte bis heute, teils verstopft, nach jedem größeren Regen eine kleine Überschwemmung zur Folge.

Auf dem sumpfigen und sauren Boden legte nach dem Ersten Weltkrieg der neu entstandene tschechoslowakische Staat ein militärisches Jagdrevier an. Nach Begründung des Protektorats Böhmen und Mähren führten es die deutschen Befehlshaber der Festung zwei Jahre lang nach allen Regeln des heiligen Hubertus weiter, bis die Errichtung des Ghettos im November 1941 eine breite Sicherheitszone erzwang. Seit dieser Zeit war das Gelände nur mit Sondererlaubnis passierbar. Hier verbrachte Wolfgang Weißmüller seine schönsten freien Stunden, bis ihn die Frau des Hauptsturmführers aufspürte.

Einen Kilometer oberhalb der Festung beschreibt der Wassergraben einen Bogen. Der schräge Steindamm bildet hier eine Wasserstufe, das angestaute Becken ist wie geschaffen zum Wassersport. Hier kam es gestern vor einer Woche zu jener peinlichen Situation, in der er sich keinen Rat wußte. Hier, schwört Weißmüller, wird heute Schluß damit sein. Er setzt sich in die Mulde unter dem Grasufer und verspürt in der Brusttasche des Uniformrocks die Mundharmonika. Er spielt seine Lieblingsmelodie und sammelt weiter verletzende Worte für den Fall, daß er sie braucht.

Monika Grube fuhr um halb eins vom Marktplatz in Leideneritz los, wo sie sich die Haare hatte schneiden lassen, eher Alibi als Notwendigkeit. Obgleich ihr Abkommen mit Grube anstandslos funktionierte, wie er ihr nach wie vor durch knappe Mitteilungen über seine Besuche in Kolatscheks Freudenhaus bewies, hat Weißmüller ihnen zum ersten Mal das Leben kompliziert.

Sie ahnte, warum. Die Abmachung bezog sich logischerweise auf Dutzendaffären, mit denen sie beide sich schon früher die bittere Kriegszeit versüßten. Es war eine Art Körperhygiene, mehr nicht, des öfteren mit materiellen Vorteilen verbunden, wie in guten alten Zeiten. Monika schämte sich, Grube einzugestehen, daß Weißmüller ihr den Kopf verdreht hatte.

Ihre innere Selbstverteidigung, die ungewohnte Sehnsucht nach ihm sei nichts als der Ausdruck biologischen Bedürfnisses einer reifen Weiblichkeit, junge und unverbrauchte Haut zu berühren, erschreckte sie um so mehr, wenn sie sie zu Ende dachte. Also, das erste Einläuten des Alters? Wird aus mir eine besessene gepflegte Mumie, die sich quälen und lächerlich machen wird, wie sie sich manisch Jünglingen ins Bett drängt?

Sie wußte früher eine Medizin, die sie anwendete, wann immer sie in eine Beziehung geraten war, die in ein gefährliches Verhältnis auszuufern drohte. Sie schlief mit dem Mann so rasch wie möglich, und die Befriedigung genügte ihr bislang immer, wieder nüchtern zu werden. Die Gefahr war dann fast immer gleich gebannt, und ringsumher wieder nur die Bühne, auf der Monika Regie führte.

Weißmüller zog sie um so mehr an, je weniger er sie begehrte. Seine Ablehnung, fast verzweifelt ungeübt, bestätigte ihr, daß sie in der ehelichen Auseinandersetzung über ihn recht hatte. Dieser Bursche war freiwilliger Gefangener jener großdeutschen Lüge, die Monika zutiefst haßte, gerade weil sie unfreiwillig selbst darin gefangen war. Sie wollte ihn diesem bösen Wahn entreißen. Sie stellte sich dabei vor, sie würde damit irgendwie auch ihrem vertriebenen Juden helfen und sich auch am feigen Gauleiter rächen. So wurde ihr diese Leidenschaft zusätzlich zu einer Mission.

Als sie herausgefunden hatte, wo Weißmüller seine Freistunden verbrachte, ging sie in Grubes Dienstzimmer, und sobald er zum Kommandanten gerufen wurde, sah sie sich die örtliche Generalstabskarte an der Wand genau an. Leicht entdeckte sie einen Waldweg, der von der Landstraße zu dem verbotenen Gebiet abbog. Eine Sondererlaubnis hatte sie nicht, aber die Frau des Kommandantenstellvertreters der Festung wird sich doch wohl, mein Gott, einmal in seinem Revier verirren dürfen! Den Pfad zum Wehr fand sie im Terrain selber.

Das Fahrrad ließ sie an jenem Abend im Gebüsch am Ufer liegen, den Badeanzug hatte sie dabei, damit sie eine vielleicht auftauchende Patrouille überzeugen könnte, sie wollte hier nur baden gehen. Nichts dergleichen hatte sie, versteht sich, im Sinn. Sport zu verachten, hatte sie schon ihr Jude gelehrt, der wissenschaftlich zu beweisen pflegte, daß der Mensch das höchste Alter im Kaffeehaus erreicht. Sie wußte von Grube, der hier manchmal mit Schwimmen seinen Kater ausnüchterte, daß man den Damm ohne Schwierigkeiten zu Fuß überqueren konnte, da sich das Becken die meiste Zeit des Jahres ganz faul in das halb ausgetrocknete Behelfsflußbett ergoß.

Weißmüller war außer sich, als er feststellte, daß sie sich ihm näherte. Um ihre Knöchel bewegten sich helle Bänder aus dem Schaum langsam herabrinnenden Wassers, und im schwachen Mondlicht sah es aus, als wandle sie auf dem Wasserspiegel. Diese Überraschung, dieser Zauber, die Selbstverständlichkeit, mit der sie ihm dann um den Hals fiel und sich zu ihm, fast Nackten und Nassen, hinaufzog, so daß er sie unwillkürlich um die Taille faßte, verwirrten ihn total. Fast schien er ihre Küsse zu erwidern, als in der Festung die Sirenen zu heulen anfingen.

Im Nu war er angezogen und verschwand im Wald, während sie durch das kalte Wasser zurück mußte, über die rutschigen Steine, unter denen sich eine beachtliche Tiefe verbarg, alles um so schlimmer, als sie diesmal nicht von mondsüchtiger Begierde sicher geführt wurde. Als sie dann unter dem Krachen der fernen Flak und dem Bellen der Wachhunde über die Brücke bei der verdunkelten Festung ankam, war sie jedoch überzeugt, das nächste Mal würde sie hier mit Weißmüllers hellem Skalp erscheinen.

Daß gerade ein SS-Mann, dessen Kaltblütigkeit sogar Grube zu beängstigen schien, vor ihr wie eine aufgescheuchte Hirschkuh flüchtete, kam ihr lächerlich und zugleich rührend vor. Sie hätte ihm gern eine Verschnaufpause gegönnt, wäre da nicht die junge Kleinburger aufgetaucht. Gertruds Äußerung, die Tochter werde gerade von Weißmüller abgeholt, der dienstlich nach Berlin müsse, löste in Monika Alarm aus.

Sie schützte Migräne vor und hielt den ganzen Montag nachmittag nach der Ankunft des Wagens Ausschau. Sie redete sich ein, Weißmüller eskortierte das gemischte Abbild beider Elternteile, das entweder als ein stinkfades Dickerchen oder aber als eine dürre Ziege ausgefallen sein müßte, bestenfalls mit dem Bauernzopf nach der Mutter geziert. Aus dem Auto stieg jedoch ein ansehnliches junges Mädchen, das durchaus den Eindruck machte, kriegen zu können, was es sich in den Kopf setzt.

Ein recht hübsches, vielleicht sogar interessantes Gesicht, eine passable Figur und eine gewisse Eleganz, die Rasse verriet. Und dazu hatte sie einen Vater, der mit einem hohen Rang und der Gunst des Nazi-Olymps ausgestattet war. Wenn Weißmüller nicht auf den Kopf gefallen war, mußte er bald begreifen, falls er es nicht schon unterwegs begriffen hatte! daß sich ihm eine traumhafte Karriere auftat – in der Liebe und im Dienst. Monika verblieb eine letzte und kurze Chance.

Darum hatte sie sich gestern nacht wie ein Indianer vergeblich zum Schwimmbecken hingeschlichen, darum riskierte sie es, ihn am Morgen in seiner Stube zu überfallen, darum holperte sie jetzt auf dem Rad den ewig schlammigen Pfad entlang, in dem die Spuren ihrer letzten Fahrt noch nicht getrocknet waren. Beim Frühstück und auch bei ihrer zufälligen Begegnung hatte ihr die kleine Kleinburger, für ihre Jugend überraschend hart, zu verstehen gegeben, daß sie vorhabe, hier ihre Stellung und ihre Ansprüche zu übernehmen. Sollte Monika vor ihr Weißmüllers Geliebte sein, mußte sie jetzt schnell – jawohl: seine Mutter werden!

Sie ist am Wehr, stellt das Rad hin, befreit sich von den

Schuhen und geht zum dritten Mal in einer Woche die Krone des steinernen Damms entlang, über die heute ungewöhnlich viel Wasser fließt, obwohl seit vierundzwanzig Stunden kein einziger Tropfen gefallen war; das rätselhafte Wassersystem beginnt erst jetzt den Regenguß auszuspucken, den es in der Nacht zum Montag verschluckt hatte. Mitten auf dem Wehr geraten Monikas Fußsohlen gefährlich ins Rutschen. Sie schaudert, als sie sieht, wie im künstlichen Graben unter ihr wild der Schaum wirbelt. Zum letzten Mal war sie als Schulkind geschwommen. Da hört sie schon die Mundharmonika. Die verleiht ihr Kraft, bis ans andere Ufer zu waten.

Weißmüller sieht sie nicht, aber Monika will ihn heute nicht mehr schockieren. Wie es ihr die Rolle auferlegt, die sie mit entsagender Disziplin zu spielen gedenkt, so wie sie sich dazu einst in «Pygmalion» mitreißen ließ, bleibt sie hinter ihm stehen, und trotz des aufreizenden Kleides legt sie die Hände friedlich auf die Brust und begrüßt ihn betont freundlich.

«Einen schönen Mittag, Wölfchen. Was für eine Überraschung.»

Er erhebt sich rasch wie einer, der sich mit aller Kraft verteidigen will. Auch heute betrachtet er jedoch nur eine alternde Frau vor sich, in der er noch vor einer Woche die unterhaltsame, wenn auch ziemlich überspannte Gattin seines Vorgesetzten gesehen hatte. Die zornigen Worte, die er sich mühsam zu zwei Sätzen zusammengestoppelt hatte, braucht er jetzt gar nicht. Monika fährt freundschaftlich fort.

«Wir müssen uns nur gleich einigen, ob wir uns duzen oder wieder siezen wollen. Weißt du was? Ich kann wahrscheinlich nicht mehr zum Sie zurück, doch sag du zu mir, wie du willst. Ist doch das Allerbeste, oder nicht?»

«Ja...»

«Wollen wir uns nicht setzen? Mir tun die Beine vom Radeln weh.»

Eigenartig, denkt sich der zerstreute Weißmüller, daß alle Weiber im Sitzen reden müssen. Er setzt sich nun auch hin. Sie nimmt ihm das kleine metallene Instrument aus der Hand und versucht, darauf zu blasen. Die Melodie, die sie im Sinn hatte, erkennt sie selber nicht. Nachdenklich schüttelt sie den Kopf.

«Du hast für mich eine Ähnlichkeit mit dieser Mundharmonika, weißt du das?»

Er begreift nicht.

«Aber sicher. Ich glaube dich wer weiß wie gut zu kennen, aber sobald ich auf dir zu spielen versuche, kommen nur lauter falsche Töne heraus. Kannst du mir das verzeihen?»

Sie leiht sich etwas Hamlet aus, der, wie sie sich erinnert, so ähnlich vor Rosenkranz und Güldenstern über die Flöte philosophiert, nimmt jedoch nicht an, daß der Junge davon eine Ahnung hat. Der gute alte William beeindruckt auch in dieser freien Wiedergabe den Zuschauer derart, daß er unwillkürlich das Duzen akzeptiert.

«Ich hab' dir doch nichts zu ...»

«Ich habe mich hier vor einer Woche unmöglich benommen. Fast wie ein Flittchen! Oder etwa nicht?»

Er reagiert, wie erwartet.

«Nein, das nicht!»

«Ich würde dir das gern erklären, Wolfi. Ich würde dir überhaupt gern alles sagen, was ich vom Leben weiß, und von dir erfahren, was es vor mir verborgen hält. Vielleicht nur deswegen, weil ich kein Mann bin. Aber das ist doch der Sinn der Kameradschaft, oder nicht? Ohne ihn wird der Mensch nie gescheiter, oder doch?»

Weißmüller nickt und schüttelt den Kopf in der richtigen Reihenfolge. Ihm ist auch das nicht entgangen, daß sich alle Frauen danach sehnen, Männer zu sein.

«Und du bist keine Frau, Wolfi, und so hast du mich einfach unter die Gattinnen der Vorgesetzten, Künstlerinnen und dergleichen Damen eingeordnet, denen man mit Ehrerbietung begegnen soll. Ich machte denselben Fehler, als ich dich zuerst zu den eisernen Rittern rechnete, die zwar weder Furcht noch Tadel kennen, aber auch keine Seele haben. So sind wir doch beide nicht!»

Monika ist sich bereits sicher, daß ihr das Publikum jedenfalls nicht davonläuft. Sie ist um so überzeugender, als sie jetzt ihren ureigenen Text spricht und ihm auch vorbehaltlos glaubt.

«Weißt du, was uns verbindet, Wolfi? Ich weiß es: Daß wir beide im Grunde genommen einsam sind. Ja, auch ich! Grube hat eigene Pläne, eigene Ideen, sogar eigene Weiber, so daß mir nichts anderes übrigbleibt, als mir meine eigene Gefühlswelt zu schaffen.»

Weißmüller nimmt sich ein Herz.

«Warum trennt ihr euch dann nicht?»

Damit überrascht er sie.

«Warum sollten wir uns trennen...?»

«Wäre das nicht ehrlicher?»

«Ach, Wolfi! Warum trennen sich andere nicht? Weil meistens so viele praktische Bande sie miteinander verbinden, daß es gar nicht mehr geht. Grube und ich, wir betrügen uns wenigstens nicht heimlich und peinlich. Wenn wir uns woanders binden, sagen wir's uns. Darin besteht unsere Ehrlichkeit, verstehst du?»

Ihr entgeht sein Schreck nicht.

«Ohne Namen, natürlich! Und was dich anlangt, ist sowieso alles völlig anders! Was ich dir jetzt sage, wird für dich vielleicht komisch klingen, denn du bist bereits ein erwachsener Mann und ich fühle mich immer noch als eine junge Frau. Aber uns beiden fehlt, was wir im Unterschied zu den meisten

Leuten nicht kennenlernten und niemals haben werden: dir die Mutter, mir der Sohn, oder nicht?»

Diesmal erwartet sie keine Antwort, denn das ist die verletzliche Stelle in ihrem Part: Sie könnte sehr gut seine Mutter sein. Sie vertraut jedoch darauf, daß er ihr wahres Alter nicht weiß. Neben der plumpen Schachtel von Obersturmbannführerin, die gerade in die Fünfziger steigt, sieht sie mindestens zehn Jahre jünger aus, auch wenn sie fast gleichaltrig sind. Monika fährt hastig fort und scheut sich nicht mehr, näher an ihn heranzurücken.

«Ja, Wolfi, was ich für dich empfinde, konntest du noch nie erleben, weil jede Frau, die dir im Leben begegnet, etwas von dir will. Ich würde dir gern die einzige Frau ersetzen, der es nur ums Geben geht. Du hast vielleicht gedacht, daß ich dich für mich selbst haben möchte, daß ich dich besitzen wollte! Das will auf ihre Weise auch eine Mutter, auch die kann die Frau in sich nicht verleugnen. Aber nur bis zu einem gewissen Grad und nur deshalb, um dem Sohn ihre Erfahrung zu übergeben, ohne die er ewig ein Sklave anderer Frauen wäre. Wundre dich nicht, Wolfi, daß auch ich es wollte, als ich begriff, was dich quält.»

Weißmüller kann sich gar nicht genug wundern. Was ist das bloß für ein Tag? Die eine forscht nach, ob man ihn schon früher gern hatte, die andere behauptet, seine Sorgen zu kennen. Aber er steht nicht auf und spricht die beiden bösen Sätze nicht aus, die er für sie parat hat, er sitzt weiter steif da wie damals auf der Offiziersschule, an dem regnerischen Sonntagnachmittag, als ihm Ilchman jene schreckliche Rede hielt, die ihn bis heute lähmt.

«Wolfi», redet sich Monika in ihre Großzügigkeit hinein, «du bist ein sehr mutiger Bursche, es kümmert mich nicht, was sich in der Festung tut, aber ich ahne es. Grube kommt an bestimmten Tagen völlig fertig heim, muß zu den Huren gehen oder sich besaufen. Du kommst zurück, wie du gegangen bist, gehst höchstens schwimmen, aber abends höre ich deine Mundharmonika wieder. Du hast die Kraft der Überzeugung, Wolfi, die unterscheidet dich von allen Männern, die ich kennenlernte, mit Ausnahme des allerersten. Deshalb hast du auch ein besseres Schicksal verdient als die Gesellschaft aller dieser verlogenen Feiglinge, die sich hier vor der Front drücken, oder nicht?»

«Ich weiß nicht, was du meinst...»

«Nimm dir Christine Kleinburger!»

Und sie hat den ersten Aktschluß hinter sich. Das Publikum ruft zwar nicht Bravo! und Zugabe! dafür aber ringt es nach Atem, wie das ein Darsteller nicht zu oft im Theater erlebt.

«Ich soll...»

«Sie ist ein hübsches und scheinbar auch kluges Mädchen, das du schon deswegen gern haben kannst. Und sie hilft dir auch gesellschaftlich nach oben, wo du rechtmäßig hingehörst und wohin ein Untersturmführer von dieser verlorenen Warte aus allein niemals hinkommen würde, oder etwa doch?»

«Und gerade du rätst mir das...»

«Warum überrascht dich das, Wolfi? Sich gegenseitig zu helfen, darin liegt doch der zweite Sinn von Kameradschaft, oder nicht? Zu mir kannst du aufrichtig sein! Dir gefällt das Mädchen nicht?»

Pause, von der Schauspieler sagen, daß in ihr eine Palme hochwachsen könnte.

«Doch...»

Obgleich sie das erwartet hatte, verletzt es sie trotzdem. Dieses kleine Hürchen, das sich in Berlin gewiß mit jedem einläßt, ist kaum angekommen und entreißt ihr diesen Jungen, dem Monika monatelang die Scham zu nehmen versucht? Warum? Weil sie nur alberne achtzehn ist? Aber auf der Bühne steht bislang noch immer sie, Monika Treu! Krieg' ich ihn nicht vor der, verdien' ich nur noch, die komische Alte zu spielen!

«Und du gefällst ihr. Das hab' ich gesehen! Was hält dich also davon ab, sie dir zu nehmen?»

«Zu nehmen...?»

«Mein Gott, ich meine nicht gleich eine Hochzeit! Bittest du Kleinburger jetzt um ihre Hand, oder merkt er selbst, daß du was für sie übrig hast, schickt er dich gleich an die Front!»

«Da will ich hin!»

«Aber nicht doch in die Strafkompanie! Dummchen, auch dazu, damit du von hier wegkommst, wohin dein Herz dich zieht, um zum Beispiel in der Normandie heldenhaft fallen zu können, brauchst du sein Einverständnis, und wenn du es bereits in den Augen der Tochter liest, dann lieb dich mit ihr, gleich jetzt! Das andere kommt von selbst.»

«Ich will nicht!»

Er kommt ihr wie ein trotziger Knabe vor. Sie schiebt seine Mundharmonika in den Ausschnitt ihres Kleides, um eine Hand freizukriegen, und legt sie beruhigend auf die schlanken Finger, die neben ihr nervös im Gras zupfen. Eindringlich sagt sie zu ihm.

«Wölfchen, mein Junge, nimm's dir nicht so zu Herzen!»

«Was?»

«Den Krieg. Deutschland.»

«Was redest du da?»

«Das alles ist ein Männerspiel. Wirklich ist daran nur der Tod. Die Wahrheit des Lebens heißt jedoch Lieben, hörst du nicht, wie diese zwei Worte fast gleich klingen?»

Er reißt seine Hand aus der ihren.

«Deutschland ist kein Spiel! Paß auf, was du sagst!»

«Wirst du mich jetzt hinhängen? Willst du auch mir den Gnadenschuß geben? Warum, Wolfi?»

Sein wilder Blick zwingt sie, von dem Fehler abzulenken, den ihr Vorwitz gerade beging. Sie kommt aus dem Rhythmus und verliert ihre Überlegenheit.

«Ich sag' das so unumwunden, um dich aus deiner komischen Starrheit herauszureißen, die dich an Karriere und Liebe hindert. Mein Guter, ich habe schon einige wie dich kennengelernt und glaube, daß ich ihnen geholfen habe!»

«Was soll das heißen?»

«Jungen, die auch in Heimen und Militärschulen aufwuchsen und auch alles allzu ernst nahmen, bis ihnen daraus eine solche ... Verknotung entstand.»

«Was für eine Verknotung ...?»

Die Stimme klingt unsicher, die blauen Augen sind ratlos, ihr Stahl hat sich zu Wasser verwandelt. Monika glaubt, daß dies der Augenblick ist, auf den sie angestrengt hinarbeitete. Sie kniet vor ihm nieder und legt ihm die Hände auf die Schultern, diesmal mit ungeheuchelter Zärtlichkeit.

«Versuch's mal ...»

«Was ...?»

«Schäm dich nicht!»

«Warum sollte ich mich ...»

«Versuch's mit mir. Mit mir gilt's nicht, weil wir doch ... mehr als Kameraden sind. Wir sind Verbündete, Wolfi!»

Monika zittert, die Zärtlichkeit fällt von ihr ab wie ein Schafspelz, und sie ist wieder die leidenschaftliche Wölfin.

«Du darfst nicht länger warten, du wirst immer größere Angst haben, und Angst tötet jede Liebe ab. Wehr dich nicht! Laß mich ein Weilchen machen, was ich will, du wirst sofort merken, daß du dir diese Dummheit nur einredest ...»

Mit der Rechten umarmt sie ihn noch immer, die Linke rutscht zu seinen Schenkeln. Monika flüstert schon längst, und seine ausgetrocknete Kehle erlaubt auch ihm nicht, lauter zu werden.

«Was soll ich mir einreden ...?»

«Daß du's nicht fertigbringst... du hast's noch mit keiner gemacht, nicht wahr ...?»

Erst Sekunden später wird Monika klar, daß kein Blitz in sie eingeschlagen hat, sondern er. Die Ohrfeige, die sie niemals erwartet hatte, warf sie ins Gras. Er steht über ihr, ein schwarzer Schatten vor dem blendenden Himmel, vergißt in der Aufregung auch die zwei Sätze, die er sich für diesen Zweck zurechtgelegt hat. Statt dessen reißt er wirklich aus dem Lederhalfter die riesige schwarze Parabellum heraus. Der neun Millimeter breite Krater zielt auf ihren Kopf, der Nebel seiner Augen verhärtet sich wieder zu Stahl, nein! Er ist verrückt!

«Wolfi ... was ist ... Wolfi ... mein Gott!!»

«Hau ab, du Dirne! Verzieh dich, los!!»

Auch Monika ist bereits auf den Beinen, atemlos rennt sie den Damm des Wehrs hinauf. Das Wasser war wieder gestiegen, es reicht ihr bis zur Mitte der Waden und zieht sie zum schrägen Überlauf, unter dem die Stromschnelle zu kochen beginnt.

XIV

6. 6. 1944, kurz nach Mittag

Christine zieht sich für die erste Tanzstunde an. Bis sie sich ein Trikot besorgt hat, muß der Badeanzug genügen. Die grüne Farbe ist hier nicht gerade sehr angebracht, steht ihr aber außerordentlich gut. Im Gegensatz zu der Hexe. Was, wenn der Vater zuschauen kommt? Ist es möglich, daß er Wolfi mitbringt? Dann soll der sehen, daß eine Frau in Grün nicht wie eine Wasserleiche aussehen muß. Der Spiegel bestätigt, daß die Gummikörbchen, die in den Badeanzug eingenäht sind, ihre Brüste vergrößern und so einen Ausgleich schaffen zum verführerisch herausgestreckten Hintern der Hauptsturmführerin.

Es klopft an der Zimmertür. Die Mutter kommt herein. In dem enganliegenden Gewebe sieht die Tochter erwachsener als am Morgen aus, als sie sie nackt gesehen hatte. Und auch begehrenswerter. Sie hat von Gertrud die breiten Schultern und Hüften geerbt, aber von Karl – das hat Christine frisch aus der Schule gebracht – den Metabolismus, der ihnen beiden zu essen erlaubt, wonach ihnen der Sinn steht, ohne im geringsten zuzunehmen. Gertrud nimmt bei jeder Mahlzeit nur einen kleinen Bissen, hungert tagelang und magert auf die Dauer kein einziges Gramm ab. Gott sei Dank, daß Karl ihre Speckfältchen mag!

Die Mutter war nicht nur gekommen, um die besser gelungene Neuausgabe des eigenen Körpers zu bewundern. Kurz vor dem Essen, als sie sich auf Braten und Knödel konzentrieren mußte, damit sie genau so gelängen, wie sie

Karl schmecken, hatte sie an Christine ein Strahlen bemerkt. Jetzt hindert sie nichts daran, die Tochter nach dem Verlauf der Begegnung mit Weißmüller bis ins kleinste auszufragen. Die Jüdin läuft doch nicht weg.

Christine wartet darauf. Und beim Erzählen löst sich der wundervolle Vormittag aus dem Album traumhafter Erinnerungen, in dem er schon pietätvoll gelandet war, und kehrt aufs neue weitaus herrlicher in die Gegenwart zurück. Er ist doch kaum drei Stunden alt. Ich hätte eigentlich gar nichts essen sollen! sagt sich seine glückliche Heldin lachend, wie konnte ein Mund, den vor einem Weilchen ein Cherub geküßt hat, bayerische Knödel kauen?

Das Ende der Geschichte zensiert Christine mächtig. Sie läßt weder etwas vom Anschleichen auf den Wall verlauten, noch über das Gespräch bei den Pfählen, noch weniger dann über den Kuß und wie es dazu kam. Dieses Bild, obgleich in Nebel getaucht, erwärmt sie und läßt sie zugleich frösteln. Sie mag es nicht in kunstvolle Worte umsetzen, um nicht seine Einzigartigkeit zu verwischen, die es so hoch über banale Liebeleien erhebt. Eines Tages wird sie alles aufschreiben, und die Welt wird staunen!

Nie hatte sie eine andere Vertraute als die Mutter. Sie schämte sich nicht, ihr auch Intimes anzuvertrauen, das ihr oft die Röte ins Gesicht trieb, wenn sie daran nur dachte. Und Gertrud sprach zu ihr, Gleiches mit Gleichem vergeltend, feinfühlig und besonnen von jenen Dingen, über die ihre Mitschülerinnnen sich nur aus medizinischen oder obszönen Büchern Auskunft holten. Damit ist Schluß. Diese Zeit gehört der Kindheit an. Der heutige Tag schließt die Tür hinter ihr.

Christine fühlt sich wie ein Vulkan vor dem Ausbruch. Ähnlich – weiß sie neuerdings aus der Physik – muß sich unter dem Druck der glühenden Masse die Erdrinde spannen, auf der Gras duftet, Flüsse fließen, nichtsahnende Menschen leben. Alles, was sie der Mutter früher gebeichtet hatte, waren kindliche Ratlosigkeit und Sehnsüchte. Sie fürchtet sich plötzlich vor ihrer Reaktion, würde sie die ganze Wahrheit erfahren. Die Mutter könnte sich querlegen, der Ausbruch trifft auch sie: Endgültig nimmt er ihr das Kind. Wird sie nicht versuchen, sich dagegen zu wehren?

In diesen Stunden, in denen sich in ihr blitzschnell Prozesse vollziehen, die Jahre herangereift waren, begreift Christine immer mehr. So nicht zuletzt, daß die Erfahrung der Mutter, zwanzig Jahre alt, ihr nicht hilft, Weißmüller zu gewinnen, würde er auch noch so sehr dem Vater ähnlich sein. Der Vater war immerhin fähig gewesen, aus seinem Schneckenhaus soweit herauszukriechen, um schon bei der ersten Begegnung mit der Mutter kurz entschlossen jenen legendären Satz auszusprechen.

Dieser Wolfgang ist wahrscheinlich ein noch schwierigerer Fall. Sie mußte ohnmächtig werden, damit seine Steifheit schwand, aber auch dann, gestehen wir uns das ein, Mädchen, den glorreichen Kuß hast du gewaltig ausgeschmückt, um hier nicht ohne Legende dazustehen. In Wirklichkeit erinnerte er stark an die Mund-zu-Mund-Beatmung, die wir im Kurs für Erste Hilfe durchgenommen hatten.

Aber, Kopf hoch! Wir können nicht übersehen, was uns andererseits freuen sollte: Ist die Grube nicht eine wirkliche Hexe, die, in eine Fledermaus verwandelt, ihm einen Liebestrank in den Kaffee mischt und dann keine Chance mehr hat, hofft Christine, während sie mit der Mutter darüber lacht, wie er über die Waldlerwitze nicht einmal lächelte. Sie ahnt nicht, daß sie in einer Viertelstunde weinen wird.

Oberscharführer Himmler schließt das Kämmerlein hinter der Filmleinwand auf. Die Jüdin steht zwischen den Eimern und Besen mit dem Rücken zu ihm, wie er sie vor einer Stunde hineingeschubst hatte. Der Kinosaalverwalter begreift diese sonderbare Rasse wieder einmal nicht: Zuerst spielt sie Klavier wie eine Muse und dann steht sie stumpf wie ein Maultier da, freßt mich auf, Fliegen!

«Warum hast du dich nicht hingesetzt?»

Ihr Schweigen überrascht Himmler schon nicht mehr. Er führt sie hinaus und läßt hinter ihr die weiße Leinwand herunter. Er überlegt, ob er sich noch einmal etwas vorspielen lassen soll, aber er ist nach Erbsen mit Rauchfleisch angenehm müde und befürchtet, die Ankunft des Kommandanten könnte ihn abermals überraschen. Er befiehlt ihr, sich neben seinen Stuhl zu stellen und ihn beim geringsten Laut rechtzeitig zu wecken, wenn ihr das Leben lieb sei. Dann setzt er, ein frisches Taschentuch an der Nase, Grubes Wartespiel fort.

Grube selbst, der ununterbrochen aus dem Fenster seiner Dienststube schaut, sieht endlich Monika. Endlich? Der Blick auf die Uhr nötigt ihn, sich genau das Gegenteil zu fragen – schon? Weißmüller gab am Tor für seine Rückmeldung fünfzehnnullnull an, Monika drei Uhr; sie hatte sich dabei nichts gedacht. Daß sie ihn anlügt, obwohl es gar nicht nötig war, verriet Grube den kritischen Zustand ihres Inneren.

Wenn er bisher nichts gewußt hätte, müßte er es in diesem kurzen Moment erahnen, als sein leichtlebiges Weib sich vorzeitig zwischen dem Eingangstor und dem Lindentunnel vorbeischleppt. Sie fährt nicht, sie führt ihr Fahrrad an der Lenkstange und sieht neben diesem glänzenden Gefährt mit dem bunten Netz am Vorderrad wie ein müder Reiter aus, der nach einem verlorenen Turnier nicht einmal mehr imstande ist, sich in den Sattel zu schwingen.

Monika, diese unermüdliche Schauspielerin, die noch gestern abend lieber Blut vergossen hätte, als der Welt ihre Wunde zu zeigen, schafft es nicht mehr, eine gleichgültige Maske aufzusetzen auf dem kurzen Weg zu den eigenen

Wänden? Hatte sie also begriffen, was Grube schon längst weiß? Hat sie ernsthaft versucht, Weißmüller zu verführen? Versteht sie endlich, warum der so brav Kolatscheks Bordell meidet? Als betrogener Ehemann sollte er sich hämisch freuen. Statt dessen empfindet er nur Bedauern für sie und Haß gegen ihn.

Den Lebensweg Grubes hatte zu Beginn unter anderem ebenfalls ein Jude gekreuzt. Samuel Freytag besaß die größte Papierhandlung in Freiburg. Daß er bei ihm verspätet in die Lehre gehen durfte, weil die Reichswehr ihn nicht behalten konnte, war für Grube der erste Treffer; er hatte während der weltweiten Wirtschaftskrise ausgesorgt, und die sauberen Artikel hatten ihn sogar bezaubert. Daß er selber Freytags schöne heranwachsende Tochter bezauberte, sollte sich als Zeitbombe mit einer sieben Jahre glimmenden Zündschnur herausstellen.

Anfangs war es allerdings schmeichelhaft. Rupert Grube, Sohn eines Proletariers aus den Hamburger Docks, während seiner Dienstzeit in den Schwarzwald verschlagen, wurde von der Universalerbin zum Kronprinzen einer Dynastie erwählt, der im Breisgau Geschäfte, Lager, Häuser, Felder und Acker gehörten. Der alte Freytag tobte zwar, daß die einzige Tochter einen armen Goj heiraten wollte, drohte ihr mit irdischen und ewigen Strafen, doch sie verfügte über dieselbe alttestamentarische Zähigkeit wie er. Am Abend jenes Tages, als er von seinem Chef fristlos entlassen wurde und sich vergeblich den Kopf zerbrach, wohin sich aufmachen, fand Grube die Cheftochter vor seiner Wohnung in einem baufälligen Vorstadthaus. Sie sagte ihm, er solle sie nehmen oder lassen.

Als am anderen Morgen der ehemalige Kommis dem großen Freytag eröffnete, Rebecca habe beschlossen, bei ihm als seine Geliebte zu wohnen, ergab sich der Geschockte unter einer Bedingung: Sie müßten sich vorläufig im verborgenen treffen, und die Tochter sollte bis zu ihrem einundzwanzigsten Lebensjahr bei den Eltern bleiben. Er glaubte, drei Jahre würden reichen, um sie zu Verstand kommen zu lassen. Stattdessen genügte Adolf Hitler schon ein einziges, um an die Macht zu kommen.

Seitdem wuchs Freytags Unruhe, die weder die Tochter noch der heimliche Schwiegersohn zu beschwichtigen wußten. Die Streitigkeiten endeten mit der Bitte des Alten, sie sollten sich einmal das elfte Kapitel von Hitlers Lehrbuch «Mein Kampf» vornehmen. Grube zwang sich dazu, aber die geheiligte Schrift des neuen Führers erwies sich leider eher als ein todsicheres Schlafmittel. In sein Gedächtnis prägte sich einzig und allein die verrückte Behauptung ein, der Arier solle sich nicht mit einem Juden paaren, wie ein Fuchs sich nie mit einer Gans paare.

Er paarte sich mit Rebecca kräftig weiter, weil es ihm immer mehr gefiel. Er ließ sich schließlich von Freytag überreden, ohne großes Aufsehen der NSDAP beizutreten. Der Alte versprach sich davon, daß ihn sein Späher rechtzeitig von den Absichten des Gegners unterrichten würde, um auch andere Glaubensbrüder rechtzeitig warnen zu können. Die Partie ging zunächst auf. Die Gauleitung war begeistert, endlich ihren Mann im Hause des reichsten Juden weit und breit zu haben, auf dessen Millionen schon so mancher Parteigenosse Appetit bekommen hatte.

Grube erfuhr frühzeitig von dem vorbereiteten Rassengesetz, das allen Interessenten an jüdischem Eigentum den Rechtsweg ebnen sollte. Freytag begriff, daß die einzige Rettung eine unverzügliche rechtliche Bindung Rebeccas mit Grube wäre, für den er jetzt tagtäglich seinem umsichtigen Gott dankte. Rupert war alles andere als dagegen. Er hatte die kluge, liebe und sinnliche Rebecca wirklich gern, eine Mischehe wollte der Gesetzgeber anerkennen, und der reine

Gewinn waren Freytags Millionen. Um weder Nazis noch Juden zu reizen, sollte auch die Hochzeit in aller Stille stattfinden.

Einen Tag davor, als er sich frei nahm, um beim Schneider den Frack und die zugehörigen Accessoires abzuholen – Freytag hatte ihm schon im voraus eine Vollmacht erteilt, vom Familienkonto beliebig abzuheben –, klingelten an seiner Junggesellenwohnung, die er sich seit einem Jahr von seinem Prinzgemahl-Gehalt gönnte, zwei Männer. Sie wiesen sich mit der Plakette der Geheimen Staatspolizei aus, deren inzwischen traurig berühmt gewordene Abkürzung auch in Freiburg nach ausgeschlagenen Zähnen und hie und da sogar nach Fangschuß klang, die dann amtlich kommunistischen Gewalttätern zugeschrieben wurden.

Beide Gestapoleute benahmen sich jedoch freundlich. Sie lobten die moderne Einrichtung, lehnten ein Gläschen milden Cognacs nicht ab. Dann ersuchten sie ihn um Mitarbeit. Als ein NSDAP-Mitglied in jüdischen Kreisen würde er bald Zeuge betrügerischer Machenschaften werden: Die Juden werden versuchen, ihre zusammengerafften Besitztümer durch Scheinehen mit Ariern zu retten. Die Gestapo wäre ihm dankbar für rechtzeitige Meldung einer jeden solchen deutschen Ratte, der dann beschieden sei, was sie verdiene.

Damals zeigte sich zum ersten Mal Grubes Veranlagung, die ihn in Monikas Augen zum König der Verstellung machte, bis ihn vorübergehend Weißmüller entthronte, der, wie sie irrtümlicherweise annahm, reinen Opportunismus verkörperte. Der Bräutigam sagte den beiden mit bewundernswert fester Stimme, sie kämen leider zu spät. Er befinde sich ohne eigenes Zutun in ähnlicher Bedrängnis und habe sich gerade entschlossen, ins heimatliche Hamburg zurückzukehren, wo er als ehemaliger Proletarier und deshalb Kenner des Milieus der Partei bei der Säuberung in den roten Docks helfen wolle.

Wenn sie dadurch auch hierorts um einen so einmaligen Helfer kamen, nahmen sie das tapfer hin, ohne mit der Wimper zu zucken, und stießen auf seinen opferwilligen Entschluß an. Die Koffer hatte er in zwei Stunden gepackt. Weil er eine Menge wertvoller Dinge, die ihm gehörten, nicht alle mitschleppen konnte, hielt er es für angemessen, von Freytags Konto für den neuen Anfang lediglich fünftausend Mark abzuheben. Daß er Unterschriftsrecht für jede beliebige Summe hatte, besänftigte sein Gewissen und linderte die echte Wehmut, als er den abendlichen Schnellzug nach Altona bestieg.

Aus Freiburg hörte er jahrelang nichts. Weder die Freytags noch die Parteigenossen suchten ihn. Er meldete sich bei der Gauleitung und wurde sofort in den Apparat übernommen, in dem Arbeitersöhne rar wie Safran waren: Hamburg war noch immer dermaßen von rotem Schimmel durchzogen, daß der Führer es weiterhin ablehnte, die Hanseaten mit einem neuen Besuch zu ehren. Grube wurde rasch zur rechten Hand des Gauleiters und später zum Intimus von dessen Geliebter, seiner späteren Frau.

Die Begabung, allem und jedem zuzustimmen, sich aber inneren kritischen Abstand zu bewahren, bescherte ihm das gute Bewußtsein, nicht zu dem amoralischen Gesindel zu gehören, das sich inzwischen überall an die Macht gedrängt hatte. Konnte er jemandem ohne eigenes Risiko helfen, tat er das liebend gern, wie im Fall der verstoßenen Monika Treu. Daß sie mit ihm dann schlief, faßte er nicht als Belohnung auf, sondern als Ausdruck von Sympathie, als Bestätigung, daß er zwischen den schwarzen Geiern eine weiße Krähe war. Er schätzte es um so mehr, als sie nach Rebecca die zweite Frau in seinem Leben war.

Eines Morgens gab es jedoch einen neuen Gauleiter. Die Aventüren seines Vorgängers mit immer neuen Weibern hatten ein solches Maß erreicht, daß sich seine Gattin letztlich doch beim Führer beklagte. Den Brief hatte der Adressat wohl nie erhalten, aber er genügte vollauf, daß der unvorsichtig geile Hengst von einem anderen, entschieden geschickteren gestürzt wurde. Der brachte sich seinen eigenen Troß mit, der sich sofort anschickte, die erforderliche Anzahl Amtssessel von alteingesessenen Ärschen frei zu machen.

An der Wohnung, die er in einer herrlichen alten Villa an der Schönen Aussicht bezogen hatte, klingelten nach unverändertem Brauch frühmorgens zwei andere Gestapoleute. Als setzten sie das einst begonnene Gespräch fort, legten sie dem Parteigenossen Grube das Original des Formulars vor, mit dem er die beschleunigte Heirat mit der Jüdin Rebecca Freytag beantragt hatte, und auch die Bankvollmacht ihres Vaters. Diesmal brachten sie selber einen Vorschlag mit: Das freiwillige Gesuch auf unverzügliche Einberufung zur Wehrmacht werde mit dem Dienst bei einer Sondereinheit außerhalb des Kampfgebiets honoriert.

Er setzte es sofort auf, sie nahmen es mit, die Einberufung erhielt er schon am nächsten Tag, er konnte gerade noch seinen Schreibtisch räumen. Dafür hielten sie ihr Manneswort. Grube absolvierte den Blitzfeldzug gegen Frankreich im Rang eines Feldwebels der Feldgendarmerie, zu dem ihn sein einstiger Dienstgrad in der Reichswehr berechtigte.

Solange man siegte, gab es Probleme höchstens mit besoffenen Raufbolden. Als der Krieg sich festgefahren hatte, in Rußland und dann auch in Afrika, setzten Desertionen ein. Die ersten Deserteure wurden, weil sie nicht während der Kampfhandlungen abgehauen waren, noch in Strafkompanien gesteckt, aber ein halbes Dutzend Männer, die im August 1942 nicht einmal die nur ein paar Stunden dauernde Probelandung eines anglo-kanadischen Kommandos in Dieppe nervlich überstanden, wurden zur Abschreckung bereits zum Tode verurteilt.

Das Hinrichtungspeloton kommandierte Grube als frischgebackener Untersturmführer. Den Einzug ins Offizierskorps begoß er nicht mit französischem Champagner, sondern mit dem Blut von Landsleuten, denen er den berüchtigten Gnadenschuß verpassen mußte. Nach seinem eisernen Brauch ließ er sich auch diesmal nichts anmerken. Als er jedoch abends das Licht ausgemacht hatte und die Augen schloß, sah er im Zeitlupenfilm die berstenden Nacken. Er stand auf, trank auf einen Zug eine halbe Flasche Calvados und wartete dann nur noch, bis auch sein Gehirn zerspritzte und ihn die barmherzige Dunkelheit verschluckte.

Am anderen Tag, als er zu sich gekommen war, versuchte er verzweifelt herauszukriegen, wie er von dem Henkerskommando freikommen könnte, ohne sich dabei im glühenden russischen Ofen verheizen zu lassen. Bald erkannte er, daß das ebenso schwer war wie einen Pakt mit dem Teufel aufzukündigen. In seinem Charakter fehlte der Mut. Schießen war immerhin etwas angenehmer als erschossen zu werden. Immer häufiger mußte er deshalb immer größere Mengen Apfelschnaps zu sich nehmen. So wurde er ziemlich bald Untersturmführer.

Mit dem Rang stiegen die Möglichkeiten. Er durfte jetzt freundschaftlich auch mit den Berliner Großkopferten verkehren, die Inspektionsfahrten nach Frankreich unternahmen. Er kannte sich in Weinen aus, wußte von Lokalen, wo man ohne Lebensmittelkarten noch den Zauber einer berühmten Küche erleben konnte, er mußte nicht erst ermitteln, wo die hohen Herren risikolos auch die Geheimnisse der französischen Liebe kennenlernen konnten. Es störte ihn nicht einmal, daß er oft allein bezahlte.

Solche Bemühungen mußten ihren Lohn finden. Das geschah zu Silvester 1942, als ihm der Chef des SS-Sicherheitsdienstes der Heeresgruppe Mitte bei einem alten Armagnac versprach, ihn als Experten zu einer seiner Wacheinheiten tief im rückwärtigen Gebiet zu berufen. Zu Neujahr 1943 trat in Le Havre eine Gruppe deutscher Künstler auf. Nach vier Jahren hatte Grube Monika wieder getroffen.

Da er stets in proletarischer Manier die noblen Huren der Mächtigen verachtete, hatte er sie schon in Hamburg geschätzt. Im Unterschied zu anderen hatte sie Klasse. Grube wußte, daß sie dem Gauleiter sogar treu gewesen war. Er selbst bekam sie erst, als sie verlassen dastand, und es war nur sein Fehler, sie seinerzeit nicht festgehalten zu haben. Es störte ihn, eigentlich vollkommen kindisch, daß sie sich nicht mehr fest binden wollte. Als er sich jetzt daran erinnerte, daß sie äußerst klug, im Grunde genommen lieb und noch viel sinnlicher als die ernste Rebecca war, wollte er diesen Fehler wiedergutmachen und nie mehr wiederholen.

Wann immer er frei bekam, fuhr er ihr durch ganz Frankreich nach. Bald bot er ihr die Heirat an, und sie war davon echt gerührt, weil sie das zum ersten Mal erlebte. Sie sagte ihm jedoch offen, noch deutlicher als damals, daß sie sich geändert habe. In den Jahren des Alleinseins und mühsamen Herumwanderns hatte sie gelernt, die Qualen der Seele durch die Freuden des Körpers auszugleichen. Sie bekannte Grube ihre uralte Leidenschaft für antik-nordische Typen, der sie jetzt vollen Lauf lassen konnte. Sie fürchte, sagte sie, ihm keine gute Frau zu sein, da sie sich schwerlich noch ändern werde. Sie empfinde ihm gegenüber die alte Sympathie, aber zur sogenannten wahren Liebe sei sie kaum noch fähig.

Das, sagte Grube, ohne mit der Wimper zu zucken, wie einst den Freiburger Gestapoleuten, sei genau das, was er suche: Kameradschaft, die in diesen lausigen Zeiten über aller Liebe der Welt stehe. Das feste Bündnis im Guten wie im Bösen habe nichts gemein mit dem natürlichen Bedürfnis des Körpers, Wollust zu genießen, wo immer man sie finde, wenn man schon morgen gemeinsam mit einem Haufen anderer von ungelöschtem Kalk zerfressen werden könne.

Er, Grube, obwohl sogar etwas jünger als sie, leide an chronischem Verlangen nach frischem Frauenfleisch, das in Frankreich von besonderer Qualität und reichlich vorhanden sei. Sicherlich werde er ihm auch in der neuen Umgebung treu bleiben, im Protektorat Böhmen und Mähren, das hauptsächlich durch Bier und die Zucht rassiger Weiber berühmt sei. Deshalb biete er ihr erneut an, mit ihm alle Rechte zu teilen, die ihm der versprochene Posten samt dem Rang eines Hauptsturmführers bringen würde, ohne die Verpflichtung, sich gegenseitig sklavisch zu besitzen.

Um sie anzulocken, begann er ihr bunt und freimütig seine Abenteuer in der Normandie zu schildern. Er weckte in ihr dadurch neben gierigem Interesse die gleiche Lust, von sich zu berichten: Er erfuhr von all ihren Liebhabern wie auch von denen, die sie sich erst vorgenommen hatte. Erregt von den Bildern fremder Körper liebten sie sich dann in kargen und kalten Hotelzimmern, die die Lust auf ein gemütliches Zuhause anregten. Einen Monat später war sie einverstanden, ihn zu heiraten. Sie konnte nicht ahnen, daß er seine erotischen Geschichten aus dem Casinogeschwätz schöpfte.

Die Scham, die seine Frau irrtümlich Weißmüller zuschrieb, fesselte im Gegenteil ihn. Er war zur monogamen Liebe geschaffen, Rebecca wäre die ideale Frau für ihn gewesen. Nach ihr kam es zu keiner Beziehung mehr. Den Beischlaf wagte er eigentlich erst wieder mit Monika, weil er sie nun so lange kannte. Dann aber entdeckte er ihre plötzlich ausgebrochene Besessenheit nach Männern und hatte damals nicht den Mut, sie zu verkraften. Den fand erst der neue Grube, der wieder und immer wieder die Mündung seiner Pistole auf zuckende Leiber von Menschen richten mußte, die er tötete, weil sie sich an der Front aus Angst so verhalten hatten, wie er es in ihrer Lage wahrscheinlich selbst täte. Ihm war es jedoch gegönnt, sie dafür zu bestrafen. Er mußte Monika in der Normandie um jeden Preis kriegen, wenn er sich nicht zu Tode saufen sollte.

Diesen Preis schraubte jetzt Weißmüller schier unerträglich hoch. Der bitteren Erkenntnis, daß sich Monika vielleicht zum ersten Mal wirklich verliebte, schloß sich der Ekel an, den das Objekt ihrer Gefühle in Grube weckte. Daß er in der Festung vom Regen in die Traufe gekommen war, als er hier zwar nicht mehr eigenhändig Kameraden erschießen mußte, dafür jedoch die Liquidation europäischer Widerstandskämpfer zu leiten hatte, machte ihm die Anwesenheit des jungen Monsters bewußt, das hier seine frühere Funktion ausübte. Weißmüller zeigte sich nach Grubes Meinung nicht als Arm der Gerechtigkeit, sondern als ein perverser Folterer.

Grube hatte früher seine Arbeit so aufgefaßt, daß er den armen Teufeln das Bangen und die Qual des Todes auf das geringste Maß verkürzte. Darin sah er auch den höheren Sinn seiner blutigen Tätigkeit, der ihm Kraft gab, sie weiterhin auszuüben. Weißmüller dagegen tat alles Erdenkliche, um sich an ihrem Grauen und ihren Schmerzen zu weiden. Er band ihnen die Augenbinde so nachlässig um, daß sie oft vor dem Schuß abrutschte, er zögerte mit dem Feuerbefehl, indem er wie auf dem Exerzierplatz die Schützen mit angelegten Gewehren exakt ausrichtete. Er wartete, bis man die Körper, oft noch lebendig, von den Pfählen abband, drehte sie mit dem Fuß auf den Rücken und schien lange zu überlegen, bis er endlich seitlich in den Nacken schoß. Vor kurzem zielte er einer Frau fast auf die Stirn, als wolle er sie selbst noch mit Verstümmelung bestrafen.

Da er dabei nicht gegen die Vorschriften handelte, konnte ihn Grube kaum zurechtweisen. Bei der Vorstellung jedoch, diese Mordmaschine könnte Monika berühren, war ihm nach Kotzen zumute. Seine Hoffnung war die zunehmende Überzeugung, der Untersturmführer müsse auch anderweitig geschädigt sein: Er hielt seine private Scheu nicht für den Ausdruck von Scham, sondern von Unfähigkeit, mit Frauen umzugehen. Einer, wie Grube überzeugt war, widernatürlichen Unfähigkeit, die Monika schließlich abstoßend finden würde.

Bis vor kurzem hatte Grube mit seinem Kriegshandwerk keine besonderen Probleme. Es war durch Gesetz und Befehle voll gedeckt; die Nichterfüllung der Pflichten würde ihn selbst vor dieselben Gewehrmündungen bringen. Er blieb – davon war er überzeugt – human, wo es nur ging, und in all den Jahren, sagte er sich immer öfter, hatte er nicht so viele Menschen getötet, wie so mancher alliierter Flieger mit einem Druck auf die Öffnung der Bombenschächte. Die heraufziehende deutsche Niederlage, wie sie die heutige Landung nun beschleunigte, verwandelte allerdings den Schutzschild der Paragraphen in einen zerrissenen Regenschirm. Wer weiß, wie ihn die Sieger beurteilen würden?

Grube möchte mit heiler Haut bessere Zeiten erleben, in denen ihn die dankbare Monika endlich zu lieben beginnt. Deshalb weg, weg so weit wie nur möglich von den Kleinburgers und Weißmüllers, den Zutreibern des Rattenfängers, der uns alle ins Verderben führt!

Die Allee hatte Monika längst verschluckt, aber Grube starrt noch immer aus dem Fenster auf den vorderen Hof. Liebling, spricht er ihr nach, du mein ein und alles, ich bin ein räudiger Hund, ein Feigling und Lügner, der noch froh sein kann, daß man ihn nicht zu den Schweinereien zwingt, von denen man aus dem Ghetto hört. Doch ich bin nicht, was du dir denkst: Ich bin kein Hurenbock. Und ich tue insgeheim gerade das, was unsere Abmachung ausschließt: Ich liebe dich. Und ich laß es nicht zu, daß man dir weh tut!

Monika Grube ist schon beim Herrenhaus, nimmt es aber bisher nicht wahr. Ihre Zeit hatte der Schlag ins Gesicht angehalten. Sie weiß nicht, wie sie durch den Teppich des schnellen Wassers gekommen war, wie sie in den Sattel stieg und sich darin hielt, weiß nicht, seit wann sie schon das Rad schiebt und wohin. Vergessen auch der Traum, aus dem sie jahrelang Kraft schöpfte und der sich seit heute früh in der Normandie zu erfüllen beginnt: Daß einmal, jetzt schon bald, ihr Liebster, ihr Jude zu ihr zurückkommt, der sie mit einflußreichen Männern zusammenbringen wird. Von allem weiß sie nur, daß sie sich entweder mit dem Los einer alten Frau abfinden oder noch heute die Kapsel zerbeißen muß, die ihr einmal ein blonder Militärarzt zum Dank geschenkt hatte.

Aus dem Herrenhaus kommt ihr eine Frauengestalt entgegen. Sie trägt, obwohl die Junisonne jetzt am stärksten brennt, einen offenstehenden Regenmantel. Aus ihm leuchtet giftig grün ein Badeanzug. Die zertrümmerte Welt setzt sich für Monika blitzschnell wieder zusammen wie in einem rückwärtslaufenden Film. Der Reflex des Stolzes, der sie nach jeder Niederlage zwang, die Zähne zu einem gut eingeübten Lächeln zu fletschen, das die heruntergeschluckten Tränen verbarg, funktioniert noch einmal.

Sie erwidert den Gruß der Siegerin ebenso strahlend, wie er ihr entgegengebracht wurde, bleibt stehen, mit der Linken das Fahrrad anhaltend. Mit der Rechten zieht sie aus dem Kleiderausschnitt die Mundharmonika heraus, schiebt sie der überraschten Christine in die Hand und sagt im Abgehen.

«Ach, Liebes, geben Sie das doch bitte dem Wolfi zurück!»

XV

Gleich darauf

Christine antwortet mit einem noch strahlenderen Lächeln.
«Verlassen Sie sich darauf, Frau Monika, ich seh' ihn sowieso gleich.»

Sie geht dann aufrecht, so gut sie kann, in die Allee, zählt fünfzig Schritte ab, findet links den Pfad, der sie zu dem steinernen Monstrum führt, alter Brunnen genannt, geht um ihn herum, tritt in die hohen Brennesseln, die ihr heiß gegen die bloßen Waden schlagen; mitten im Beet hockt sie sich vorsichtig hin, und erst hier heult sie los.

Sie hat sich überschätzt, schätzte diesen verdammten Cherub nicht richtig ein, unterschätzte die alte Giftmischerin. Sie dachte, dumme Ziege! daß das Angebot von Jugend, Reinheit und Liebe spielend die schrumpelnde Haut besiegen müsse, die von billiger Begierde gezeichnet war. Der Mann jedoch, der hier als ein wahrer Todesengel dem Leben anderer ein Ende setzt, sucht sich offenbar die Frauen nach anderen Maßstäben aus als die Berliner Gigolos.

Christine glaubt, die Grashalme in der frischen Frisur der siegreichen Gegnerin waren Spuren eines Liebeskampfes. Dieses Biest schämt sich sogar nicht einmal, mir ihren zerknautschten Rock vorzuführen! Christine ist plötzlich Monika und spürt auf sich die herrliche Last des männlichen Körpers, die sie am Mittag selbst erfahren hatte. Dann ist sie wieder sie selbst und möchte sterben. Sie kaut am rechten Daumen, bis es ihr ganz schön weh tut. Wie konnte er nur!

Sie erblickt die Mundharmonika in der Hand und holt aus, um sie über das rostige Gitter in den Schlund des Brunnens zu werfen. Eine andere Zelle ihres gespaltenen Gehirns hält sie davor zurück, zwingt sie, das Instrument zwischen die salzigen Lippen zu legen. Christine bläst. Und der laute Akkord, auch wenn er an der Brennesselwand erstickt, läßt wie ein Ventil den Überdruck des Kummers ab. Die Vernunft kommt wieder über sie. Sie beginnt, normal zu denken.

Diese Grube hat ihn herumgekriegt! Wahrscheinlich schon längst, während des heutigen Mittags hätte sie das kaum geschafft. Also treffen sie sich heimlich und sicherlich nicht im Herrenhaus unter den Augen des Gatten und des Kommandanten. Auch das heutige Stelldichein war gewiß längst abgesprochen. Damit Wolfgang nicht hinginge, dazu hätte Christine mit etwas Wirksamerem aufwarten müssen, als es abgedroschene Witzeleien sind, warum die Waldler lachen, wenn es blitzt. Auch hätte sie ihn anders küssen müssen, sinnlich, leidenschaftlich, am besten mit der Zunge, wie es ihre Mitschülerinnen empfehlen. Sie bläst weiter, die Tränen trocknen, und ihre Gedanken zielen auf Taten.

Mein Gott, konnte gerade sie, die das Treiben der Berliner Männchen verfolgte, ernsthaft glauben, daß Wolf mit keiner schlief? Seine Männlichkeit muß doch jedem Frauenzimmer den Kopf verdrehen! Ist es nicht eher ein Wunder, daß er bisher nicht längst vor Anker gegangen war? Sollte Christine eigentlich nicht gerade der alten Marketenderin dankbar sein? Dadurch, daß sie sich wahrscheinlich ins Gras hinlegte, wann immer er das brauchte, erfüllte sie die Aufgabe einer besseren Nutte. Er konnte sich vom Überdruck befreien und abwarten, bis eine Frau auftaucht, die es ihm wert ist, sein Leben mit dem ihren zu verbinden. Die wäre ja seit gestern hier, nur: Kann sie ihn davon überzeugen mit albernem Geschwätz über die Waldlerbraut und Waldlermist? Und hat jemals jemandem selbstbemitleidende Heulerei in Brennesseln zu etwas verholfen?

Christine bläst und bläst, das Salz auf den Lippen hatte sich längst aufgelöst, auch das Sengen der bissigen Stengel spürt sie nicht mehr, vielleicht hat sich die Haut daran gewöhnt, wie sich auch ihr Geist zu gewöhnen beginnt. Die Bitterkeit der Kränkung und der Niederlage weicht der Überzeugung, daß sie einen Kampf, nicht aber den Krieg verloren hatte. Den entscheidenden Umschwung in ihrer Laune bewirkt sonderbarerweise die verräterische Mundharmonika. Christine gelingt aus heiterem Himmel eine Melodie.

«Mit dir, Lili Marleen, mit dir, Lili Marleen!»

Der bescheidene Erfolg reicht aus, das niedergeschlagene Herz aufzurichten, die Rumpelkammer aufzumachen, in die sie das kaum zutage getretene Selbstbewußtsein hineingeschmissen hatte. Sie ist doch nicht nur jung und recht ansehnlich; seit ihrer Kindheit trägt sie in sich die geheimnisvolle Sicherheit, weitaus mehr als nur ein gewöhnliches Mädchen zu sein. War sie nicht immer die Klassenbeste gewesen? Sprang sie bei den brandenburgischen Jugendmeisterschaften nicht höher als alle ihre Konkurrentinnen? Und mehr noch: War ihr Großvater nicht ein Dichter gewesen? Hat Vater nicht sein musisches Talent dem Führer geopfert? Was war in ihr nicht alles angelegt! In ihrem Erbgut staute es sich bereits für drei!

Der Vater nennt diese ausgediente Soubrette eine Schauspielerin, Wolfgang sogar eine Künstlerin. Was für eine konnte die schon sein, wenn sie statt an einer ordentlichen Bühne hier am Schwimmbecken herumträllerte! Schlagen wir sie also mit ihren eigenen Waffen! War Christine nicht der Stolz der Ballettkurse, das Glanzlicht jeder Matinee? Warum sollte sie warten, bis sie mit einem dicken Roman berühmt würde, wenn sie hier sofort ganz groß herauskommen kann? Sie wird die Ungarin bitten, mit ihr eine kurze, aber effektvolle Tanznummer einzustudieren! Bestimmt kann sie auch begleiten.

Sollte die Grube doch gut sein, was Christine nicht glauben will, hebt sie sich die Nummer einfach auf und wird daran arbeiten, sie hat die ganzen Ferien vor sich und in sich die Kraft der Wut, mit der sie immer auch bei den strengsten Lehrern und schwersten Wettkampfgegnern siegte. Und wenn die Grube sich lächerlich machen wird, was Christine mit Sicherheit erwartet, zeigt sie ihr schon heute vor allen, was sie, noch Amateurin, nach einer einzigen Probe vorzuzeigen hat. Dann werden wir ja sehen, wer zuletzt lacht.

Sie stürmt in den Kinosaal hinein und rennt Himmler beinahe um. Sein dicker Körper, von der Jüdin eher wachgerüttelt als sein Geist, schlägt die Hacken zusammen, während die Hand wehrlos zum Herz greift. Christine nimmt das nicht wahr, ungeduldig wirft sie den Regenmantel ab, in dessen Tasche sie die Mundharmonika geschoben hatte, grüßt mit den Augen die Lehrerin und jagt den Oberscharführer hinaus.

«Lassen Sie uns hier allein!»

Himmler stottert.

«Ich soll dafür sorgen, daß Sie niemand stört...»

«Eben. Sie können doch vom Flur aus dafür sorgen? Mich würde es schrecklich stören, wenn Sie zuschauen.»

Obwohl sie ein Mädchen ist und es ganz freundlich klingt, hört der Verwalter des Kinosaals die Stimme ihres Vaters heraus.

«Ja, Fräulein, ich...»

«Ich sage Ihnen, wann wir fertig sind.»

Himmler verschwindet auf dem Flur. Christine sagt.

«Ich weiß, daß du nicht deutsch sprichst, aber verstehst du es vielleicht ein bißchen?»

Die andere antwortet nicht. Christine gibt nicht auf.

«Ich werde langsam sprechen. So ... langsam ... Ich bin Christine. Und du bist ...?»

Christine sieht den schweigenden Mund, aber flatternde Augen. Sie unterstreicht jetzt ihre Worte mit anschaulichen Gebärden, als spräche sie mit einer Taubstummen.

«Ich ... Christine! Du ...?»

Die Angesprochene gibt dem Druck nach.

«Anna ...»

«Prima! Anna, ich ... will ... tanzen. Verstehst du?»

Die andere nickt. Christine vergißt sich und radebrecht wieder, wie sie es gewohnt ist.

«Ich würde gern schon heute abend etwas vortanzen. Eine Kleinigkeit. Etwas Leichtes, aber trotzdem mit Pfiff. Spreche ich zu schnell ...? Verstehst du mich?»

Die andere zuckt die Achseln.

«Du bist eine echte Lehrerin? Du ... unterrichtest ... Tanz? Bist eine Tanzlehrerin?»

Die andere schüttelt den Kopf.

Christine ist enttäuscht. Am Ende stellt sich noch heraus, daß das Mädchen so wenig tanzen kann wie reden. Aber wie gut sie gespielt hat! Hatte man nicht vielleicht eine Pianistin hergeschickt?

«Bist du Tänzerin? Du ... hast getanzt?»

Die andere nickt.

«In einem richtigen Ballett?»

Die andere nickt wieder. Warum plage ich mich hier mit ihr herum wie mit einem Zulukaffer, ärgert sich Christine über sich selbst, Vater hat recht, Tanz muß auch ohne Worte funktionieren.

«Kannst du pliés?»

Die andere schaut sie an, als hörte sie das zum ersten Mal.

«Plié. Das muß doch eine Tänzerin kennen. Demi-plié!»

Die andere nickt.

«Dann zeig's mir. Zum Beispiel... in der zweiten Position... à la deuxième position!»

Und fällt in den Stuhl, der vom Gewicht des Oberscharführers runtergedrückt blieb. Ist ja gelungen, am Ende wird sie es sein, die hier die Stunde gibt! Das ist vielleicht ein Tag! Für das kurze Vormittagsglück soll sie anscheinend lange bestraft werden. Warum und von wem? Moment... was macht dieses Mädchen da...

Die andere hat die Knie nach außen gedreht, bis sie nahezu parallel mit den Fußsohlen der gespreizten Beine verlaufen, die eine perfekte Gerade bilden. Und wie ihr Körper tiefer und tiefer sinkt, über das halbe zum großen plié, bleiben die Fersen auf dem Parkett. In dieser Position verharrt sie bewegungslos, als erwartete sie von Christine eine Zensur.

Die ist nur verblüfft. Sie weiß am allerbesten, wie sich nach all den Jahren ihre Knie weigern, und wenn sie sie mit aller Willenskraft zwingt, sich einigermaßen herauszudrehen, muß sie diese Schraube sofort lösen, so scheußlich tut das weh. Diese Anna ist entweder glücklich gewachsen oder aber richtig durchtrainiert.

«Schaffst du ein développé à la second?»

Die andere erhebt sich, die Spitze des rechten Beins lehnt sich an das Kniegelenk des linken, löst sich aber sofort und steigt empor, als öffne sich ein riesiger Zirkel, mit der Ausdauer eines Krans steil und immer höher – und würde der Kopf sie nicht daran hindern, könnte sie noch weiter. Développé à la second in allererster Qualität!

Christine weiß bereits, daß sie aufstehen, sich verbeugen und der anderen den Stuhl anbieten, den Schnabel halten und sich sekkieren lassen sollte, weil keine ihrer Lehrerinnen, die früher alle Solistinnen waren, über eine solche Technik und Leichtigkeit verfügte. Aber irgend etwas zwingt sie, sitzen zu bleiben und in der eigenartigen Probe fortzufahren.

«Du bist wunderbar... Zeig mir, bitte, wie du ein entrechat quatre machst!»

Sie hat kaum zu Ende gesprochen und kommt aus dem Staunen nicht heraus. Der Körper im roten Trikot erhebt sich ins relevé, ein reißendes demi-plié, und mit dem Sprung verwandeln sich die Beine zu Schwertern, die in einem nicht meßbaren Tempo schwingen, Rechte, Linke, Rechte... wie oft batiert sie denn...? Mein Gott, das ist doch ein entrechat six! das verlangt so viel Kraft in den Muskeln, daß es so mancher Bursche nicht schafft, während es ihr wie ganz nebenbei gelingt, mit diesem unbeteiligten Gesicht, mit dem sie hier jetzt wieder regungslos auf das nächste Kommando wartet.

Christine klatscht in die Hände. Aber in die Begeisterung dringt der Schreck über die eigene Unbeholfenheit. Sie hat bereits begriffen, daß es eine himmelschreiende Anmaßung wäre, von einer solchen Meisterin zu verlangen, sie sollte mit ihr bis zum Abend ein Tänzchen für das Fest am Schwimmbecken einüben. Für dieses Mädchen gilt keine Schwerkraft! Und es ist vielmehr Selbstpeinigung, wenn sie ihr noch einmal befiehlt.

«Pirouetten...! En dehors!»

Die Arme fliegen nach oben und sinken so rund, als hätten sie keine Ellenbogen, gleichzeitig streckt sich das linke Bein durch, schwingt sich auf Halbspitze, und der Körper, den erneut eine fast unmenschliche Gerade durchläuft, beginnt sich kräftig um die eigene Achse zu drehen, trägt die Tänzerin auf die Umlaufbahn.

Eine sich heftig abwickelnde Kette von chainés, so sauber, daß man die Tanzende gewissermaßen zur selben Zeit von hinten, von vorn und von den Seiten sehen kann, bringt sie wie einen Kinderkreisel der Kreislinie entlang zum Ausgangspunkt zurück, wo sie – Christine stockt der Atem – mitten in diesem Wirbeln mit einem Schlag stehenbleibt, und auf der Fußspitze, die in den Boden eingehakt scheint, führt sie – Christine kann das so schnell gar nicht fassen – passé, plié, double en dehors, fouetté, fouetté, double fouetté... nein, nicht doch! sie bleibt, bewegungslos mit den Augen in die ihren gebohrt, stehen, die dreht sich nicht, die hypnotisiert mich! Christine blinzelt und will sie anschreien, als das Wirbeln mit einem Schlag tatsächlich aufhört. Kein Trugbild! Einfach Weltklasse!

Das Mädchen steht schon wieder, wie sie zuvor dagestanden hatte, ohne außer Atem gekommen zu sein, und auch diesmal ganz ausdruckslos, als aber Christine auf sie zuläuft, um sie stürmisch zu küssen, um sie auszufragen, wo sie das alles her hat, wankt sie, taumelt, und rutscht dann durch die Arme, die sie stützen wollten, ihre Augen werden trüb, die wundersamen Beine verlieren ihren Stand, und den plötzlich schweren Körper kann Christine schon nicht mehr halten, er sinkt zu Boden.

«Anna, was ist los! Anna!!»

Das Karussell des verrückten Tages dreht sich weiter, jetzt ist sie es, die eine andere wiederbelebt, schüttelt, ruft, ihr die Wangen klatscht und Mund auf Mund legt, um den matten Atem anzuregen. Angst bemächtigt sich ihrer, daß das Mädchen stirbt, und schon will sie den verjagten Kinoverwalter aufrütteln, als sie sieht, daß die geschlossenen Lider zittern.

«Anna! Hallo, Anna! Anna, was hast du? Ist dir schlecht? Oder ist dir nur schwindlig geworden? Sag doch! Sprich!»

Die Augen öffnen sich, und eine umflorte Stimme sagt fast unhörbar.

«Ich habe Hunger...»

«Du hast nichts gegessen?»
«Nein ...»
«Seit wann?»
«Seit gestern früh ...»
«O Gott, wieso?»
Gleichzeitig ist sie ganz verblüfft.
«Du sprichst deutsch?»
«Ja ...»
«Warum hast du dann nicht mit mir gesprochen?»
«Man hat es mir verboten.»
«Wer?»
«Der Offizier ...»
Christine versteht nicht.
«Der mit mir hiergewesen ist?»
«Nein ... der andere ...»
«Deshalb! Der erste ist mein Vater, weißt du!»
Das Mädchen nickt.
«Wie kommt es, daß du den zweiten Tag nichts ißt?»
«Ich war schon im Waggon ...»
«In welchem Waggon?»
«Sie wollten uns wegbringen ...»

«In die neue Heimat, Vater hat es mir erzählt. Aber wie konnten sie euch hungern lassen! Das ist bestimmt gegen die Vorschriften!»

Das Mädchen zuckt die Achseln. Christine handelt.

«Faß mich um den Hals! Richtig fest! Hab keine Angst, ich hab' viel Kraft!»

Das Mädchen ist leicht. Christine hebt sie mühelos auf und bringt sie, halb führend, halb tragend, zu dem ausgeklappten Stuhl. Sie setzt sie darauf und weiß auch, was sie zu tun hat.

«Streck die Beine aus, halt dich an den Lehnen fest und atme tief durch. Ich bin gleich wieder da!»

Rasch zieht sie wieder Mutters Regenmantel über den

Badeanzug. Himmler sitzt schnarchend im Flur. Verschlafen nimmt er den Befehl der Kommandantentochter entgegen, ihr die Baracke aufzuschließen und zu warten, bis sie wieder da ist. Dann läuft Christine über den äußeren Hof, rennt durch die Allee, meidet die Stelle, wo sie schon zweimal die Grube getroffen hatte, denkt aber nicht an sie.

Gertrud ist noch immer beim Geschirrwaschen, als die Tochter in die Küche hereinstürmt.

«Du bist schon hier? Hat es dir nicht gefallen?»

«Doch ... Wo ist Brot, bitte?»

«Du hast doch gerade gegessen ...»

«Dabei kriegt man vielleicht Hunger!»

Sie findet es selbst und schneidet zwei ordentliche Scheiben über die ganze Länge ab. Dann streicht sie fingerdick Butter drauf. Gertrud tut es um das rare Fett nicht leid, sie wundert sich nur.

«Du schmierst dir jetzt so ...?»

«Hast du was zum Drauflegen, Mami? Gestern ist Salami übriggeblieben!»

Sie schneidet ein paar Scheiben ab und drückt sie in die Butter. Dann klappt sie die Brote aufeinander und nimmt aus der Speisekammer eine Flasche Milch. Sie ruft der Mutter einen Dank zu und eilt hinaus. Gertrud ist gerührt. Wie lang ist das her, daß sie diese Szene oft erlebte! So war die kleine Christine in München in den Pausen aus der Schule, die auf der anderen Straßenseite lag, zur Vesper gerannt. Die Mutter lächelt und taucht die soeben sauber gewaschene Bratpfanne wieder in die fettige Abwaschschüssel.

Anna sitzt nach wie vor da, wie Christine sie verlassen hatte. Als sie ihr das Brot reicht, erlebt sie etwas ganz Sonderbares. Das Gesicht, das seit ihrer Begegnung einer starren Maske glich, verwandelt sich. In den Augen scheint Glanz auf, die Nasenflügel spannen sich, die Lippen haben einen fast leidenschaftlichen Ausdruck angenommen. Das alles, wird sich Christine klar, hatte dem Mädchen vorher gefehlt. Beim Tanz führte sie seelenlose Perfektion vor. Jetzt ißt sie gierig, und als tanzte sie!

Christine stört sie nicht, setzt sich neben sie und beobachtet, wie die kleinen Zähne große Bissen abreißen, die der Mund kaum aufzunehmen vermag; der Schlund befördert sie hastig den schmalen Hals hinunter. Wie wenn man eine Gans nudelt, staunt Christine. Auch sie kennt Hunger, wenn sie ab und zu fastet, um sich nicht völlig gegen die ererbte Anlage, sich sorglos vollstopfen zu können, zu versündigen. Die hier frißt jedoch fast wie ein Tier, daß es einem Schrecken einflößt. Sind die Juden so? Oder kann so der Hunger sein?

Die Jüdin sieht nicht, daß sie beobachtet wird, sie schlingt, spült die Bissen mit langen Zügen runter, läßt die Milch, ohne zu schlucken, durch die Kehle rinnen. Von den Brotscheiben bleibt nur noch ein Eck übrig, und die Flasche ist fast leer, als die Bewegung der Lippen ebenso abrupt aufhört wie zuvor der rotierende Körper am Ende der tours. Das Gefäß hat sich so gefüllt, daß es keinen einzigen Tropfen mehr fassen kann.

Als die Regungslosigkeit andauert, glaubt Christine, ihrer Lehrerin sei vielleicht wieder schlecht geworden, nimmt ihr die Flasche und den Brotrest aus den Fingern und will alles auf dem anderen Stuhl ablegen. Sie erschrickt, als ihr die Hände in dem roten Trikot beides gleich wieder entreißen, und das wilde Futtern geht weiter, bis das Mädchen alles geschluckt hat. Dann dreht sie sich zu Christine um, sinkt vor ihr auf die Knie, und ehe diese sich wehren kann, küßt die andere ihre Hände und flüstert.

«Danke... danke... danke!»

«Was tust du...?»

«Sie sind... ein Engel...»

Christine erinnert sich an Wolfgang, und neue Traurigkeit

überkommt sie. Sie denkt an ihren törichten Einfall mit dem Auftritt am Schwimmbecken. Und wenn sie zu Tode trainieren würde, niemals wird sie auch nur ein Schatten dieser jüdischen Tänzerin werden, die ihr jetzt für ein paar Bissen Brot die Hände küßt. Vielmehr sollte Christine ihr die Füße küssen.

«Ich bin kein Engel. Du bist eine Fee! Niemals im Leben habe ich solche Sprünge und Pirouetten gesehen. Nicht mal in der Oper! Anna, du mußt auftreten!»

«Bitte, helfen Sie mir! Ich sollte heute abfahren. Sie haben mich Ihretwegen aus dem Transport herausgeholt!»

Christine beginnt zu begreifen. Offensichtlich gerade in dem Augenblick, als in Anna die Hoffnung aufleuchtete, mit diesem begnadeten Körper auf einer großen Bühne tanzen zu können, muß sie wegen einer dummen Trine hier zurückbleiben, der man ihre Langeweile zu vertreiben gedachte. Da jedoch hört sie Anna sagen.

«In diesem Transport sind auch meine Mutter und meine Schwestern. Wenn ich nicht mit ihnen fahre, werde ich sie niemals wiedersehen!»

Christine erschauert. Sie erinnert sich nicht, wann sie sich so elend gefühlt hatte. Wie sehr litt sie darunter, daß sie in Berlin allein bleiben mußte, nur weil sie die Schule nicht wechseln wollte! Sie entscheidet sich schnell. Es wäre herrlich, tagelang zuzusehen, wie dieses Mädchen tanzt, und zu versuchen, es ihr nachzumachen, doch warum sollte ein Schmetterling eine Ziege das Tanzen lehren, nur weil die ein bißchen hüpfen kann? Christine denkt an ihren feierlichen Schwur im Luftschutzkeller. Sie brennt vor Verlangen zu helfen, sich für das eigene Glück dankbar zu erweisen.

«Erzähl mir alles, Anna!»

XVI

6. 6. 1944, am frühen Nachmittag

Im Hörer die Stimme des Diensthabenden.
«Obersturmbannführer, Ghetto auf Empfang. Und bei mir wartet Untersturmführer Weißmüller, den Sie ...»

«Stellen Sie durch!»

«Zu Befehl, Obersturmbannführer!»

Klick, klack.

»Heil Hitler. Oberscharführer Kühne am Apparat. Obersturmbannführer, Sie haben Sturmbannführer Kolatschek sprechen wollen?»

«Jawohl!»

«Der Sturmbannführer ist zurück. Wollen Sie ihn noch sprechen, Obersturmbannführer?»

«Natürlich!«

«Stelle durch. Heil Hitler.» Klick.

«Hallo? Hallo!»

In der Leitung ist es still. Kleinburger knirscht mit den Zähnen. Im Geiste hört er Kolatschek zu Kühne sagen, er solle – seinen Spitznamen kennt er – «Onkel Wanja» ein bißchen schmoren lassen. Der Chef des Ghettos kann ihm den höheren Rang nicht verzeihen, die einflußreichen Beziehungen, aber vor allem sein unerbittliches Festhalten an Prinzipien aus der Kampfzeit. Kleinburger ahnt, was Kolatschek bei seinen Leuten über ihn verbreitet und nach Berlin meldet. Er verflucht wieder Gertruds Idee und seine eigene Schwäche, für die er auch noch mit dieser Demütigung büßt. Aber reden muß er mit ihm trotzdem.

Klack. Der Wiener Dialekt beginnt mit Wiener Schmäh.

«Heil Hitler, Kamerad. Wie geht es Gattin und Tochter? Hab' vergessen, der Sendung ein Bouquet mit Gratulation beizufügen, würden Sie mich bei ihnen entschuldigen? Ich hole es nach.»

«Richte ich aus.»

«Herzlichen Dank. Haben Sie vielleicht eine Reklamation? Stimmt was nicht mit der Ware?»

«Nein, das nicht...»

«Na also! Mir schien, sie ist Eins-A-Qualität. Von innen hab' ich sie allerdings nicht ausprobiert!»

Kolatschek lacht schweinisch. Kleinburger ist noch angewiderter, beherrscht sich aber und kommt zur Sache.

«Sturmbannführer, ein Mißverständnis liegt vor. Ich habe ausdrücklich gesagt, daß ich sie nur geliehen haben will. Ihr Untergebener teilte mir mit, man hätte sie bei Ihnen aus dem Bestand genommen.»

«Fassen Sie's als Geschenk für Ihre Damen auf, Obersturmbannführer. Anstelle der Rosen.»

«Spaß beiseite, Sturmbannführer! Ein solches Vorgehen stünde, wie Sie wissen, im krassen Widerspruch zu den Vorschriften.»

Und der Kommandant des Ghettos scherzt tatsächlich nicht mehr. Er geht vom kulanten zum gleichen Kommißton über, in dem von Anfang an der Festungskommandant mit ihm redet.

«Was die Vorschriften angeht, Obersturmbannführer, stand bereits Ihr Gesuch im Widerspruch dazu. Ich konnte es nur in der Weise erfüllen, indem ich das Beste, was hier auf Lager war, aus dem Zug herausholen ließ. Wenn ich mich an die Vorschriften gehalten hätte, würde Ihr Fräulein Tochter bis in alle Ewigkeit warten.»

Kleinburger ist sich seiner Lage bewußt. Er weiß, daß der

andere alle Trümpfe in der Hand hat. Er bemüht sich, umgänglicher zu sein, um zu einer Lösung zu kommen.

«Ich weiß Ihre Gefälligkeit zu schätzen. Ebenso erkenne ich an, daß Sie uns eine hervorragende Kraft geschickt haben. Trotzdem bitte ich Sie als Kameraden, sie wieder in den Transport aufzunehmen.»

Er ist sich völlig klar, daß er diesen widerwärtigen Kerl zum ersten Mal Kamerad genannt hatte. Er rechnet damit, daß eine solche Würdigung, auf die Kolatschek zweifellos die ganze Zeit gewartet hatte, mit einem Entgegenkommen belohnt wird. Statt dessen hört er.

«Leider, Kamerad. Den Zug hat man soeben verplombt.»

«Soweit ich's durchs bloße Fenster hören kann, fahren Ihre Züge erst vor Mitternacht ab!»

«Schon! Nur hab' ich diesen vor ein paar Minuten der Transportführung übergeben. Er befindet sich bereits außerhalb meiner Befehlsgewalt.»

Also hatte er sich absichtlich erst nach Torschluß gemeldet. Kleinburger gibt nicht auf.

«Sie wissen sicher, Sturmbannführer, daß bei uns ein anderes Regiment als im Ghetto herrscht.»

«Das ist möglich, Obersturmbannführer, denn ein Kommando wird selbstverständlich stets von Menschen beeinflußt. Aber im übrigen kann ich Ihnen versichern, daß hier dieselbe deutsche Ordnung herrscht wie in Ihrer Festung.»

«Sie haben immerhin diese ... Irrtumsquote ...»

«Hat Ihnen das Kühne aufgebunden? Kühne weiß einen Dreck!»

«Er ist doch Ihr Gehilfe ...»

«Das ist er. Doch unsereiner hat Gehilfen für verschiedene Zwecke. Kühne ist ein ehemaliger Boxer, das Hirn hat man ihm zu Faschiertem geschlagen. Unsere Bestände stimmen haargenau wie die Ihren.»

Dem Festungskommandanten fehlen die Worte. Und so fährt sein Gegenüber ungeniert fort.

«Machen Sie keine Wissenschaft draus, Sie wissen so gut wie ich, daß das Malheur erst dann anfängt, wenn einer fehlt. Wärmen Sie Ihr Gemüt dran, daß Sie dieser Hupfdohle die Saison verlängert haben. Soll nur schön unterrichten. Wenn Ihr Fräulein Tochter davon die Nase voll hat, haben Sie wieder Ihre Gehilfen. Zum Beispiel Weißmüller, den hätt' ich, sollte sein Ruf stimmen, gern selber bei mir. Noch was? Hab' hier heute alle Hände voll zu tun.»

«Nein ...»

«Also dann: Heil Hitler, Obersturmbannführer! Ende.»

Entgegen seinen Gewohnheiten knallt Kleinburger den Hörer auf den Apparat. Er kann sich vorstellen, wie sich jetzt auf der anderen Flußseite Kolatschek, Kühne und weitere vor Lachen krümmen. Im Moment fällt ihm nichts ein. Aber der Name, den er zuletzt gehört hatte, wirkt wie ein Blitzableiter. Er dreht hastig die Kurbel und läßt den Diensthabenden gar nicht zu Wort kommen.

«Den Weißmüller!»

Er bleibt diesmal sitzen. Eine Kleinigkeit im Vergleich dazu, daß er im Widerspruch zu seinen Grundsätzen diesen Fall im Zustand persönlicher Voreingenommenheit abschließen will. Der Untersturmführer tritt über die Türschwelle und meldet sich so förmlich wie bei einer Parade.

«Heil Hitler, Obersturmbannführer! Untersturmführer Weißmüller zur Stelle!»

Kleinburger erlebt erneut, wie sich in ihm alles sträubt. Ist es nicht verrückt: Der einzige Mann in der Festung, der wie ein Mustersoldat des Führers aussieht, erweckt in ihm nahezu physischen Abscheu.

Exekutionen gehörten nicht zu den Dienstpflichten des Festungskommandanten, und so nimmt er an ihnen nicht teil.

Auch wenn er von deren Gesetzmäßigkeit überzeugt war, wußte er nicht, weshalb Blut, und sei es auch nur das gemeiner Verbrecher, sein Bild der künftigen Welt beflecken sollte, für die er lebte. Er selbst überprüfte streng alle Vorgänge und sorgte dafür, daß hier niemandem Unrecht geschieht. Die Verurteilten führte Grube auf, verlas jedem sein Urteil und bestätigte dessen Ausführung. Sein Stellvertreter hatte von den Feldgendarmen einen guten Magen mitgebracht, und irgendwelche Visionen waren ihm fremd. Die Hinrichtungen befehligte Weißmüller, der für ihre einwandfreie Durchführung bürgte. Niemals hatte es die geringste Beschwerde über ihn gegeben, obwohl Kleinburger geradezu darauf lauerte. Die erste Gelegenheit bot sich ihm jetzt.

Schon als er vor der Mittagszeit darüber grübelte, konnte er nicht ausschließen, daß er zu der beabsichtigten Maßnahme auch einen privaten Grund habe. Ja, es ängstigte ihn jählings die ungeheuerliche Vorstellung, dieser gefühllose Schönling könnte Christine den Kopf verdrehen. Die hohe Meinung, die er von seiner Tochter hatte, ließ ihn diesen Gedanken sofort wieder verwerfen. Vor allem war er jedoch überzeugt, daß Weißmüller, so paradox das klang, gerade mit seinem vorbildlichen Diensteifer die Zukunft der Bewegung besonders gefährdete.

Primitive Metzger wie Kolatschek und zynische Opportunisten wie Grube waren typische Produkte der Vergangenheit und würden mit ihr aussterben. Im Untersturmführer, sofern er Vorbild für neue Generationen sein sollte, wuchs die Gefahr, daß die Zukunft völlig entmenschlicht würde. Davor graute Kleinburger, und er hatte ihm insgeheim einen privaten Krieg erklärt, in dem Weißmüller ein Jahr lang unbesiegt blieb, weil er seinen Dienst fehlerfrei versah. Heute hatte er verloren.

«Untersturmführer! Wenn diese Aussprache beendet ist,

mache ich einen Bericht, in dem ich Sie zur Verfügung stelle. Er geht noch heute zusammen mit Ihnen ab.»

Weißmüller steht weiter starr und wortlos da. Er erwartet eine Erklärung.

«Schließt man sich oben meiner Ansicht an, erwartet Sie die Front. Sie wissen, warum?»

«Ich habe darum wiederholt nachgesucht, Obersturmbannführer. Ich danke, Obersturmbann...»

«Ich bin noch nicht zu Ende. Ich empfehle Ihre Versetzung in eine Strafkompanie. Sie begreifen wohl, weshalb!»

Weißmüller ist kreidebleich.

«Nein, Obersturmbannführer...»

«Sie haben sich eine grobe Verletzung der Kriegsordnung zuschulden kommen lassen. Sie ließen einen Zivilisten in die Zone höchster Geheimhaltung hinein. Daß das meine Tochter gewesen ist, was ich in der Meldung selbstverständlich anführe, ist ein erschwerender Umstand. Sie haben dadurch sogar die Autorität des Kommandanten gefährdet. Haben Sie etwas dazu zu sagen?»

Weißmüller ist jetzt rot. Das für einen Augenblick stockende Blut schießt ihm heftig in den Kopf. Jener Hof war für ihn außerhalb der Exekutionszeiten immer nur ein seltsames Stück Natur, ein, wie es seine Begleiterin bestätigte, malerischer Winkel. Jetzt blinkt in seinem Gehirn das warnende Schild vor dem Tunnel auf, das Unbefugten den Zutritt zu jeder Zeit streng verbietet. Daß der Kommandant im Recht ist, ist von allem das Schlimmste.

«Ich... meinen Verstoß gebe ich zu, Obersturmbannführer. Ich will ihn mit Blut sühnen. Nur bitte ich, zu einer normalen Kampfeinheit versetzt zu werden. Ich möchte in Ehren fallen...»

«Meinen Entschluß, Untersturmführer, habe ich bereits...»

Das Ende des Satzes bleibt unausgesprochen. Mit Schwung öffnet sich die Tür. Weißmüller wagt nicht, den Kopf zu wenden, während der Kommandant glaubt, seinen Augen nicht zu trauen. Ihm ist, als sähe er auf der Schwelle seine Tochter doppelt.

Als Christine sich Annas unglaubliche Geschichte angehört hatte, mußte der verblüffte Himmler noch einmal auf dem Flur Wache schieben. Sie griff in ihrem Zimmer im Herrenhaus das erstbeste Sommerkleid, das ihr unter die Finger kam. Der Mutter begegnete sie nicht. Als sie mit Anna in diesem Gewand aus dem Kinosaal hinausrannte, brach dem Oberscharführer eiskalter Schweiß aus. Er trabte hinter ihnen her, so gut es sein Wanst und sein Schnupfen erlaubten.

Jetzt kommt er atemlos im Vorzimmer an, und wie der Diensthabende und Grube, der sich hier seit Weißmüllers Eintritt neugierig herumdrückt, hört er die Tochter des Kommandanten rufen.

«Vater! Ein schrecklicher Irrtum ist passiert!»

Kleinburger steht auf. Das Mädchen im grünen Badeanzug, über den sie Gertruds Gummimantel geworfen hatte, obwohl draußen die Sonne brennt, ist in der Tat Christine. In der anderen in dem weißen Leinenkleid, das noch am Vormittag seine Tochter anhatte, erkennt er erst jetzt die jüdische Tänzerin wieder.

Christine hat Weißmüller sofort erblickt. In der Manteltasche spürt sie seine Mundharmonika. Daß er ihr jetzt plötzlich feige den Rücken zukehrt, läßt ihrer Empörung Flügel wachsen. Ihr Hereinstürmen hier bekommt einen zusätzlichen Sinn. Dieser Lümmel wird sie zwar nicht am Schwimmbecken tanzen sehen, dafür aber erfahren, wie sie, anders als geile Soubretten, für eine gerechte Sache zu kämpfen versteht.

«Anna hat nur eine jüdische Mutter, der Vater, der schon tot ist, war ein Ungarn-Deutscher, Arier! Sie wurde irrtümlich hierhergebracht, aber am schlimmsten ist, daß die Mutter und die Schwestern heute nacht irgendwohin nach Polen gebracht werden, und sie hat man zu uns geschickt, nur wegen mir! Seit gestern hat sie nichts zu essen bekommen! Vati, weißt du auch, wer das ist? Das ist doch Anna Ballontay, die jüngste Primaballerina der Königlichen Oper von Budapest!»

In Kleinburger arbeitet es wieder. Er steht noch immer dem Untersturmführer gegenüber, durch die geöffnete Tür sieht er Grube, den Diensthabenden und Himmler. Er ist in einer verdammten Lage, glaubt sogar, nie in eine blödere geraten zu sein. In seiner Stimme ist kein väterlicher Ton mehr: Er spricht zu ihr wie zu einem Untergebenen.

«Du hast dich hier nicht in Dinge einzumischen, die du nicht verst...»

Christine fällt ihm leidenschaftlich ins Wort.

«Anna hat noch im Winter in Berlin getanzt, ich selbst habe ihren Namen auf den Plakaten gesehen! Sie ist ohne jeglichen Grund hier!»

Der Vater geht an ihr vorbei und schlägt die Tür vor den drei Männern draußen zu, um sie zunächst in die Schranken zu weisen. Dann sagt er, als knallte er mit einer Peitsche.

«Du hast doch was über Rassengesetze gelernt! Sie ist hier aufgrund ihrer Rasse!»

«Aber sie ist keine Volljüdin!»

«Das wird die zuständige Behörde besser beurteilt haben!»

«Und wenn schon...»

Christine stutzt, sie weiß, daß sie sich jetzt über alle Schranken hinwegsetzt, aber Weißmüllers Rücken provoziert sie, ihm ihre Entschlossenheit zu zeigen.

«...auch dagegen kann man doch was tun, wenn es im Interesse der Kultur liegt!»

Die ganze Zeit über blickt die Jüdin abwechselnd auf sie

und auf den Kommandanten. Die großen Augen sind endlich lebendig geworden, sie spiegeln die wechselnden Böen von Hoffnung und Hoffnungslosigkeit wider. Und Christine liefert gleich die Lösung.

«Sie zum Beispiel in die Schweiz zu entlassen!»

Kleinburger hebt die Stimme und ertappt sich dabei, daß er vielleicht zum ersten Mal nicht so ganz das sagt, was er denkt, sondern was man zu hören wünscht. Und daß es in erster Linie nicht für die Ohren der Tochter bestimmt ist, sondern für die der Untergebenen beiderseits der Tür.

«Dagegen können nur die Juden selbst was tun!»

«Was...?»

«Keine Kinder haben. Geh jetzt, bitte, auf dein Zimmer!»

«Aber sie ist doch höchstens Halbjüdin, warum soll sie mit ihrem Riesentalent irgendwo leben, wo es vielleicht kein ordentliches Theater gibt? Du hast mir selber gesagt, daß es auch in unseren Reihen Abschaum gibt. Die Juden haben aber doch auch Leute, derer wir uns sogar rühmen könnten? Und stell dir vor, sie wird morgen auch zwanzig! bitte, Vati, hilf ihr, schenk's mir zu meinem achtzehnten, mehr werd' ich von dir niemals verlangen!»

«Auf dein Zimmer, Christine!»

Und sie begreift, daß sie im Augenblick nichts mehr versuchen darf. Sie weiß nicht, was der Vater täte, wenn sie auch jetzt nicht gehorchte. Aber sie kann andrerseits nicht ohne weiteres aufgeben, sonst könnte Weißmüller denken, es genüge, sie bloß anzuschreien, und prompt streckt sie die Waffen. Sie dreht sich zu der Tänzerin um, deren Augen schon wieder am Erlöschen sind.

«Anna! Du kehrst auf die Bühne zurück! Ich... werde dem Führer schreiben, das verspreche ich dir!»

Dann brüllt ihr Vater, wie sie ihn im Leben noch nie gehört hat.

«Und ich verspreche dir, daß ich dir solche Flausen austreiben werde! Tausende deutscher Männer stehen gerade am Kanal im verzweifelten Abwehrkampf gegen eine Übermacht, und du . . .»

Ihm geht auf, daß er weitaus pessimistischer als das Oberkommando der Wehrmacht redet, und er ärgert sich deshalb noch mehr.

«An die sollst du denken, nicht daran, ob irgendeine Jüdin herumtanzen kann! Geh jetzt unverzüglich und verlaß inzwischen dein Zimmer nicht! Hast du mich verstanden!»

Und so bleibt ihr nichts übrig, als dem Befehl zu gehorchen. Es sieht aus, als hätte er sie vielleicht sogar schlagen wollen. Aber nicht Angst wächst in ihr, sondern Wut. Sie vor den Leuten wie eine zehnjährige Rotznase herunterzumachen! Sie hat das Gefühl, als wäre sie vor der ‹Kuh› gestanden, und alles in ihr trommelt Aufruhr. Gegen alle. Sie geht also, aber zuerst nach vorn zu Weißmüller, der sich inzwischen endlich umzudrehen beliebt.

«Sie haben was verloren.»

Verachtungsvoll schiebt sie ihm die Mundharmonika, die sie widerwillig mit den Fingerspitzen aus der Manteltasche gezogen hatte, hinter das Koppel. Dann geht sie um die Jüdin herum, nickt ihr aufmunternd zu, öffnet die Tür, mit stolz erhobenem Haupt geht sie an den Männern im Vorzimmer vorbei, und als sie endlich auf dem Flur ist, schlägt sie die Tür kräftig hinter sich zu. In den gewölbten Räumen hallt es, als wäre ein Kanonenschuß gefallen.

Donnerwetter! denkt sich Grube, das ist vielleicht eine Situation! Jetzt beutelt's den Alten endlich mal wie eine Meise im Sturm. Ein Malheur in der Festung und ein Malheur zu Hause, und was für eins! Das Töchterlein wird dem Führer schreiben, daß wir hier garstig zu den Juden sind! Ich lache mich tot. Geschieht ihm recht, dem rechtsbesessenen Idioten, der so viele arme Soldatenschweine auf dem Gewissen hat. Wird er sie auch an die Ostfront schicken?

Kleinburger ahnt, was den Männern hier durch den Kopf wirbelt. Gerade jetzt, wo er ihr am liebsten einige über den Hintern ziehen würde, wie er das, leider, nicht rechtzeitig getan hatte, liebt er Christine noch mehr, und Furcht um sie überkommt ihn. Sie ist in Gefahr. Vor allem wegen all dieser Zeugen. Jetzt darf ihm kein weiterer Fehler unterlaufen, er darf sich nicht die geringste Schwäche anmerken lassen. Er zeigt auf die Jüdin.

«Hauptsturmführer, bringen Sie die inzwischen raus. Alles nach der Reihe!»

Als Grube sie wegführt, geht er und schließt wieder die Tür seines Dienstzimmers. Er wendet sich erneut Weißmüller zu, in seiner Verwirrung ruft er den Himmel an. Jesus Christus, was jetzt mit dem? Dieser Fanatiker wird das doch sofort ausnutzen, um sich zu rächen! Aber seine Entscheidung kann er nicht rückgängig machen, will er sich ihm nicht anderweitig ausliefern. Da hört er den Mann sprechen.

«Obersturmbannführer, bitte, mir zu gestatten, mein Versagen gleich wieder gutmachen zu können.»

«Wie...?»

Weißmüller steht nach wie vor stramm.

«Ich löse den ganzen Fall im Interesse Deutschlands und Ihrer Familie.»

«Wie denn?»

«Sie hat bisher nur einen Besucherschein. Ich führe sie einfach weg.»

«Wohin?»

Niedergeschlagen stellt er fest, daß er mit diesem Menschen spricht, als hätten sie ein gemeinsames Geschäft vor. Aber Weißmüller versucht nicht, es auszunutzen, er steht weiter wie ein Lineal.

«Zurück ins Ghetto.»

«Dort hat man sie schon abgeschrieben ...!»

«Bitte um Erlaubnis, Umständen und Ermessen entsprechend allein zu handeln. Nehme alle Verantwortung auf mich. Sollte mir eine Fehlhandlung unterlaufen, nehme ich strengste Bestrafung an.»

Kleinburger bemüht sich, wenigstens äußerlich er selbst zu bleiben.

«Untersturmführer, ich habe bereits entschieden, daß Sie noch heute ...»

Zum ersten Mal fällt ihm Weißmüller ins Wort.

«Ich möchte darauf hinweisen, Obersturmbannführer, daß von dieser Entscheidung bisher nur ich weiß ... Ich schwöre, daß ich Ihr Vertrauen nicht enttäuschen werde!»

Auge um Auge. Beide haben in der Bank den höchstmöglichen Einsatz. Weißmüller Ehre, Kleinburger die Autorität und seine Tochter. Doch nicht nur das. Vierundvierzig Jahre, fünf Monate und fünf Tage, weiß er genau, über die ganze Dauer dieses lausigen Jahrhunderts versuchte er, sich eisern nach dem Recht zu richten. Er war hart, befleckte aber weder sein Gewissen noch die deutsche Sache, so glaubte er bis heute stolz, mit einem einzigen Tropfen zu Unrecht vergossenen Blutes.

Er weiß nicht, was Weißmüller plant, aber wenn er seinem Ansuchen entspricht, auf eigene Faust handeln zu dürfen, kann er sich dann nie mehr vormachen, er habe nicht geahnt, worum es ging. Er sieht im Augenblick aber selbst nur einen einzigen Weg, diese Affäre aus der Welt zu schaffen, ehe sie sich in eine neue Tretmine verwandelt.

Sagt er ja, wird er niemals mehr der alte Karl Kleinburger sein. Sagt er nein, geht die Mine von selbst hoch. Und die reißt ihm weitaus mehr ab als ein Stück Arm und Bein. Aber vielleicht denkt sich dieser junge Mann etwas anderes aus? Er könnte ihm das ja direkt verordnen! Er hört sich sagen.

«Ich wünsche nicht, daß ihr Unrecht geschieht!»

«Jawohl, Obersturmbannführer!»

Nun hatte er das Möglichste getan. Den Rest muß er dem Schicksal überlassen.

«Handeln Sie, Untersturmführer!»

«Jawohl, Obersturmbannführer. Nur zwei Fragen, Obersturmbann...»

«Was denn noch?»

«Das Kleid. Sie hat das Kleid Ihrer Tochter an...»

«Hol's der Teufel! Weiter?»

Weißmüller setzt alles auf eine einzige Karte.

«Ist es gerecht, auf das Fräulein böse zu sein? Sie hat nicht an den Rassengesetzen gezweifelt, sondern an den Menschen, die sie mitunter falsch anwenden könnten!»

Gott, hört sich Kleinburger fragen, als würde er ihm aufs neue unterliegen, womit willst du mich heute noch prüfen?

«Nehme Ihre Meinung zur Kenntnis. Sie können wegtreten!»

XVII

6. 6. 1944, später am Nachmittag

Eine halbe Stunde ist vergangen, seit Christine die Tür zum Dienstzimmer des Vaters zugeschlagen hatte, aber noch immer wird sie von der explosiven Mischung ihrer in Aufruhr geratenen Gefühle getrieben. Sie sehnt sich danach, den Verrat des miesen Cherubs zu rächen, des Vaters Beleidigung loszuwerden und das Unrecht wiedergutzumachen, das die Tänzerin erleiden mußte. Die Kindheit, schien ihr, war soeben zu Ende gegangen. Die Last des Erwachsenseins, der sie schon voriges Jahr der Abschied von den Eltern ausgesetzt hat, fällt jetzt mit aller Wucht auf sie, nicht nur mit neuen Schmerzen im Bauch, sondern auch schon mit Blut. Um so mehr will sie ihre Rebellion fortsetzen bis zum Sieg.

Keiner darf denken, daß sie noch immer ein Kind ist! Sie wird ihnen beweisen, daß sie nie ein schmachtendes Berliner Sofapüppchen war, eine von den verwöhnten Töchtern hochgestellter Papas. Mit ihrem Kampf um Anna führt sie zugleich einen ganz persönlichen Kampf.

Sie sagte der Mutter, ihre Tage hätten soeben begonnen, und sie werde sich hinlegen. Sie brauche nichts, wolle nur allein sein. Sie lief in das Arbeitszimmer des Vaters und holte sich seine Mappe Briefpapier. Auf die Frage, wie denn die erste Tanzstunde gewesen sei, antwortete sie der Mutter nicht mehr. Sie schloß sich in ihrem Zimmer ein, versorgte sich und überstand die erste und schlimmste Welle der Unpäßlichkeit. Dabei setzte sie bereits in Gedanken den Brief auf.

Nun zwingt sie sich, aufzustehen und sich an ihren Kinderschreibtisch zu setzen, den die Mutter aus Sentimentalität hierherbringen ließ. Christine erinnert sich, wie sie an ihm mit herausgestreckter Zunge die ersten schiefen Buchstaben malte. Jetzt muß sie sich zu dem weißen Blatt tief hinunterbücken, auf das sie schreibt, so schön sie kann.

«Mein Führer!»

Als sie das sieht, werden ihre Wut und ihr Schmerz von einem feierlichen Gefühl besänftigt. Sie wird ängstlich vor ihrer eigenen Kühnheit, als ihr plötzlich bewußt wird, daß jedes Wort, das sie da schreibt, in ein paar Tagen Adolf Hitler lesen wird, der Feldherr des neuen Europa.

Kurz nachdem Christine zum letzten Mal durch die Wohnung der Eltern gelaufen war, geht im privaten Speisezimmer das Telephon. Gertrud stellt das Bügeleisen auf der Herdplatte ab, mit dem sie, bereits im Negligé, für das Kränzchen am Schwimmbecken ihr Festtagsdirndl auffrischt. Sie ist gerührt, als sie heute zum zweiten Mal ihren Mann hört, der sie während der Dienststunden nie anruft.

«Karli! Wie schön, daß du an mich denkst.»

«Ja. Ist Christine da?»

«Sie ist vor einer Weile gekommen.»

«Hat sie mit dir gesprochen?»

«Nein, sie hat sich hingelegt, ihr ging's nicht gut.»

«Wie?»

«Sie hat ihre Tage und leidet wie ich – weißt doch. Aber so schlimm wird es schon nicht sein. Sie hat sich bei dir Briefpapier geholt.»

«Verdammt!»

Gertrud ist es nicht gewöhnt, Karl fluchen zu hören. Sie wundert sich und deckt die Tochter mit einer Notlüge.

«Warum ärgert dich das so? Sie hat mich um Erlaubnis gebeten ...»

«Gertrud, jetzt hör mir gut zu! Geh zu ihr und richt ihr von mir aus, daß ich ihr verbiete, irgend etwas zu schreiben, solange ich nicht wieder mit ihr geredet habe! Hast du mich verstanden?»

«Aber warum ...?»

«Ich spreche über den Dienstapparat, frag nicht und tu, was ich dir sage, ja?»

«Ja ...»

«Ruf mich danach gleich an!»

Klack. Gertrud steht verwundert da. Sie erinnert sich nicht, daß Karl mit ihr jemals in einem solchen Ton gesprochen hätte. Furcht überkommt sie. Sie legt auf und geht zu Christine hinauf, um Karls Geheiß zu erfüllen, so spärlich bekleidet, wie sie nun war. Auf den oberen Fluren hat niemand was verloren, und es ist auch keiner da. Sie klopft an die Mansardentür. Die Tochter reagiert nicht. Gertrud drückt die Klinke nieder. Abgeschlossen.

«Christine! Christine! Tinchen, bist du da? Melde dich!»

Jetzt bekommt sie es mit der Furcht, und sie rüttelt an der Klinke. Hat das arme Kind vielleicht das Bewußtsein verloren? Schon will sie loslaufen, um Karl anzurufen, als aus dem Zimmer endlich zu hören ist.

«Was willst du, Mami ...?»

«Warum antwortest du nicht?»

«Ich hab' dir gesagt, ich geh' mich hinlegen!»

«Ich weiß, ich ... sei nicht böse, aber Karli hat angerufen, also der Vater, ich soll dir was Komisches ausrichten ...»

Christine macht nicht auf.

«Hörst du mich?»

«Ja, doch!»

Warum spricht die Tochter genauso gereizt wie er? Daß da eine Spannung zwischen den beiden war, hatte sie schon mittags gemerkt, aber nicht weiter darüber nachgedacht. Die zwei waren immer so vertraut miteinander, daß sie manchmal sogar eifersüchtig gewesen ist. Sie werden doch ihre erste Auseinandersetzung nicht ausgerechnet an ihrem runden Geburtstag austragen wollen! Um nicht noch Öl ins Feuer zu gießen, benutzt sie mildere Worte als vorher ihr Mann.

«Vati bittet dich, nichts zu schreiben, ehe ihr nicht miteinander gesprochen habt!»

Keine Antwort.

«Hörst du mich?»

«Ja.»

«Was soll ich ihm ausrichten?»

«Nichts.»

Gertrud weiß jetzt, daß die beiden in der Tat auf Kriegsfuß stehen. Obwohl sie nicht ahnt, um was es geht, glaubt sie im voraus, daß Karl im Recht ist. Anscheinend hatte er an Christine nach der langen Trennung irgend etwas bemerkt, was der aufgeregten Mutter entgangen war. Ihr Instinkt zwingt sie trotzdem, dem Kind beizustehen.

«Tinchen! Willst du nicht vorher mit mir reden ...?»

«Mein Gott, gewöhnt euch doch endlich dran, daß ich nicht mehr zehn bin!»

Christine tut es weh, die Mutter so anzufahren, aber sie kann nicht anders. Sie hat sich nun mal auf einen Kampf eingelassen, also muß sie jetzt auch kämpfen, wenn sie sich nicht vor allen lächerlich machen will. Sie kann sich allerdings nicht vorstellen, was daraus werden wird, und schon beim Gedanken daran wird ihr schummrig. Desto mehr klammert sie sich an den Führer als höchste Autorität, die auch den Vater erweichen wird. Sie hört auf, diesmal am linken Daumennagel zu kauen und geht den Brief mutig an.

«Solange ich zurückdenken kann, habe ich nur zwei Männer auf der Welt geliebt und verehrt: Sie und meinen Vater. Und weil mein Vater, Karl Kleinburger, heute Obersturmbannführer, Inhaber des NSDAP-Mitgliedbuchs 711, sein Leben Ihnen, mein Führer, geweiht hat, sind Sie es gewesen, der mich miterzogen und mir eingeprägt hat, daß auch mein Leben dem heiligen Reiche gehöre. Ihre Ideale führen heute meine Feder, wenn ich Ihnen zu schreiben wage.»

Auf Kleinburgers Schreibtisch klingelt der Apparat. Es ist Gertrud, und der Kommandant sagt zu Grube, der gerade das Arbeitszimmer betritt.

«Augenblick, Hauptsturmführer!»

Grube geht in das Vorzimmer zurück, und Kleinburger nimmt den Hörer wieder auf.

«Was hat sie gesagt?»

«Karli, könntest du mir nicht...?»

«Was hat sie gesagt, Gertrud! Für Rumreden ist jetzt keine Zeit!»

Er hört, wie seine Frau nach Luft ringt, entschuldigt sich aber nicht, noch mäßigt er den Ton; ihm selbst wird dabei klar, wie sehr ihn der Zwist mit der Tochter getroffen hat.

«Nun??»

«Nichts hat sie... Eigentlich...»

«Eigentlich was?»

«Sie hat gesagt, ich soll dir nichts ausrichten... sie hat sich eingeschlossen... Karli, sie hat gerade ihre...»

«Das weiß ich doch schon! Hör zu, ich kann mich hier erst später freimachen. Du bürgst mir dafür, daß Christine ihr Zimmer nicht verläßt! Hast du verstanden? Warte! Nimm aus dem Salon einen Stuhl und stell ihn vor die Tür des Dachbodens, so daß die Lehne die Klinke verkeilt, verstehst du, Gertrud? Weißt du, wie?»

«Ja...»

«Ich verlaß mich auf dich!»

Kleinburger knallt den Apparat hin und kurbelt wütend

ab. Bereits in jenen Jahren, als er seine geheime Mission unter den Feinden des Führers erfüllte, hatte er gelernt, mit dem Telephon vorsichtig umzugehen. Später stellte er wiederholt fest, daß er von den eigenen Parteigenossen abgehört wurde. Deshalb schmerzt ihn jetzt beinahe physisch jedes Wort, das er in den Apparat sprechen mußte. Draußen tritt Grube vor Ungeduld von einem Bein aufs andere, er erwartet Befehle für den morgigen harten Tag.

Ein Melder brachte vorhin aus dem Funkraum das gerade erst dechiffrierte Fernschreiben aus Berlin. Im Zusammenhang mit der erneut aufgeflammten Aktivität der französischen Résistance in der Normandie, offensichtlich mit der Invasion abgestimmt, wird zur Stunde in ganz Frankreich die Bekanntmachung des Vergeltungsakts angeschlagen: Die Hinrichtung von dreißig führenden französischen Widerstandskämpfern, die im vorigen Jahr zum Tod verurteilt worden waren; die Zeit der Exekution hat man absichtlich offengelassen, diese dreißig waren als Mitgift für eine separate Friedensverhandlung mit den Westmächten gedacht.

Diese sechs Frauen und vierundzwanzig Männer befinden sich in Festungshaft und vermutlich hoffen sie, die deutsche Niederlage zu erleben. Zwei sind in der Isolation wegen Verdachts auf Typhus, zwanzig arbeiten in Außenkommandos, die in den nicht weit entfernten alten Stollen eine gewaltige unterirdische Fabrik anlegen. Dort soll in Kürze – das wird Kleinburger immer klarer – die deutsche Geheimwaffe montiert werden. Die Gefangenen müssen sofort zusammengelegt und ihnen die vorgeschriebene Möglichkeit gegeben werden, wenigstens formell um Gnade zu bitten und in jedem Fall letzte Briefe zu schreiben.

Damit, wie Berlin befiehlt, die Zeitspanne zwischen der Veröffentlichung und der Exekution so knapp wie möglich sei, setzte der Festungskommandant den Vollzug auf sechs

Uhr fest. Weil die Vorschrift sechs Stunden Schlaf sowohl für die Verurteilten wie hauptsächlich auch für das Peloton vorschreibt, ist Kleinburger auch ohne diese private Schererei in Zeitnot. Als jedoch Grube zurückkommt, beginnt der Kommandant gerade damit.

«Hauptsturmführer, meine Gattin hat soeben meine Befürchtung bestätigt, daß Christine krank ist. Sie hütet das Bett. Wahrscheinlich hat sie Fieber, was ihren verworrenen Auftritt erklärt. Die Deportation der Jüdin führt Untersturmführer Weißmüller durch. Haben Sie dem was hinzuzufügen?»

Hätte ich keine Angst vor dir, denkt sich Grube, würde ich fragen, warum der hier wie ein gekochter Krebs gestanden hat, als deine kleine Furie hereinstürzte, und wen er mit der jüdischen Berühmtheit beglücken wird, wenn sie amtlich schon genauso ins Gras beißt wie die dreißig armen Franzosen. Aber er hat Angst und leider keine Ausrede, deshalb meldet er schneidig.

«Nein, Obersturmbannführer!»

«Damit ist also der Fall für mich abgeschlossen. Können wir ...»

«Ich würde gern eine persönliche Bemerkung machen!»

Kleinburger, der soeben das erste Mal im Leben gelogen hatte, hat nicht das Gefühl festen Bodens unter den Füßen und ist deshalb nachgiebig.

«Bitte ...»

«Meine Frau liegt ebenfalls. Es muß so was wie Föhn in der Luft sein.»

«Aha ...?»

«Ich habe die traurige Pflicht, sie bei Ihrer Gattin zu entschuldigen. Sie kann an der Feier nicht teilnehmen, obwohl sie sich so darauf gefreut hatte.»

Monika zog das Verdunklungsrollo herunter und öffnete eine Flasche Rum, wie sie das in Hamburg gelernt hatte, als sie der Gauleiter fallen ließ. Der nächste Zug zur Mutter fährt erst morgen. In dem grünen Kleid, auf den ersten Blick fest geschlossen, aber leicht aufzuknöpfen, in dem sie den schüchternen Jüngling verführen wollte, liegt sie auf der Couch, wo sie sich zweimal die Woche ohne Leidenschaft Grube hingibt, und läßt an der Zimmerdecke den Film ihres Lebens ablaufen. Er ist mit jedem Schluck trostloser.

Sie stellt fest, daß sie nur ein einziges Mal wirklich glücklich gewesen ist, als sie dem überhaupt nicht gewachsen war. Was machst du, mein Jüdchen, dort hinter dem großen Teich? Oder bist du vielleicht auch unter denen, die gerade an den Stränden der Normandie das Tor des Stalles aufbrechen, in den diese braunen Schweine unseren guten alten Kontinent verwandelt haben? Falls du es bist und falls es einen Gott gibt, mag er dich beschützen, damit du den Saustall ausfegst zusammen mit uns allen, die wir das alles zugelassen haben!

Mein unerträglicher Tyrann mit dem kleinen Schwanz und der großen Nase, die du dir, wie ich dich im Scherz gebeten hatte, vom Chirurgen solltest austauschen lassen, schade, jammerschade, daß du mich damals nicht mitgenommen hast, ich wäre dir bis zum Tode treu geblieben und müßte jetzt nicht die Mitschuld an den Grausamkeiten spüren, von denen der betrunkene Grube aus dem Schlaf schreit. Wenn ich es hundertmal leugnen würde: Es gibt keinen großen Unterschied zwischen mir und diesem Kleinburgerschen Frettchen, das gewiß beim Beischlaf die Augen zumacht, um sich vorzustellen, daß sie vom Führer gefickt wird.

«Mein Führer! Ich habe Ihnen mein Herz geöffnet, weil ich weiß, daß Sie darin lesen können. Gerade heute, wo deutsche Männer aus Liebe zum Vaterland mit den eigenen Leibern jenen wahren Atlantischen Wall zimmern, an dem jeder Angreifer zuschanden werden muß, brenne ich vor glühendem Haß auf alle Feinde Deutschlands, die Plutokraten, Bolschewisten und natürlich die Juden. Zu der Bitte, die ich Ihnen soeben vorgetragen habe, führt mich kein falsches Mitleid, sondern einzig und allein die Feststellung, daß Anna Ballontay das Opfer eines behördlichen Fehlgriffs wurde. Ich bin überzeugt, daß ihn ein einziges Wort von Ihnen wiedergutmacht, und ich bin Ihnen dafür im voraus zutiefst dankbar.

Ihre Ihnen auf ewig ergebene Christine Kleinburger.»

Sie liest sich mit halblauter Stimme das ganze Schreiben vor und vergegenwärtigt sich bei jedem Wort, daß es gesehen und vielleicht auch ähnlich von Lippen nachgesprochen wird – von ihm. Sie ist davon berauscht, Satz für Satz steigt sie in der eigenen Achtung. Sie zweifelt nicht daran, daß er sie erhören wird. Schon sieht sie sich, wie sie seine Antwort dem Vater und Wolfgang zeigt. Ihre Augen sind feucht vor Stolz und Rührung. Sie liest zu Ende und setzt mit tiefer Dankbarkeit hinzu.

«Heil Hitler!»

Die unglückliche Gertrud kann das Gespräch mit ihrem Mann immer noch nicht verkraften. Er sprach plötzlich mit ihr wie mit einem Soldaten. Die düstere Vorstellung hat sie ergriffen, sein Verhalten könnte mit der ungünstigen Frühnachricht zusammenhängen. War vielleicht die ganze Front zusammengebrochen? Manchmal stellte sie sich das in der Nacht als eine gewaltige Feuerwelle vor, die heranstürzt, noch bevor sie die Hände ihrer beiden Lieben ergreifen kann. In der Verzweiflung wendet sie sich jetzt wieder einmal an Gott. Vater unser, bittet sie, der du bist im Himmel wie auf Erden, gib mir die Liebe meines Mannes und meiner Tochter zurück und erlöse uns alle drei von dem Übel, denn Dein ist das Reich und ...

Da geht schon wieder das Telephon. Gehorsam erwartet sie den nächsten Befehl. Seine Stimme hat zum Glück nicht mehr die Kälte von vorhin.

«Etwas Neues?»

«Nein ...»

Seit er sie gleich zweimal Gertrud genannt hatte, wagt sie nicht, ihn mit dem Vornamen anzusprechen.

«Gut. Bereitest du dich schon vor?»

«Auf was ...?»

«Du hast doch Geburtstag. Daran hat sich nichts geändert.»

«Nein ...»

«Eines doch. Grube hat mir mitgeteilt, daß sich seine Frau auch hinlegen mußte. Sie kann heute nicht auftreten, begreifst du?»

Gertrud hat ihre Gedanken woanders.

«Das ist schade ...»

«Das ist doch gut! Christine wird nicht die einzige sein, die fehlen wird. Ich komme genau zwei Minuten vor fünf, um dich zu begleiten. Mach dich fertig!»

«Aber ...»

«Wir sprechen über alles daheim!»

Bald steht Gertrud im Dirndl hinter der Küchengardine. Sie sieht, wie am Herrenhaus vorbei die Festungsfrauen mit den Kindern auf dem Weg zum Schwimmbecken sind. Worauf sie sich am Morgen so sehr gefreut hatte, das vertieft jetzt ihre Trauer. Sie geht leise zum Dachboden hinauf und lauscht, ob sie im Zimmer der Tochter ein Geräusch hört, das sie beruhigen würde. Im Erdgeschoß hallen bekannte Schritte. Gertrud kehrt auf Zehenspitzen rasch in die Wohnung zurück. Gott, betet sie wieder, hastig, aber um so inniger, gib, daß hinter unserer Schwelle wieder Friede und Liebe herrschen...! Gleich darauf kommt ihr Mann herein und küßt sie.

«Na, also? Freust du dich?»

Auch sie kann nicht lügen. Der Damm, der Angst und Herzeleid staute, stürzt ein.

«Karli, was ist bloß mit ihr?»

«Beruhige dich, Schatzi. Sie hat Flausen im Kopf, zwar überraschend, aber so ist es. Unser Fräulein hat sich scheinbar Berliner Manieren angewöhnt. Wir müssen ihr das wieder abgewöhnen.»

«Aber was ist eigentlich...»

«Komm, es wird fünf, ich erzähl' dir alles hinterher. Inzwischen soll sie im Zimmer bleiben. Du bist sicher, daß sie nicht raus kann?»

«Sie kann nicht...»

«Gut so! Komm!»

«Aber wie lange soll sie dort...»

«Keine Angst, Trudl. Sie wird sich schon von selber wieder melden.»

«Ihr Stolz wird das nicht zulassen. Da ist sie ganz deine Tochter...»

«Genau. Deshalb weiß ich, was sie zur Vernunft bringen wird.»

«Was denn...?»

«Hunger!»

Gertrud verläßt das Herrenhaus, in ihren Mann eingehängt. Es schmerzt sie, daß sie gerade heute nicht zwischen ihm und der Tochter gehen kann. Immerhin hatten ihr seine Worte die schlimmsten Befürchtungen genommen. Sie ist nicht glücklich, erfüllt aber ergeben die Aufgabe, an die sie sich in dem einen Jahr hier gewöhnt hat. Sie ist die Lebensgefährtin des ersten Mannes in der Festung, und jeder muß sehen, daß sie auch die erste all derer ist, die ihn bewundern und lieben.

Die Sonne steht noch über den westlichen Wällen, doch am Schwimmbecken sorgen die steile Mauer und die hohen Sträucher bereits für Dämmerlicht. Immer hatte sie sich gewundert, weshalb Karls Vorgänger das kleine Wasser gerade hier anlegen ließ. Jetzt ist es hier doch wirklich gemütlich. In den Lampions, an Schnüren aufgehängt, beginnt sich schon das warme Licht der Kerzen durchzusetzen. Die steinernen Vasen schwelgen in den wilden Farben der Feldblumen. Die beiden Längsseiten des Beckens sind von festlich gekleideten Frauen gesäumt. Und unter dem Sprungturm gibt die Lehrerin mit der Stimmgabel den Ton an.

«Sah ein Knab ein Röslein stehn,
Röslein auf der Heiden,
War so jung und morgenschön,
Lief er schnell, es nah zu sehn,
Sah's mit vielen Freuden ...»

Kinderstimmen singen anmutig Gertruds Lieblingslied. Ihre Mutter hatte es schon gesungen, und Melodie und Worte bringen Gertrud den bittersüßen Geschmack der Kindheit zurück. Die Erinnerung an Armut und Hoffnungslosigkeit führt wie ein gerades Geleis zum Bild der fröhlichen jungen Männer am Gartentisch. Einem von ihnen hatte sie das Bier zu bringen vergessen, und er sagt todernst zu ihr, daß er statt der Maß lieber sie nehmen möchte ...

«Knabe sprach: Ich breche dich,
Röslein auf der Heiden!
Röslein sprach: Ich steche dich,
Daß du ewig denkst an mich,
Und ich will's nicht leiden ...»

Der zweistimmige Gesang der zarten Kehlen wird plötzlich zu einem Stemmeisen, das die Tür zu einer geheimen Kammer ihrer Seele aufbricht, in die sie ihre bösen Geister einzuschließen pflegt: die Angst vor dem Tod, die Angst um Karl, die Angst um Christine. Sie denkt an sie, durch eine Stuhllehne schmählich verriegelt, eingesperrt wie ein Tier, an einer unbekannten Trauer leidend, bei der ihr der Vater nicht helfen will und sie ihr nicht zu helfen weiß. Sie denkt daran, daß ihre Tochter blutet, und Tränen steigen ihr in die Augen. Jetzt weiß sie: Diese Rose ist Christine, der Knabe das unbarmherzige Leben.

«Und der wilde Knabe brach
's Röslein auf der Heiden;
Röslein wehrte sich und stach,
Half ihm doch kein Weh und Ach,
Mußt es eben leiden ...»

Kleinburger bemerkt ihre Tränen, ohne den Kopf bewegt zu haben. Tröstend drückt er mit dem heilen Ellbogen ihren Arm. Diese vertraute Berührung, mit der ihr so zurückhaltender Mann ihr stets vor anderen heimlich seine Liebe bekannte, wirkt auf Gertrud wie ein Zauberbalsam. Zwanzig Jahre! Sie genügten, daß aus der Frucht dieser Liebe eine schöne, kluge und eigenwillige Frau herangereift war, daß aus dem geschlagenen Land eine stolze und wahrlich unbesiegbare Weltmacht entstand – er aber steht jetzt wie einst getreu und zuverlässig an ihrer Seite. Ringsherum wütet die Furie des letzten und blutigsten Krieges der ganzen Menschheitsgeschichte, aber sie ist noch immer seine Trudl, und er ist nach wie vor ihr Karli, ihr Schatzi, der sie mit dem einzigen Arm, der in ihren Liebesnächten jedoch die Kraft der beiden besitzt, genauso zärtlich streichelt wie vor zwanzig Jahren.

Gertrud kommt es vor, als tauchte sie aus einer eiskalten, schwarzen Tiefe empor, und sie preist dankbar den gütigen Gott: Sei ewig gelobt und geliebt, daß Du uns mitten in diesen grausamen Zeiten so viel Glück bescherst. Zwischen der riesigen Mauer und den hohen Sträuchern leuchten immer heller die Lampions auf, spiegeln sich in der Wasserfläche des Beckens, als würden darunter, denkt Gertrud gerührt, Märchensterne geboren. Und sogar das wehmütige Lied gibt ihr die Hoffnung zurück, wenn im Refrain die arme Rose sich erwehrt.

«Röslein, Röslein, Röslein rot,
Röslein auf der Heiden.»

XVIII

Zur gleichen Zeit

Die Jüdin wartete die ganze Zeit über zwischen Besen und Eimern. Weißmüller hatte sie einstweilen wieder dem niesenden Himmler überlassen, als er sich entschloß, sie erst nach der Wachablösung fortzubringen. Er hatte im Wachbuch festgestellt, daß am Morgen Oberscharführer Kühne aus dem Ghetto mit einer weiblichen Zivilperson als Zugänge eingetragen waren. Bei Kühne war danach die Uhrzeit seines Abgangs verzeichnet. Mit der weiblichen Person wollte Weißmüller allein weggehen, damit wäre zumindest in der Festung der alte Stand wiederhergestellt.

Inzwischen erhielt er von Grube den Befehl zur Exekution der Franzosen am Morgen. Das bedeutete zumindest, daß Kleinburger nicht angeordnet hatte, jemand anders sollte sie befehligen. Wie üblich stellte er demnach das Hinrichtungskommando zusammen, schickte die Unteroffiziere los, dreimal dreißig Schuß scharfe Munition zu fassen nebst Stricken zum Fesseln und Augenbinden. Mittels Chiffre forderte er im Sonderkrematorium des Sicherheitsdienstes in Aussig einen verdeckten Lastwagen mit blechbeschlagenem Boden an, um auf der Landstraße Blutspuren zu vermeiden.

Es war ihm bewußt, daß ihn nur Routine auf den Beinen hielt. Seit der Unterredung mit Kleinburger bewegte er sich, sprach und handelte wie ein Roboter. Das ganze Jahr über, seit er den Kommandanten kannte, hatte dieser nicht ein einziges Mal eine Entscheidung geändert. Daß er die heutige nur unter vier Augen gefaßt hatte, konnte Weißmüller nicht beruhigen. Er war überzeugt, daß ihm eine ähnliche Galgenfrist gesetzt war wie den dreißig, deren Einäscherung er gerade bestellt hatte.

Er dankte der Vorsehung, daß sie Zorn in der Seele der Tochter des Kommandanten entfacht und sie im entscheidenden Augenblick in das Dienstzimmer des Vaters geführt hatte. Ihr Auftritt bedeutete für ihn jedoch weitaus mehr als einen Hoffnungsschimmer auf Rettung vor dem Strafkommando. Obwohl er Christine Kleinburger noch vor Mittag gefürchtet hatte, anders, aber nicht weniger als Monika Grube, ging ihm noch rechtzeitig die Erkenntnis auf, gerade sie könne seinem verpfuschten Leben einen neuen Sinn und eine neue Richtung geben.

Ihre kühne Fürsprache für die Tänzerin bestätigte ihm, daß sie von denselben Idealen beseelt war wie er. Er begriff, daß es ihr nicht um eine Jüdin ging, sondern um ein höheres Prinzip. Und ihr wahrhaft kameradschaftliches Verhalten, ungetrübt von unberechenbarer weiblicher Launenhaftigkeit und lästiger Sinnlichkeit, bewirkte, daß er sich ihr gegenüber frei fühlte und nichts von jenem Abscheu empfand, der seinem Innersten entsprang. Mehr als das! Als er sie aus der Bewußtlosigkeit weckte, erlebte er mit Erstaunen, daß sein Körper auf die Berührung des ihrigen antwortete, als ob er selbst aus einer Ohnmacht erwachte.

Und so schoß es ihm gerade dann, als seine Existenz an einem dünnen Faden hing, durch den Kopf, ob er vielleicht Christine Kleinburger nicht wirklich lieben und mit ihr sogar eine echte Familie gründen könnte, wie sie einst sein Traum und später ein Alptraum geworden war. Noch vor Kleinburger stehend hatte er seinen kühnen Plan gefaßt, in dem die Hauptrolle der Jüdin zufiel. Jetzt verwirklicht er ihn. Er führt sie aus dem Kinosaal und befiehlt leise.

«Benimm dich so normal, als würdest du mit einem Bekannten durch Budapest gehen. Falls du mir in allem, ich sage, in allem! gehorchst, wirst du die Mutter und die Schwestern wiedersehen.»

Drohen muß er ihr nicht, er sieht, wie sie gleich auflebt. Alles in ihr spannt sich, der Hals, der Rumpf, die Arme und die Beine, sie geht neben ihm mit der Gelenkigkeit eines Rennpferds. Das Kleid der Tochter des Kommandanten ist ihr etwas zu weit, hängt aber nicht herunter, steht ihr vielleicht noch besser als der kräftigen Christine, denkt sich Weißmüller; sie wirkt darin nicht so sportlich und strahlt sogar eine legere Eleganz aus.

Am Tor trägt er seine Abmeldung ein und zeigt dem neuen Wachhabenden Kühnes Zeile. «Mit einer weiblichen Zivilperson» ist amtlich gestrichen. Weißmüller hängt sich vorsichtshalber in das Mädchen ein und erzählt ihr den Inhalt des Films «Trenck, der Pandur», bis sie aus der Hör- und Sichtweite der neidischen Wachen sind. Vor der Brücke biegt er mit der Jüdin in den Auwald ein und hört auf zu reden, um sich auf die schwere Prüfung, die er sich selbst auferlegt hat, zu konzentrieren. Er weiß: Sie wird nicht nur zwischen schmachvoller Degradierung und einer verheißungsvollen Zukunft entscheiden; scheitert er, so hat er sich selbst das Todesurteil gesprochen.

Befreit er sich von seinem Fluch nicht heute, da er dazu einen so zwingenden Grund und eine so einzigartige Gelegenheit hat, wird er ihn nie mehr los; er wird ewig seinen Weg wie ein Sumpf begleiten, in den ihn jedes eifersüchtige, hysterische Weib wie die Grube hineinstoßen kann. Bringt er nicht fertig, wozu anscheinend sogar der eunuchenähnliche, fette und verschneuzte Himmler fähig ist, ein, wie man so hört, fleißiger Gast im Ghettopuff, beendet er sein Leben auf der Stelle mit der todsicheren Parabellum, die darin genug Übung hat.

So oder so: Dies ist der letzte Weg des alten Wolfgang Weißmüller. Sollte er zurückkehren, dann nur als echter deutscher Mann. Wie sollte er nicht an die Schicksalsweichen seines Lebens denken, die ihn bis zu diesem böhmischen Auwald führten, durch den er jetzt die Jüdin führt, die er hier zu seiner ersten Geliebten machen will.

Da war die Sache mit den Eltern. Sobald er die Welt wahrzunehmen anfing, erzählte man ihm ihre Geschichte, zuerst als trauriges Märchen, dann als Heldensage. Horst Weißmüllers Porträt fehlte in keinem der Heime, in denen sein Sohn als eines der Waisenkinder der Bewegung aufgezogen wurde. Jahr für Jahr gedachte man seiner in Zeitungen und Rundfunk, wenn man sich der ruhmreichen Erhebung von München erinnerte. Sein edles Leben und den heldenhaften Tod, da er im Maschinengewehrfeuer der Reaktion einen verwundeten Kameraden rettete, besangen auch Dichter. Die Mutter wurde sogar von einem recht bekannten als Schwan gefeiert, der den geliebten Gefährten nicht zu überleben vermochte.

Der kleine Wolfgang trug ihre Photos in einem Medaillon, das einzige, was ihm von ihnen übriggeblieben war. Wann immer ihn Wehmut überkam, daß er von dem bösen Gott, von dem er sich deshalb abwandte, der Liebe so wunderbarer Menschen beraubt worden war, betrachtete er heimlich ihre Gesichter. Vaters männliche Züge spiegelten Gesinnungstreue und Tapferkeit, Mutters feines Antlitz Zärtlichkeit und Treue wider. Er fing schon früh an, mit ihnen im Geiste zu reden, vertraute ihnen seine kindlichen Verwirrungen an, holte sich bei ihnen Rat, versprach den großen Toten, er werde so leben, daß er sich ihrer würdig erweisen werde.

Er war eifrigstes Mitglied seines Fähnleins, der kleinsten Einheit des Jungvolks der Hitlerjugend, und ehrgeizigster Gehilfe der Unterführer. Er wurde Klassenprimus und bester Gymnasiast des Jahrgangs. Als würdiger Sohn seines Vaters wurde er dazu erkoren, in dessen Fußstapfen zu treten. Mit zehn kam er als einer der Besten seines Bannes in die nach Herbert Norkus, dem Blutzeugen der HJ aus der Kampfzeit, benannte privilegierte Erziehungsanstalt. Dort sollte auf Anordnung des Führers die junge Garde der Bewegung für die zweite Hälfte des Jahrhunderts herangebildet werden. Kurz davor nahm er an einem Sommerlager für künftige Hitlerjugendführer bei Sonthofen teil. Dort geschah die Sache mit den Kaninchen.

Als man ihnen eröffnete, sie führen an einen Ort, wo aus Jungen Männer würden, freuten sie sich alle auf die Sportwettkämpfe und Geländeübungen, die sie dort erwarteten. Wie groß war ihre Überraschung, als man sie nach dem ersten Morgenappell zu langen Ställen führte, in denen es vor kleinen Angorakaninchen wimmelte. Und was war erst los, als ihnen der Lagerführer eröffnete, jeder dürfe für den ganzen Sommer eins zu sich nehmen. Sie brachen in Jubel aus, vergaßen das Versprechen der Männlichkeit und machten gierig vom unverhofften Angebot kindlichen Glücks Gebrauch, von dem sie doch so wenig erlebt hatten.

Wolfgang suchte sich ein Weibchen aus, das sattrosa zu sein schien. Bald wußte er, daß dies die Strahlen der aufgehenden Sonne bewirkten: Das samtweiche Fell war schneeweiß. Trotzdem ließ er ihm den Namen Rosilein. Die Begeisterung der Jungen kannte keine Grenzen, als sie erfuhren, daß sie ihre kleinen Kameraden in den Baracken halten durften. Sie erhielten dafür kleine Körbe, die sich unter die Pritsche schieben ließen. Aber weil es niemand verboten hatte, schliefen alle mit ihren Lieblingen bald unter einer Decke.

Jeden Morgen, kaum hatten sie den Frühsport beendet und sich gewaschen, mußten sie die Körbe reinigen und frisch einstreuen, die Tiere tränken und füttern, bevor sie selbst ihr Frühstück bekamen. Sie taten das ohne Widerrede, ja sogar mit Begeisterung, sie kümmerten sich um sie eigentlich die ganze Zeit, für die im übrigen nur Schwimmen, Ballspiele und Lesungen über den Führer und andere Helden des Nationalsozialismus angesetzt waren; dieses magische Wort, das sie so oft hörten und nur wenig verstanden, berauschte sie trotzdem, denn mit ihm war alles Schöne und Aufregende in ihrem Leben verbunden: Wettkämpfe, Fackelzüge, schmetternde Musik, Wehrspiele, Kameradschaft und die Bilder einer ruhmreichen Zukunft. Am Lagerfeuer erzählten die Waisenkinder von ihren Vätern. Auch Wolfgang kam an die Reihe.

Obwohl von Natur eher schweigsam, redete er über Horst Weißmüller und über seine Mutter so innig, daß er selbst den Tränen nahe war. Um sie zu unterdrücken, sprach er leidenschaftlich über ihre Mörder. Er schwor, daß er sie, wenn er zu einem Kämpfer herangewachsen sei, aufspüren und eigenhändig töten werde. Er erhielt stürmischen Beifall, und der Lagerführer stellte ihn den Jungen als Vorbild dar. Als er jedoch am Abend wie immer sein Gesicht in Rosileins warmes Fellchen grub, um selig einzuschlafen, war er von allen Haßgefühlen weit entfernt...

Eine Woche, ehe das Lager zu Ende ging, fragte ein Junge beim Appell, was denn eigentlich mit den Kaninchen geschehe, wenn sie abführen. Die geheimnisvolle Antwort des Lagerführers rief eine freudige Ahnung hervor: Dürften sie sie mitnehmen? Die Jungen aus Wolfgangs Schulheim beschlossen, eigenhändig einen großen gemeinsamen Stall auf dem Hof zu errichten: Sie hatten eingesehen, daß Kaninchen nicht in Schlafsäle gehörten. Einen Tag vor der Abfahrt wurden sie mit ihren Pfleglingen in der Abenddämmerung zum Appellplatz gerufen und in einem Viereck aufgestellt, so daß jeder jeden sehen konnte.

Wolfgang streichelte Rosilein und flüsterte ihr in das

durchsichtige Öhrchen die erhoffte herrliche Nachricht. Ihm war nicht bewußt, daß das Tierchen inzwischen die Gesichter im Medaillon völlig verdrängt hatte und zu seinem heimlichen Beichtstuhl geworden war, was jedoch die Lagerführung sehr wohl bemerkt hatte. Der Bannführer sprach allen den Dank für ihre Disziplin aus und lobte sie für die Fürsorge um ihre Kaninchen. Dann sagte er.

«Wir haben euch versprochen, daß ihr hier zu Männern werdet. Als Vorschuß darauf erhaltet ihr zum Abschied, was dem wahren deutschen Mann niemals fehlen darf: eine gute Waffe!»

Die Unterführer schritten die Reihen ab und verteilten aus Körben lederne Scheiden, aus denen kurze Griffe hervorragten: Die Jungen waren außer sich vor Begeisterung, als sie echte HJ-Dolche vor sich sahen.

«Und nun, Jugend des Führers, legt ihr eure erste Mannesprobe ab. Ihr habt gefragt, was mit euren Kaninchen geschehen würde. Ihr wißt gut, daß in den Schulheimen Tierhaltung verboten ist. Und weil es niemanden gibt, der sich weiter um sie kümmern könnte, mögen sie uns noch ein letztes Mal dienlich sein. Wir braten sie uns zum Abendessen!»

Er drehte sich dabei im Kreis herum, um das ganze Viereck zu überblicken. In die Grabesstille hinein hörte man nur das ruhige Schnaufen, Schmatzen und Getrappel der Tierchen in den Tragekörben. Beim Anblick von Dutzenden ungläubiger Augen fing der Lagerführer zu lachen an.

«Was denn, was denn, ihr Helden! Ihr nennt euch Söhne Deutschlands und des Führers, wollt die ganze Welt erobern und traut euch nicht mal, eine dumme Kreatur abzustechen, die zu unserer Ernährung geschaffen ist? Also los! Ein Schnitt, und fertig!»

Wolfgang vernahm ein eigenartiges Geräusch. Er sah, wie der Nachbar zur Linken zur Erde sank. Im Viereck fielen noch zwei andere um. Die übrigen waren weiß oder rot, ein paar von ihnen husteten würgend. Der Lagerführer wurde auf einmal böse.

«Und ihr wolltet hier Männer werden? Scheißkerle seid ihr! Ihr wollt eines Tages mit den Feinden des Reiches kämpfen? Weißmüller! Pack dein Ding beim Fell und zeig allen, wie du einmal den Mördern deines Vaters den Hals durchschneiden wirst!»

Wie im Traum beugte sich Wolfgang hinab, zog das vor Schmerzen quietschende Rosilein an den schmalen Ohren heraus und stieß ihm die Klinge in die weiße Kehle. Für immer prägte sich ihm ein, daß der Kopf weiß blieb, während der Körper, auf einmal doppelt so lang und schwer geworden, sich in eine rote Kutte zu hüllen schien. Wolfgang blieb aufrecht stehen, aber als wäre er blind und taub geworden. Vom Töten rings um sich nahm er nur den Gestank von Blut und Erbrochenem wahr. Zum Abendessen zwang sie glücklicherweise keiner.

Das Lob, das ihm dann zuteil wurde, ließ ihn den Schock bald überwinden. Er begann aufs neue im Geist mit den Eltern zu sprechen. Er bat sie um Vergebung für sein Versagen. Der Lagerführer hatte hundertmal recht gehabt, er hielt ihn vom Abgrund unmännlicher Weichlichkeit zurück! Wolfgang begriff, daß er in dem einfältigen Kaninchen für immer die gefährliche Schwäche des Mitgefühls getötet hatte. Von diesem Augenblick an war er unabdingbar des Führers Mann, stark durch das Bewußtsein, er würde niemals mehr erzittern. Später verteilte er, zum Gefolgschaftsführer geworden, bei der alljährlichen Kaninchenmutprobe die Messer an seine Nachfolger und war jedesmal aufs neue erstaunt, wie viele Schwächlinge es in Deutschland gab. Diesen Stolz auf sich selbst nahm ihm dann die Sache mit Ilchmann.

Standartenführer Ilchmann, ein alter Kämpfer, war Kommandeur der SS-Offiziersschule. Er war es, der aus Wolfgang auch physisch einen Mann machte. Er war ein wahrer Männlichkeitsfanatiker und ließ nichts aus, was den nachpubertären jungen Stieren jede Vorstellung des weiblichen Körpers aus Kopf und Sinnen trieb. Er überforderte sie mit Turn- und Leibesübungen, machte sie mit Dauermärschen bei Tag und Nacht fertig, hielt ihnen endlose Vorträge über Talente und Karrieren, die von Frauen zerstört wurden, war nicht faul, sie ins Lazarett zu führen, um ihnen von Syphilis zerfressene Männer vorzuführen.

Bei Weißmüller stieß er auf volles Verständnis. Er brachte es zustande, daß sich Wolfgang auch für die unwillkürlichen Reaktionen seines Organismus zu schämen anfing. Wenn ihn morgens die Erektion aufweckte, geißelte er sich mit eiskaltem Duschen; wenn er unwillkürlich einer anziehenden Frau nachschaute, bestrafte er sich mit ganztägigem Fasten.

Der Höhepunkt von Ilchmanns Bemühen war die berühmte Nummer mit der Hure. Vor dem Abschluß eines jeden Jahrgangs rief er die SS Junker im Casino zusammen, in dem er einen besonderen Raum gemietet hatte. Wenn sie alle gehörig betrunken waren, befahl er ihnen aufzustehen, den Hosenschlitz aufzuknöpfen und das Glied auf den Tisch zu legen. Selbst ging er mit gutem Beispiel voran. Dann kam eine schöne nackte Prostituierte herein und stieg auf den Tisch.

Wessen Glied steif wurde, schied vom Tisch und aus dem Spiel aus. Die zweite Stufe der Prüfung war die Masturbation des Mädchens vor jedem einzelnen. Die dritte ihre Umarmung. Viele bereiteten sich schon aus Sport darauf vor, tranken Kaffee mit Brom und übten sich im Meditieren. Schlauköpfe verbrachten die Nacht und den Tag vor dem Festabend im Bordell. Trotzdem hielt in jenem Jahr außer Ilchmann nur Wolfgang durch.

Wie er es sich vorgenommen hatte, aber natürlich niemandem je eingestanden hätte, dachte er dabei angestrengt an die Mutter. Als dann dieses Flittchen die Brüste und den Schoß an ihn preßte, war ihm, als hätte er einen elektrischen Schlag abbekommen. Seit diesem Augenblick rief in ihm die bloße Vorstellung der körperlichen Berührung einer Frau Abscheu bis zum Ekel hervor. Dafür begann ihn Ilchmann mit seiner Freundschaft auszuzeichnen.

Bald teilte er ihm mit, er habe den Antrag gestellt, der erfolgreiche SS Standartenjunker solle bei Beendigung des Jahrgangs als Ausbilder an der Schule bleiben. Man schrieb das Jahr 1941, aus dem Rundfunk tönten Tag für Tag die Siegesfanfaren. Wolfgang wandte ein, daß er sich nach dem Kampf sehne, aber Ilchmann lachte ihn aus. Zuerst, meinte er, müsse das Pack fallen, ehe die Ritter in die Schlacht zögen, so sei es seit den Tagen des Altertums die Regel. Vor dem Beginn des nächsten Jahrgangs lud er ihn zu sich nach Hause ein.

Nachdem eine junge schwarzhaarige Ordonnanz in SS-Uniform sie bedient hatte, schickte ihn Ilchmann fort und öffnete die Cognacflasche. Sie tranken auf Wolfgangs Beförderung, auf den Sieg in Europa, auf den Sieg in Rußland, auf den Sieg in Afrika, auf den Sieg im Atlantik, auf den Sieg schlechthin, auf das Reich, auf die SS, auf den Führer und schließlich auch auf Brüderschaft. Dabei konnte sich Wolfgang, weder dieses Tempo noch so viel Alkohol gewöhnt, schon nicht mehr auf den Beinen halten. Er vermochte nur dümmlich zu lächeln, als Ilchmann ihn auszog und ins eigene, riesenbreite Bett legte. Wahrnehmen konnte er jedoch alles.

Wie sich der nackte muskulöse Körper seines Kommandeurs an ihn schmiegte, wie er zuerst auf den Mund, dann auf die Brust, auf den Bauch und immer tiefer geküßt wurde, wie sein kleines schlaffes Glied plötzlich anschwoll, von den fleischigen Lippen des neuen Bruders mit unglaublicher Zartheit berührt, wie in seinen Lenden langsam, aber unaufhaltsam ein unbekanntes Gefühl der Glückseligkeit geboren wurde, wie es sich verstärkte, wie es sich ihn unterwarf und wie es sich schließlich aus ihm in einem brennenden Strahl befreiend hinausdrängte, und er endlich in Unbewußtsein fiel.

Als er am Morgen erwachte, mit schmerzendem Kopf und gerädertem Körper, begann er sich, völlig ratlos, entsetzt zu entschuldigen. Ilchmann brachte ihn jedoch mit einem neuen Kuß zum Schweigen, wonach er alles Vorherige bis zum explosiven Ende wiederholte. Dann bot er sich ihm, dem noch Ermatteten, selbst an. So begann Weißmüllers Untergang.

Daß er nun des Standartenführers heimlicher Liebhaber wurde, stürzte ihn seelisch in Verwirrung. Viele Monate war er völlig aus dem Gleichgewicht, als lebe nur sein Körper. Aber bald verschaffte ihm nicht einmal mehr der Höhepunkt ihrer Umarmungen Befriedigung. Sie war immer schwächer geworden. Als Ilchmann schließlich an einem regnerischen Sonntag die Geduld verlor und Wolfgang ins Gebet nahm, gestand der ihm, er schäme sich zu Tode vor dem Andenken seiner Eltern. Ilchmann nannte ihn einen impotenten Idioten.

Betrunken brüllte er, daß Horst Weißmüller, auf der Schwanthalerhöh' nur Scheißmüller oder Weißschwanz genannt, ein Spieler und Zuhälter gewesen sei, der am 9. November 1923 von einer verirrten Kugel getroffen wurde, als er, nach durchzechter Nacht aus einem Beisel kommend, direkt in einen Schußwechsel hineintorkelte. Ilse Baumgartner, die von ihm getriebene und nur Gott weiß, von wem geschwängerte Prostituierte, habe sich dann ganz normal zu Tode gesoffen. Ehe Weißmüller das Halfter mit der Pistole aufmachen konnte, schickte ihn Ilchmann mit der angebrochenen Flasche zu Boden.

Tags darauf nahm er die Beleidigungen in aller Form zurück und entschuldigte sich mit einem Eifersuchtsanfall.

Wolfgang reichte trotzdem unverzüglich beim übergeordneten SS-Kommando ein Gesuch um Versetzung zu einer Kampfeinheit an die Ostfront ein. Ilchmann gab ihm eine glänzende Beurteilung. Sein Personalakt, der damit begann, der Genannte gehöre zur Führerreserve, hatte jedoch nur seine Beförderung und Versetzung in die Festung zur Folge.

Als er feststellte, daß er hier bereits überwältigten Gegnern begegnen und eine schädliche Art von Menschenkaninchen ausrotten sollte, bat er zum zweiten Mal, an die Front geschickt zu werden. Bald erschien jedoch der neue Kommandant, der ihn durch sein Auftreten sofort für sich gewann. Ohne es zu ahnen, nahm Kleinburger die leere Stelle ein, die in der Seele des jungen Offiziers durch den zweifachen Tod der Eltern entstanden war. Die hatte er verloren, als er Ilchmanns Verleumdungen nicht nachzugehen wagte.

Weißmüller bewährte sich im harten Dienst dank seiner nicht weniger harten Erziehung. Nur er selbst wußte, wie ausgebrannt er in seinem Inneren war. Mit dem Gefühl des Verlusts der Reinheit büßte er auch seine Sicherheit ein. Und den schwachen Abglanz einer Leidenschaft, den er für kurze Zeit mit Ilchmann erfahren hatte, erlebte er zu seinem Erschrecken nur in Augenblicken, wenn er die letzten Anzeichen von Leben in den Gesichtern der Exekutierten wahrnahm und langsam den Abzug drückte. Kürzlich schoß er sogar einer Frau in die Schläfe, nur weil sie der Grube ähnelte. Er erschrak vor sich selbst. Das mußte ein Ende haben.

Das entfernte Rauschen war längst in ein dunkles Tosen übergegangen. Weißmüller kommt mit der Jüdin bei der Stromschnelle an. Der Durchfluß erreicht den höchsten Stand, über die Dammkrone wälzt sich eine fast halbmeterhohe Wasserschicht und fällt die lange, schräge Fläche in das untere Flußbett hinab, das in der Ferne unter den äußeren Wällen verschwindet. Sie sind angelangt. Die Prüfung beginnt.

«Siehst du die Schanze dort gegenüber? Das ist schon das Ghetto. Du kannst in einer Viertelstunde dort sein. In den Transport hineinzukommen ist viel leichter als aus ihm heraus.»

Seine Idee ist genial einfach: Wenn sie es ins Ghetto schafft, hat Kolatschek den Schwarzen Peter zurück. Es wird dann sein Problem.

«Aber zuvor sollst du dich dafür erkenntlich zeigen, meinst du nicht? Mit mir darfst du ruhig sprechen.»

«Ich habe nichts mehr ...»

«Verstehe. Aber eine Frau kann immer was anbieten, oder etwa nicht?»

Er hört sich, gleich wie die gehaßte Grube fragen. Die Jüdin nickt fast unmerklich.

«Du bist schön ... bietest du dich selbst an?»

Es wirkt. Die Jüdin nickt wieder.

«Hattest du Liebhaber?»

Die Jüdin nickt weiter.

«Also schenkst du mir keinen Schatz mehr. Willst du dir wenigstens Mühe geben?»

Sie nickt eifrig. Und er legt sich auf den Rücken. Wie erniedrigend! denkt er sich. In ihm meldet sich der alte Ekel wieder, aber er gibt nicht auf. Er muß!

«Knie dich über mich hin!»

Das Mädchen gehorcht, und er überzeugt sich noch schnell, daß die Mulde, in der er schon mit der Grube gesessen hatte, von nirgendwoher einzusehen ist. Er beißt die Zähne zusammen, knöpft die schwarze Reithose auf und befreit seine schlappe Männlichkeit.

«Küß mich! Aber zärtlich ...!»

Nach langer Zeit nimmt er sein Geschlecht wieder wahr.

Die Lippen der Jüdin sind schmal und hart, aber da ist noch die weiche, warme Zunge. In Weißmüller steigt bald die Erregung, und er schließt die Augen. Er ruft sich Christine Kleinburgers Gesichtszüge ins Gedächtnis. Er sieht sie ganz nah vor sich, so wie sie auf dem immer frischen Sand vor dem Schießstand lag, und verbindet das Bild mit dem gegenwärtigen Wohlgefühl seines Körpers. Gott, diese Wonne bereitet ihm die Tochter des Kommandanten? Er wächst in ihrem Mund, im ganzen Leib prickelt es mehr und mehr, stärker und stärker. Geliebte, du bist meine Erste! Wie kann ich dir das vergelten?

Ohne ein Lid zu heben, macht er sich frei, faßt seine kniende Christine unter die Achseln, hebt sie hoch und dreht sie um, legt sie ins Gras, stülpt ihr den Rock über den Kopf, saugt sich wie ein hungriges Kind an den kleinen Brüsten fest, kämpft einen Augenblick mit dem Schlüpfer, ehe es ihm gelingt, ihn zu zerreißen, doch dann öffnet er mit einer Zartheit, die er bei dem Kaninchenweibchen erfahren hatte und die von seinem Messer, wie er soeben erlebt, nicht abgetötet, sondern nur von der Zeit verschüttet worden war, er öffnet Christines Schoß und dringt in ihn ein. Er hört sein eigenes Stöhnen.

Wolfgang Weißmüller liebt sich zum ersten Mal mit einer Frau. Er weiß nicht, wie lange, er nimmt nichts anderes als, so denkt er, die Lanze seines Körpers wahr, in der sich, so fühlt er, soeben sein ganzes Wesen befindet. Was in ihm dann ausbricht, ist die Seligkeit selbst.

«Christine!!»

Irgendwann später ist er imstande matt aufzustehen. Das Mädchen neben ihm liegt laut- und reglos da, der Rock bedeckt noch immer den Kopf. Nicht einmal jetzt widert ihn der nackte Torso an. Er könnte sie erneut nehmen! Der Bann ist gebrochen. Er ist ein Mann. Ein Mann wie alle.

«Steh auf! Bring dich in Ordnung. Du bist frei. Geh!»

Die Jüdin macht sich zurecht und schaut auf das schnellende Wasser. Erst jetzt begreift sie, daß sie hinüber und durch muß. Sie wird unruhig.

«Ich kann nicht schwimmen . . . !»

«Man kann rübergehen, heute ist schon mal eine hier rübergegangen. Geh, wohin du wolltest!»

Die Jüdin zögert. Ihr Geist ist längst auf der anderen Seite, aber der Körper sträubt sich. Weißmüller weiß, daß der Wille alles vermag, wenn er einen Grund dazu hat.

«Auf diesem Ufer bist du nur noch eine Gefangene auf der Flucht.»

Er entnimmt dem Halfter seine riesige Parabellum.

«Dort warten die Schwestern auf dich! Die Mutter! Du mußt doch kräftige Muskeln haben! Also lauf schon!»

Die Jüdin geht. Sie rafft Christines Rock hoch, steigt ins Wasser, schwankt unter seinem Anprall, hält sich aber, findet den Schwerpunkt und watet schnell, vom Strom umspült, quer über das Wehr. Er muß ihre Geschicklichkeit und Kraft bewundern. Nein! Sie bleibt stehen. Anscheinend hat sie den Mut verloren, will zurück.

Er hat sein Wort gegeben und schießt deshalb nur in die Luft. Das genügt. Die Jüdin erschrickt, dreht sich um, geht wieder vorwärts, verliert aber kurz danach das Gleichgewicht, einen langen Augenblick rutscht sie im Stehen auf der Schräge wie auf einer Eisglitsche, dann fällt sie darunter und taucht nicht wieder auf.

Er eilt am schäumenden Wasser entlang, weiß aber, daß er es nur der Ordnung halber tut. Diese Stelle hatten nach Regenfällen schon des öfteren die Gestapoleute aus Leideneritz benützt. Die Jüdin wird am Gitter des unterirdischen Kanals eine große Gesellschaft vorfinden.

Er selbst wird sie nicht vergessen. Und ist ihr dankbar wie einst dem Rosilein.

XIX

6. 6. 1944, vor Mitternacht

Die entfernten Turmuhren, deren Glocken noch nicht für den totalen Krieg eingeschmolzen worden waren, schlagen zur letzten Viertelstunde des Tages. Wolfgang Weißmüller überzeugt sich wie immer persönlich, daß alle seine Befehle aufs genaueste ausgeführt worden sind. Die Stricke und Augenbinden liegen bereit im einstigen Kartoffelkorb, die Gewehre der Männer des Hinrichtungskommandos sind scharf geladen; sie hatten sich bereits zum vorgeschriebenen Sechsstundenschlaf hingelegt. Jetzt wirft er einen Blick in die Zellen der Verurteilten. Fast alle schreiben noch an ihren Abschiedsbriefen. Er befiehlt dem Wachhabenden, ihnen in zehn Minuten das Schreibzeug wegzunehmen. Um Mitternacht beginnt auch für sie die gesetzliche Ruhezeit.

Die Erweckung, die er am Wehr erlebte, war kein flüchtiges Trugbild. Er fühlt sich erlöst. Mit der, wie er es verspürt, neugewonnenen Reinheit des Körpers gewann er auch die Sicherheit des Geistes zurück. Er hatte sie bereits beim erneuten Betreten von Kleinburgers Dienststube gefunden, wohin er noch abends befohlen wurde. Er meldete knapp, der Fall, mit dem er betraut worden war, sei abgeschlossen. Auf die Frage, ob er Gewalt anwenden mußte, antwortete er guten Gewissens mit einem Nein. Auf die Nachfrage, ob sie der Mutter und den Schwestern folgen konnte, sagte er.

«Ich glaube, ja.»

Mehr mußte er nicht erklären, an sich ein gutes Zeichen.

«In Ordnung. Sie können wegtreten.»

Seine Entscheidung vom Nachmittag hatte der Kommandant zwar nicht ausdrücklich widerrufen, kam aber auch nicht darauf zurück. Das bestätigte Weißmüllers Vermutung, daß man ihm eine Probezeit einräumte. Für eine Galgenfrist hielt er sie jedoch nicht mehr. Zu seiner Sicherheit gehörte jetzt die feste Überzeugung, er würde den Kommandanten bald für sich gewinnen; vor allem dadurch, daß er die Gunst seiner Tochter gewann. Deshalb stellte er ihm kühn eine Frage, die ihm plötzlich eingefallen war.

«Ich bin Absolvent der Herbert-Norkus-Schule, mehrfach ausgezeichneter HJ Unterbannführer, seit 1941 Mitglied der NSDAP, Träger des Ehrhardt-Ehrenzeichens der Wewelsburg. Haben Sie außer meinem Vergehen noch einen anderen Grund, Obersturmbannführer, warum ich mich nicht in aller Ehrenhaftigkeit mit Ihrem Fräulein Tochter treffen dürfte?»

Kleinburger antwortete nach kurzem Zögern.

«Nein.»

«Danke, Obersturmbannführer», rief Weißmüller, erwies ihm Ehre und trat weg.

Die Arbeit ist getan, und er geht jetzt mit schnellen, ausgreifenden Schritten in den Kinosaal, wo zwei bestellte Musikanten, Männer der ersten Kompanie, auf ihn warten. Die Nacht ist warm, der Himmel hell, das Leben einfach schön.

Gertrud horcht an der Tür ihrer Tochter, zu der sie sich wieder auf Zehenspitzen hingeschlichen hat. Als sie drinnen den Fußboden knarren hört, klopft sie an. Im Zimmer ist es sofort still. Freundlich und sanft sagt die Mutter, als sei nichts geschehen.

«Tinchen, wir gehen schlafen. Vati läßt ausrichten, daß du dir wegen deiner Lehrerin nicht mehr den Kopf zerbrechen mußt. Untersturmführer Weißmüller hat sie zu ihren Angehörigen gebracht. Gute Nacht, Kleines. In einem Viertelstündchen werden wir an dich denken!»

Damit genug. Kein Wort darüber, daß sie ihren Geburtstag doch noch mit den Eltern feiern sollte, kein Seufzer, wie leid es ihr tat. Nein, von sich aus wäre sie solcher Courage nicht fähig, aber was soll sie tun, wenn ein paar Schritte weiter auf der Treppe zum Dachgeschoß Karl zuhört, wie sie sein Gebot befolgt. Dann zieht er ganz leise den Stuhl weg, der die Klinke verkeilt hielt, und bringt ihn nach unten.

Er tut es mit gewohnter Miene steter geistiger Ausgeglichenheit. In seiner Seele ist er jedoch angeschlagen. Der Stuhl, den er zurück in den Salon trägt, erinnert ihn an eine primitive Belagerungsmaschine, die von erfolglosen Eroberern einer Festung weggeräumt wird. Im ersten ernsten Streit, den sie je hatten, blieb seine Tochter Siegerin.

Das allein schmerzt Kleinburger nicht. Ihre leidenschaftliche Äußerung vom Nachmittag berührte schmerzhaft eine Narbe in seinem Inneren, die über Jahre hinweg nicht heilen will. Sie wurde ihm vor sechs Jahren in der Nacht auf den 10. November 1938, vom Volksmund «Reichskristallnacht» genannt, zugefügt.

Als er am Morgen danach im Dienstwagen von seiner Wohnung losfuhr, hatte er den Eindruck, Berlin sei von den Wassern der Spree und der Havel überschwemmt worden. Es waren jedoch die glänzenden Splitter zerschlagener Fensterscheiben jüdischer Geschäfte, die viele Straßen bedeckten. Die Itzigs haben sich wie Küchenschaben schon überall breitgemacht!, wiederholte triumphierend sein Fahrer, der die Nacht aktiv miterlebt hatte; plötzlich trug er eine massiv goldene Armbanduhr. Karl Kleinburger nickte dazu schweigend und fragte sich: Wo ist die gesetzliche Deckung?

Er teilte selbstverständlich die Entrüstung des Führers, der am Abend davor, am fünfzehnten Jahrestag des Marsches zur Feldherrnhalle in München, vor den alten Kämpfern gesprochen hatte. Diese Rede, vom Rundfunk übertragen, riß in ganz Deutschland das Volk zu diesem Ausbruch spontanen Zorns hin. Der Gesetzlichkeitsfanatiker in ihm erhob jedoch Einspruch: Falls die Bewegung, die ihre Mission darin gesehen hatte, die Rechtlosigkeit der Weimarer Republik zu beseitigen, sich plötzlich selbst vom Recht abwendete, wie ist es dann um den moralischen Anspruch ihrer Führungsrolle bestellt?

Vaters Bibliothek in Ingolstadt enthielt vor allem historische Werke. Er las sie gierig, als er noch Dichter und Journalist werden wollte; damals war Geschichte sein Steckenpferd. Daher wußte er auch, daß Aufstieg und Fall von Revolutionen sich bei aller Unterschiedlichkeit von Zeit und Kultur auf eine einfache Formel bringen lassen: Der kritische Punkt, an dem die aufsteigende Gesellschaft die Zugkraft verliert, um sich mit eigener Kraft ins Verderben zu stürzen, liegt dort, wo sie zum ersten Mal ihre eigenen Ideale und Gesetze verrät.

Karl Kleinburger war sich bewußt, daß er sich dem Führer nicht aus Opportunismus, sondern gerade deshalb ergeben hatte, weil er in diesem Mann seine eigene Askese und Gradlinigkeit wiedererkannte, weil er an dessen Selbstlosigkeit ebenso wie an seine eigene glaubte. Spätestens seit jener Novembernacht ahnte er, daß sich in die Partei erschreckend viele eingeschlichen hatten, die vor allem Ziele ihres eigenen Gedeihens verfolgten und darum die Worte des Führers zu Aktionen gegen den Geist der Bewegung mißbrauchten.

Die entschlossene Ankündigung seiner Tochter, sie werde ihre Beschwerde dem Führer persönlich vortragen, traf den Vater zweifach. Weil er das so oft selbst hatte tun wollen. Und weil er es nie getan hatte. Immer wieder wußte er sich selbst davon zu überzeugen, daß Adolf Hitler zunächst auf den inneren, später auch auf den äußeren Schlachtfeldern ein höheres Ziel verfolgte, dessen Verständnis sich dem einfachen Kämpfer entziehen mußte.

Heute jedoch, da er erstmals vorgetäuscht hatte, seine bereits getroffene Entscheidung vergessen zu haben, ja, da er eine Person, die nicht ordentlich abgeurteilt worden war, der Hand eines kaltblütigen Vollstreckers anvertraute und dann von ihm eine völlig unzureichende Meldung über ihr Schicksal wortlos zur Kenntnis nahm, muß er sich einer grundsätzlichen Frage stellen: Hat er vielleicht heute nachmittag nur aus Besorgnis um Christine gehandelt? Und wenn ja – hat er sogar nicht all die Jahre lang vielmehr aus Angst um sich selbst geschwiegen?

Weiß er nicht, wie wenige von den fröhlichen Burschen übriggeblieben sind, denen seine damals noch Angebetete flink das Bier hinstellte? Wo sind all die Idealisten der frühen Jahre geblieben? Kleinburger steht auf dem steinernen Flur des Herrenhauses im Nachthemd und barfuß da, der Steinboden läßt ihn frieren, oder sind es vielmehr die Namen der alten Kameraden? Verhaftet, geflohen, hingerichtet, verschwunden, gefallen, vermißt. Von ihnen allen ist nur er noch da. Warum? Weil er immer nur glaubte und diente und niemals einen solchen Brief wagte??

Durch das offene Küchenfenster dringt bis zu ihm in den Gang das unerträgliche Geschrei der Grillen. Fast mit Erleichterung hört er schwach einen hohen metallenen Ton heraus, der dreimal ansteigt und absinkt. Die Sirenen in Leideneritz geben schon wieder Warnung. Das hat noch nichts zu sagen, die Festung trifft ihre Maßnahmen erst bei Alarm. Aber es bringt ihn gleich auf einen neuen Gedanken, nicht weniger bedrückend: Haben die Alliierten so viele Flugzeuge, daß sie sich Luftangriffe gegen das Reich auch heute noch erlauben können, wo sie doch jede Maschine zum Schutz ihrer bedrängten Landungstruppen nötig haben müßten? Ihm fällt sein zerlesenes Lieblingsbuch ein, das stets auf seinem Nachttisch liegt. Immer hat er sich in die Griechen hineinversetzt, die nach Jahren schwerer Niederlagen schließlich Troja eroberten. Was aber, wenn er sich getäuscht hatte und er in Wirklichkeit ein Trojaner ist, dem jetzt ein grausames Ende bevorsteht?

Es überkommt ihn heiß. Was ist mit ihm los? Hatte er selbst vergessen, daß sein Volk einen viel wichtigeren Kampf führt, den es nie verlieren kann, weil von ihm abhängt, ob Europa die erhabene Wiege der nordischen Rasse bleiben oder in die Knechtschaft von Barbaren geraten wird? Hatte ihn nicht gerade die Geschichte der Menschheit gelehrt, wenn die Kanonen reden, haben nicht nur die Musen, sondern auch die Zweifel zu verstummen? Läßt sich der Buchstabe des Gesetzes bewahren, wenn es ums Ganze geht? Darf man das überhaupt? Hat er seinen Nietzsche umsonst verehrt?

Hatte er denn nicht ein Leben lang jeder Gefahr die Stirn geboten? War er ihr vielleicht an der Front ausgewichen? Sind nicht die besten Beweise seines Muts die Stümpfe seiner Gliedmaßen? Und müßte ihm nicht ein deutscher Untersturmführer immer näherstehen als ein noch so begabter ungarischer Judenmischling?

Der Festungskommandant kann nicht bestreiten, daß sich Weißmüller heute vorbildlich verhalten hat. Den Verstoß, der letztlich darin bestand, daß er den Wunsch der Tochter kurzschlußartig für einen Befehl des Vaters gehalten hatte, machte er dann durch ein Auftreten wett, an dem nichts auszusetzen war. Die Verantwortung für jenen heiklen Auftrag, mit dem er Christines Fehler gutmachte, hatte er doch ganz auf sich genommen. Seine Antwort, er habe keine Gewalt angewendet, klang ehrlich. Und hatte er sie, was wahrscheinlich schien, einfach zurück ins Ghetto eingeschleust, war es bloß eine Vergeltung für Kolatscheks falsches Spiel! Man kann nur sagen – gut gemacht.

Weißmüllers Verteidigung Christines und seine letzte Frage erscheint Kleinburger zusätzlich nach dem, was ihm Gertrud abends über die Tagesgespräche mit der Tochter berichtete, höchst ehrenwert. Fast hätte er den offensichtlich überstolzen jungen Menschen in eine Strafkompanie versetzt, weil seine Tochter es sich in den Kopf gesetzt hatte, ihn ein paar Minuten für sich allein zu haben. In Weißmüller hatte er offenbar die ganze junge Generation verkannt. Er verstand, wie er gerade erlebte, nichts von ihr. Sind diese scheinbaren Fanatiker nicht vielmehr eine noch eifrigere Wiederkehr seinesgleichen, eine Brut, die nur durch den Krieg viel härter geworden war?

Wie immer vor dem Schlafengehen zieht er die Uhr auf. Das schwere Stück Nickel erinnert ihn wieder einmal an den Spender. Das beklemmende Gefühl in der Herzgegend läßt nach. Er ahnt schon längst, daß die geflügelten Walzen, die in den nahen unterirdischen Stollen auch von «seinen» Gefangenen in den Außenkommandos montiert werden, den Verlauf des Krieges bald total verändern sollen. Erst in diesem Augenblick wird er sich des Sinnes der ihm hier gestellten Aufgabe voll bewußt.

Wie hatte er auch nur denken können, daß er hierher abgeschoben worden sei. O nein! Wenn der Große Uhrmacher den Befehl zum Endschlag gibt, soll Karl Kleinburger erneut sein bewährter Kämpfer der ersten Stunde sein.

«Karli! Willst du dich erkälten?»

Gertrud, die aus dem Bad kam und ihn nicht im Bett fand, steht erstaunt hinter ihm. Von neuem überfällt sie arge Befürchtung.

«Ist irgendwas, Karli? Steht's in diesem Frankreich so schlecht...?»

«In gewissen Augenblicken», erwidert er ihr noch im Bann seines letzten Gedankens, «ist die mächtigste Waffe eines Menschen und eines Volkes der unerschütterliche Glaube!»

«Du meinst also, daß wir sie zurückwerfen werden?»

«Der Führer ist ein genialer Stratege, Trudl. Wenn er sie landen läßt, wird er schon seinen Grund dafür haben.»

«Welchen, meinst du...?»

«Vielleicht um sie zu zwingen, hier, auf dem europäischen Boden endlich zu begreifen, daß angesichts der gemeinsamen Kultur wir ihre Verbündeten sind, nicht die Russen.»

«Ach! Das wäre ja großartig!»

Kleinburger kehrt in die Wirklichkeit zurück. Seine Frau hatte sich schon das Haar gelöst. Zwischen den langen Strähnen treten die großen, festen Brüste hervor, diesmal mit schwarzen Spinnweben bedeckt. Er ist verblüfft.

«Was hast du da an...?»

Gertrud schiebt die Haare auseinander und läßt sie hinter die weißen Schultern fallen, damit er das ganze Negligé betrachten kann.

«Das hat mir Monika Grube geschenkt. Sie sagte, immer wenn sie sich das gleiche anzieht, ist Grube ganz toll.»

«Hat die eine Ahnung, wie ein Mann herumtollen kann!»

Sie lacht. Und gleich schreit sie auf, als er sie packt, hebt und mühelos, als wöge sie keine hundertfünfzig Pfund, durch das Speisezimmer und das Bad zum Bett trägt. Dickköpfige Christine, denkt sie berauscht, wir werden deinen Geburtstag auch ohne dich gut feiern!

«Ach, Karli! Ach, du meine Liebe! Ach! Du mein Glück!»

Grube hört die Sirene nicht, weil er am Radio hockt. Der Empfänger steht im Badezimmer, wo die Wanne volläuft. Das ist zwar überflüssig, die Wände des Herrenhauses würden selbst einen Schuß dämpfen, aber Erfahrung hatte den

Hauptsturmführer gelehrt, sich immer doppelt abzusichern. Er hört die deutsche Sendung aus London, im Protektorat fast ungestört.

Eine tiefe, kultivierte Männerstimme, die sicher irgendeinem geflüchteten jüdischen Schauspieler gehört, verliest die lange Meldung aus dem Hauptquartier General Eisenhowers über die Lage an den Landungsplätzen in der Normandie. Sie deckt sich mit der deutschen Version in der Schilderung von erbitterten Kämpfen, aber damit endet jede Ähnlichkeit. Auch das wenige, das nicht der Geheimhaltung unterliegt, zeugt vom gigantischen Ausmaß der Operation, der die Verteidiger nur durch verbissene Tapferkeit trotzen können, mit der sie vergeblich den Mangel an Truppen und Technik zu ersetzen suchen.

Gegen Tausende von Bomben-, Jagd- und Luftlandeflugzeugen stiegen nach dieser Meldung keine vierhundert deutschen Maschinen auf, und mehr als ein Viertel war bereits verloren. Gegen das größte Flottenaufgebot aller Zeiten stachen ganze drei Zerstörer mit einer kleinen Schar Schnell- und U-Booten in See, deren Opfer sinnlos erscheint. Die Invasionstruppen hatten sogar riesige Andockanlagen über den Kanal mitgeschleppt, wodurch das Konzept der Verteidigung von Küstenhäfen zusammenbrach.

Grube hört die nüchtern formulierten Sätze, die von einer Siegesfanfare weit entfernt sind. Was sie allerdings in ihm, der diese Orte kennt, hervorrufen, übersteigt die blutigen Bilder der verschmorten Fallschirmspringer und der baumelnden Trauben toter Pioniere. Er begreift, daß die Normandie schon verloren ist. Wie aus der Stratosphäre fällt sein Blick auf das ganze von Deutschen besetzte Westeuropa, in das soeben eine neue, riesige Axt einhackt. Ihre Schneide bricht es auf, hebt es aus den Angeln. Grube kann das schreckliche Geräusch fast hören.

Ein Gedanke übertönt alles. Man muß nichts von Kriegführung verstehen, um zu begreifen, was die Antriebskraft des gewaltigen Fallhammers ist, der den westlichen Verbündeten Menschenopfer in so ungeheurem Ausmaß wert ist. Die Angst, die auch er mit ihnen teilt, daß noch vor ihnen die in volle Fahrt gekommene Dampfwalze der Roten Armee Europa unaufhaltsam applaniert. Wie dem auch sei: Daß man sich aus dieser tödlichen Umklammerung mit irgendeinem Separatfrieden davonschwindeln könnte, ist eine Mär für Idioten Marke Kleinburger. Die Nachrichten sind zu Ende, Grube zieht den Stöpsel aus der Badewanne und flüstert wiederholt vor sich hin, als könnte er das über Nacht vergessen.

«Das Reich ist im Arsch, im Arsch, im Arsch...!»

Das Wasser fließt ab, und er verläßt das Bad. Um sieben Uhr morgens wird er mit einer Flasche Schnaps dorthin zurückkehren, um sich vergeblich von neuen dreißig Leichen zu reinigen. Und dazu gerade heute Franzosen! Im Schlafzimmer begrüßt ihn der beißende Geruch von Rum. Monika liegt in ihrem schilfgrünen Kleid, in dem sie so gern auf Männerjagd geht, auf dem aufgedeckten Bett, das Gesicht zur Decke gerichtet. Grube erlebt eine Sekunde des Grauens, ehe er sich bewußt wird, daß er ihr die giftige Kapsel unlängst heimlich gegen eine unschädliche ausgetauscht hatte. Er überzeugt sich, daß sie atmet. Dann entkleidet er sie, ganz vorsichtig, auch wenn er weiß, daß sie aus ihrem Rausch erst am späten Nachmittag erwachen wird.

Liebling, Monika, es ist traurig, aber nur wenn du so besoffen, bewußtlos träumst, ich weiß nicht wovon, nur dann gehörst du mir. Ich küsse dich zärtlich und bekenne dir laut meine Liebe, wie es die Rolle des Hurenbocks nicht zuläßt, die ich spielen muß, damit du ohne Gewissensbisse deinen zahllosen Liebhabern nachlaufen kannst und mir dabei nicht wegläufst.

Ich leide, aber das ist wahrscheinlich meine Art des Glücks, oft hasse ich dich, und das ist wohl meine Art der Liebe, denn ruhig bin ich nur, wenn ich dich sehe, auch wenn du, wie jetzt schon wieder, in einen anderen vernarrt bist. Mir scheint, daß nach allem, wobei ich je versagte, und nach allen, die ich je verraten habe, meine vergebliche Liebe zu dir das einzige ist, was aus mir noch einen Menschen macht.

Ich bin schlimmer als Kleinburger und Weißmüller, gerade weil in mir weder Verstand noch Gefühl abgestorben sind. Meine Feigheit wird in sechs Stunden mit weiteren dreißig Leben erkauft. Wie die Schützen werde auch ich mir einreden, ich hätte keine andere Wahl gehabt, da diese dreißig ohnehin hätten sterben müssen, und ich höchstens gleich nach ihnen. Aber habe ich nur einmal den kleinsten Versuch unternommen, auszusteigen? Würde er mich tatsächlich so viel kosten? Sind wirklich alle Deutschen wie ich? Soll ich es nicht noch heute versuchen?

Nein, ich versuch's nicht, Monika, Liebling, weil ich mir zu all dem noch einrede, ich sei nur deshalb auf der Welt, damit dir nichts passiert, damit ich wenigstens dich aus dem Reich des Schreckens in die Sicherheit des Friedens führen kann, um jeden Preis! Und so werde ich mich wieder aufmachen und ihnen die Urteile verlesen und ihre Todesangst erleben und in mich hineinkotzen, wenn Weißmüller sie martert, und dir dann, wenn ich aus meinem Suff erwache, vormachen, ich wäre noch in Kolatscheks Nobelpuff gewesen.

Grube hört den Pfiff des Zuges, der weitere zweitausend Ghettojuden ins Unbekannte liefert, über das man so manches hören kann, worüber man lieber nicht nachdenken will, umarmt die regungslose Monika und, wie jede Nacht vor den Hinrichtungen, sucht er bei dem Brauch der schlesischen Vorfahren Zuflucht, der ihm, von der Mutter überliefert, aus der Hamburger Kindheit im Gedächtnis geblieben ist: Um einzuschlafen, zählt er herzige Schäfchen, die eine schmale Brücke überqueren, während über dem rasenden Planeten herzlose Sterne dahinziehen. Wenn er, wie oft, wach bleibt und bei etwa zwanzigtausend angekommen ist, wird er aufstehen und sich zum Schlachtplatz begeben.

Den Pfiff hört in der Sanitätsbaracke SS-Mann Heinrich B. Auch er hatte schon gehört, was dieser Zug befördert, und ist verzweifelt. Er ist neunzehn, wurde vor sechs Monaten gleich nach der Buchhändlerlehre gemustert und wegen seiner Länge zur SS eingezogen. Nach der Grundausbildung wurde er sofort hierher abgestellt. Zweimal hatte man ihn bisher zu Hinrichtungen eingeteilt, und zweimal hatte er mit Erfolg heimlich Abführmittel genommen. Heute jedoch waren die Kameraden bereits bissig, und der Kompanieführer durchsuchte, zum Glück erfolglos, seinen Spind. Auch diesmal wird er sich nicht gegen das fünfte Gebot versündigen, aber was beim nächsten Mal? Er muß einfach versuchen, knapp daneben zu zielen! Von dreien kann doch einer das Ziel verfehlen, und dieses blonde Schwein von Untersturmführer soll ihnen gleich darauf den Schädel dermaßen zerschießen, daß ein vorheriger Fehlschuß nicht mehr auffällt. Heinrich B. betet, daß er überlebt. Er schwört seinem Gott, Schriftsteller zu werden, um Zeugnis abzulegen, wie tief eine ruhmreiche christliche Nation herunterkommen konnte.

Den Nachtdienst in der Festung übernahm um sechs Uhr abends der Scharführer Kurt W., Stabsschreiber. Nachdem die Offiziere gegangen sind, kann er endlich sein Kollegbuch aufklappen. Wie immer auch der Krieg ausgehen mag, er will Diplomat werden, denn die Diplomatie, glaubt er, sei die heimliche Macht, die die Welt regiert. Daß er dazu Talent hat, beweist er täglich damit, nichts zu sagen, nichts zu hören und nichts zu sehen außer den Meldungen, die er jedoch nur übernimmt und weitergibt. Kurt W. hat es durch einen Irrtum hierher verschlagen, seine Eltern gehörten in Österreich zu den Gegnern des Anschlusses. Er schwört sich selbst, sollte er alles wie bisher überleben, würde das in seinem Gedächtnis für immer verhallen, wie soeben dieses gespenstische Pfeifen des Zuges abklingt, über den hier hinter vorgehaltener Hand so viel geredet wird. Er erfüllt nur seine Pflicht und studiert eifrig, um ganz dabei zu sein, wenn sein Volk den Sieg festigen oder aber die Niederlage wird verkraften müssen.

Den Pfiff hört auch Christine. Sie knipst das Licht aus, bei dem sie die «Jugend» doch noch ausgelesen hatte; die Tragödie hat sie erstaunlicherweise beruhigt, im Vergleich mit der armen Anna ist ihr doch nichts, aber auch nichts passiert! Sie zieht das Verdunklungsrollo hoch und öffnet das Fenster. Sie grüßt die Grillen und lehnt sich auf das Fensterbrett wie in einer Theaterloge. Anstelle einer Ouvertüre erklingt das Stakkato der Dampfstöße. Ganz in der Nähe fährt wieder ein schwerer Zug an, die Lokomotive gewinnt an Fahrt, und ihr Keuchen nähert sich. Christine denkt an all das, was sich zwischen den beiden mitternächtlichen Zügen ereignet hatte.

Zum ersten Mal war sie mit ihrem Vater aneinandergeraten und hatte in diesem Zusammenstoß, den sie seit Jahren gefürchtet hatte, weil er bei ihrer beider Natur einmal kommen mußte, den Sieg errungen. Zum ersten Mal war sie auf eine Rivalin gestoßen, erfahren, anziehend und hinterlistig, und hatte sie nahezu aus dem Sattel gestoßen. Zum ersten Mal hat sie sich verliebt, sogar gleich unglücklich, verlor aber dabei nicht ihren Stolz, nein! sie war eines ganz großen Abgangs fähig. Und zum ersten Mal hat sie nicht wenig riskiert, um einem Nächsten zu helfen.

Die Pfeife des Zuges, dessen Räder sie jetzt über die Gleisanschlüsse hinweg dicht hinter dem Wall rattern hört, wird ihr zum schrillsten Akkord des ganzen Tages. Christine sieht die Tänzerin mit der Mutter und den Schwestern in einem hell erleuchteten, wenn auch jetzt verdunkelten Zugabteil, wie sie es selbst so sehr liebte, als einen Ausdruck ihrer Sehnsucht nach der Ferne. Eines Tages wird sie gewiß erfüllt werden; wenn es keinen Gott gibt, wie sie heute aus Liebe beschloß, dann gibt es bestimmt eine Gerechtigkeit, denn irgend etwas muß doch die Welt lenken!

Christine ist sich sicher, daß auch Anna jetzt an sie denkt, und mehr noch: Daß Annas Mutter das unbekannte deutsche Mädchen segnet, das sie alle zusammenführte. Christine stellt sich vor, wie bald nach dem Krieg die berühmte Anna Ballontay aus ihrer neuen Heimat wieder nach Berlin kommen wird, und die erste, die sie in ihre Vorstellung einlädt, wird sie sein – wer sonst? Dann lädt Christine sie in die Ehrenloge des Olympiastadions ein, wo sie vor ihr den Rekord brechen wird! Dummer Wolfi, du wirst das Objekt deiner heutigen Leidenschaft höchstens im Tingeltangel eines Hafens wiedersehen.

Sie zählt gerade den sechsundfünfzigsten Waggon, als sich das Trommeln der Räder in den Geigen der Grillen zu verlieren beginnt. Sechs und fünf ist elf, eins und eins – wieder die glückliche Zwei! Christine wird sich bewußt, daß es jetzt irgendwann Mitternacht sein muß. Spätestens in einigen Minuten ist sie achtzehn. Feiert sie das wirklich allein? Oder sperrt sie auf und geht doch noch zu den Eltern hinunter? Sie wendet sich unentschieden vom Fenster ab. Auf dem Tisch schimmert hell der Brief an den Führer, der seinen Sinn verloren hat. Soll sie ihn verbrennen oder als Andenken an diesen denkwürdigen Tag aufbewahren? Ehe sie sich darüber klarwerden kann, erklingt Musik.

Eine echte Musik! Christine erkennt Violine und Baßgeige, aber woher sollten die kommen? Sie wendet sich wieder zum

Fenster und sieht: Auf dem Rasen, in dem der nächtliche Tag kaum die gestrigen Spuren geglättet hat, stehen zwei Männer in Uniform, die so wenig zu ihren Instrumenten paßt. Aber sie sind da und spielen eine Melodie, die sie hier schon gehört hat. Nur das Instrument, von dem sie kam, war diese widerliche...

... Mundharmonika! die soeben aufs neue zu dem allnächtlichen Refrain ansetzt.

«Mit dir, Lili Marleen, mit dir, Lili Marleen!»

Aus dem Schatten der Bäume am Schwimmbecken taucht auf und hinterläßt im kaum aufgerichteten Gras auch seine Spur der miserable Cherub, der die Frechheit hat, sich ihrem Fenster zu nähern und auf jenem Gegenstand zu musizieren, der ihn des Verrats überführt hatte. Schon ist er hier, bei seinen Begleitern, und im diffusen Licht der Scheinwerfer auf den Wällen sieht Christine, daß er dazu noch fröhlich grinst, wenn er mit seinen verdammten Lippen schamlos über das schimmernde Blasding fährt, als küsse er sie von fern, der Schuft!

Christine stand nicht am Fenster und war glücklicherweise nicht der ersten Neugier erlegen, sie bleibt mitten im Zimmer, wo sie in der Dunkelheit nicht gesichtet werden kann. Helle Freude durchströmt sie, und zunächst denkt sie, komisch! ausgerechnet an die Grube. Schade, daß deren Fenster auf die andere Seite hinausgehen! Und sie findet auch gleich die richtigen Lösungen: Sie wird den Brief für Anna aufheben, und mit der eigenen Seligkeit bleibt sie bis zum Morgen allein, um sie weder mit einer billigen Geste noch mit einem falschen Wort zu zerstören. Dieser Tag soll für immer ein Teil von ihr bleiben!

Sie hört sich zwei weitere Strophen an und erfährt, wie Energie in sie einströmt. Sobald es mir besser geht, beginne ich mit dem Turmspringen! nimmt sie sich vor. Das ist was für mich, Sport und Kunst in einem. In einer Woche werde ich euch allen auch ohne Ballett zeigen, wer hier die Beste ist!

Dann geht sie zur Tür, dreht mäuseleise den Schlüssel im Schloß um und öffnet. Ein Lichtstrahl vom Flur muß dem Liebling bis morgen genügen, soll er sich nur weiter anstrengen! Wie ein Geist läuft Christine die Treppe hinunter, am Schlafzimmer der Eltern vorbei, betritt die Küche, holt aus der Backröhre den Schlüssel heraus und schließt die Speisekammer auf. Da liegt, in voller duftender Schönheit, ihre Geburtstagstorte.

Mit zwei faustdicken Stücken in beiden Händen kehrt sie in die Dachkammer zurück, in die noch immer das Lied dringt. Sie setzt sich an den Tisch, sieht mit Genugtuung, wie über dem steilen Wall ihr zu Ehren der Vollmond aufgeht, beißt die Zähne in den glänzenden Kakaoguß, einmal rechts und einmal links, und schluckt die süßen Bissen genüßlich hinunter. Erst jetzt bemerkt sie, welch schrecklichen Hunger auch sie hatte.

XX

Samstag, 4. 6. 1966, am späten Nachmittag

Die letzte Besichtigung geht zu Ende, die Reiseleiterin bringt die Gruppe ehemaliger französischer Résistance-Leute vor das Eingangstor. Der Chauffeur des Luxusbusses aus Paris reicht vom Dach prächtige Kränze herunter, die mit der Trikolore umwunden sind und an den Gräbern niedergelegt werden sollen. Die Grabsteine ziehen sich von den Festungswällen bis zu der neuen Staatsstraße, auf der reger Verkehr pulsiert. Sie sind alle gleich, und niemand liegt darunter. Die Toten wurden verbrannt, die Asche trug der Fluß fort.

Chrystle kommt mit den Franzosen heraus. Sie hatte sich ihnen angeschlossen, um nicht unnütz Aufmerksamkeit zu erregen, sollte sie vielleicht ihre Gefühle nicht beherrschen können. Die fremde, ihr unbekannte Sprache schuf einen Paravent, hinter dem die eigenen Erinnerungen und Gedanken ungestört umherschweifen konnten. Jetzt holt sie ihren bescheidenen Blumenstrauß aus der schwarzen Limousine, die ihr das Prager Ministerium für Außenhandel zur Verfügung gestellt hatte. Zuvor streift sie die Handschuhe über, um die überlangen Fingernägel zu schützen, ihr Schmuck, seitdem sie es sich abgewöhnt hatte, daran zu kauen.

Der Fahrer bietet sich ihr bereitwillig als Träger an. Freundlich winkt sie ab: Sie möchte allein bleiben. An diesen Augenblick hatte sie sich seit dem Tag geklammert, als ihr Mann ihr vergnügt erklärte, er solle in Prag über die Einfuhr von Coke verhandeln. Als amerikanischer Jude haßte er von ganzem Herzen, gleich nach den Nazis, die Kommunisten, die er für die Schürer eines neuen Antisemitismus hielt. Er war jedoch ein Pragmatiker. Lehne ich ab, sagte er zu Chrystle, hat Pepsi den Markt. Ich liefere ihnen unsere Coke lieber so günstig, daß ihnen der Marxismus aus der Nase herausschäumt! Da die Reise kurz vor ihrem runden Geburtstag vonstatten gehen sollte, lag es auf der Hand, daß er sie mitnahm.

Die entscheidende Verhandlung läuft gerade, obwohl Samstag ist. Gestern waren sie von den Ministeriumsleuten zum letzten Abend des Musikfestivals eingeladen worden, das mit slawischer Sentimentalität Prager Frühling benannt wurde. Aber auf dem Programm stand ihre geliebte Neunte, und von der Aufführung war sie hingerissen. Bei den Tschechen hatte sie ein solches Verständnis des deutschen Geistes nicht erwartet; gehörten sie also doch eher zu Europa? Isaac war sogar kein einziges Mal eingenickt.

Beim Dinner dann aber, im protzigen Olympia-Grill, wo ihnen der Koch hinter verglaster Küchenwand ein leidliches Chateaubriand zubereitete, ließen die Gastgeber die bekannte Litanei über die nazistischen Greueltaten vom Stapel. Damit sollte wohl ein für das Geschäft günstiger Eindruck erweckt werden, die Amerikaner verbinde mit den Tschechen trotz gegensätzlicher politischer Systeme die gleiche Abneigung gegen die Deutschen. Isaac amüsierte sich hinter ernster Miene wieder einmal königlich. Er war kein Spielverderber und verriet nicht, daß seine Chrystle aus München stammt.

In der Bar des Hotels Alcron, wo er mit ihr den letzten Drink nahm, weil sie der amerikanische Botschafter gleich bei der Ankunft auf Zimmermikrophone aufmerksam gemacht hatte, wunderte er sich nachträglich, daß Chrystle jenes Gespräch selbst genährt und dann noch die Einladung der Tschechen zum Besuch eines der Vorzeigeorte angenommen hatte, die an die deutsche Schreckensherrschaft erinnern sollten. Höflich lehnte sie zwar irgendein Dorf ab, das angeblich dem Erdboden gleichgemacht worden war, wählte dann doch eine Festung, in der Widerstandskämpfer aus ganz Europa gefangengehalten und angeblich auch hingerichtet worden seien.

Sie versicherte Isaac, daß ihr das nichts ausmache und seine Position bei den Verhandlungen stärken müßte, was er verstand. Sie lehnte jegliche Begleitung ab, weil sie sich das propagandistische Gefasel ersparen wollte. Der Fahrer, der nur tschechisch konnte, war informiert, daß die schwerreiche Amerikanerin zuerst in der Kreisstadt anhalten wollte, um frische Blumen zu kaufen. Die Verhandlungen über den Import des bittersüßen Sirups nahmen inzwischen einen freundschaftlichen Verlauf: Isaac setzte nahezu alle Positionen des Firmenangebots durch.

Die Stadt mit dem unaussprechlichen Namen Lítomořice verwirrte Chrystle. Sie erinnerte sich an Straßen voller Cafés und Geschäfte, wo man auch während des Krieges naschen und schöne Sachen einkaufen konnte. Jetzt fand sie ein schmutziges Nest, durch das ununterbrochen an halbleeren Auslagen Autos mit Mischbeton vorbeipolterten. Im einzigen Blumenladen brachte man mit Müh und Not ein ärmliches Bündel Feldblumen zusammen, von denen sie hier einst auf den umliegenden Feldern ganze Arme voll gepflückt hatte.

Als sie sich dann der Festung näherten, wurde ihr plötzlich bewußt, daß sie durch das frühere Ghetto fuhren, in dem sie damals nie gewesen war. Die ursprünglich theresianische Militärsiedlung glich, was die Einöde betraf, der Kreisstadt wie ein Ei dem anderen, nur vor den schäbig aussehenden Kneipen standen meist betrunkene Zigeuner herum. Bei der Erinnerung an die auf Hochglanz polierten deutschen Städtchen, die sie vorige Woche wiedersah, bemächtigte sich ihrer hämische Freude. Das Land der Sieger, zu denen sich gestern die ministeriellen Tschechen beim Slibowitz selbst ernannt hatten, ähnelte auffällig dem Deutschland der ersten Nachkriegsjahre – vielleicht bis auf die Ruinen. Dazu verfielen hier jedoch bereits die ungepflegten Häuser. Ja, es gab eine Gerechtigkeit!

Als sie dann zusammen mit der Gruppe Franzosen durch das Eingangstor der Festung den Seitenhof betrat und die blühenden Linden erblickte, die das Herrenhaus verdeckten, verließen sie alle bösen Gefühle. Die Vergangenheit schlug über ihr zusammen wie das bläuliche Wasser der Swimmingpools in Florida, in die sie sich nach wie vor so gern von hohen Sprungtürmen fallen ließ, wie es ihr vor vielleicht hundert Jahren gerade hier jener Junge gezeigt hatte... mein Gott, wie hatte sie ihn nur getauft...? Ach, ja doch!

Das Becken gab es hier noch immer, ohne Wasser und voller Brennesseln, wild aus den geborstenen Wänden wuchernd. Im Haus residierte hinter staubigen Fenstern irgendeine heimische Behörde. Dafür waren die Gefängniszellen, die sie jetzt zum ersten Mal betrat, blankgeputzt und fast gemütlich, entschieden bewohnbarer, dachte sie, als das feuchte und dunkle Kellerloch eines halb zerbombten Hauses in München, in dem sie mit der Mutter bis zum Frühjahr siebenundvierzig kläglich vegetieren mußte, ehe sie der brave Sergeant Honey daraus befreite.

Die ehemalige Hinrichtungsstätte war in eine Bühnendekoration verwandelt worden, die Gefühle anheizen sollte. Der Galgen, die Pfähle und die Holzwand dahinter, alles war säuberlich gereinigt und mit farblosem Lack überzogen, damit dem Auge keines der steckengebliebenen Geschosse entgehen würde. Chrystle beneidete die französischen Frauen, die sich gehen lassen und Tränen vergießen konnten. Sie durfte hier nicht weinen.

Die moralischen Qualitäten ihres Vaters, der, wie sie wußte, nur die Gerichtsurteile ordnungsgemäß ausführte, bewiesen sich am überzeugendsten in den letzten Kriegstagen. Als er Anfang Frühjahr fünfundvierzig Frau und Tochter befahl, aus dem feindlichen Land zu Verwandten nach Bayern zu fahren, blieb er, um die Absicht der Prager Gestapo zu verhindern, die übriggebliebenen Gefangenen vorzeitig zu töten. Durch sein Verdienst wurden nur noch ein paar Dutzend tschechischer Banditen exekutiert, deren Frist gerade abgelaufen war. Hunderten anderer rettete er noch einmal das Leben, als er die Festung dem Schweizer Roten Kreuz öffnete und den Kampf gegen die Typhus-Epidemie organisierte, die sie noch früher als die Kugeln dahinzuraffen drohte.

Es gelang ihm sogar, die eigenen Leute rechtzeitig vor der russischen in die amerikanische Gefangenschaft zu schaffen. Sie haben es ihm übel gelohnt. Der zuständige amerikanische Militär-Staatsanwalt war ein scharfer Hund, der in jedem höheren SS-Offizier einen Mörder sah. Er tobte, als er dem Kommandanten dieser Festung keine einzige Tat nachweisen konnte, die nicht durch das Gesetz gedeckt war. Um so härter quetschte er dessen Untergebene, allen voran den ehemaligen Stellvertreter, aus, der für die Aussicht, den eigenen Kopf zu retten, genau das lieferte, was gefragt war.

Der Fall der bekannten ungarischen Primaballerina wurde gewaltig aufgeblasen. Der Pflichtverteidiger bot erfolglos die Zeugenaussage der Tochter und der Ehefrau an, der Kommandant selbst habe die Rückkehr der Künstlerin zu ihren Angehörigen angeordnet. Diese sind nicht gefunden worden, und einen angeblichen Bittbrief an Adolf Hitler, der nie abgeschickt worden war, hielt man für eine primitive Fälschung. Der kalligraphische Eintrag des Magazinverwalters genügte dagegen dem Gericht als Beweis, daß die Vermißte des Kommandanten persönliche Gefangene gewesen sei. Der Stellvertreter krönte den Verrat mit der Behauptung, die

Tänzerin, die er selbst bewundern konnte und zu retten versuchte, sei auf Befehl des Vorgesetzten von einem berüchtigten, jetzt flüchtigen Kriegsverbrecher zur Liquidation abgeführt worden.

Niemand konnte damals die volle Wahrheit aufdecken, und der ehemalige Festungskommandant wurde für dieses einzige bewiesene Verschulden zum Tod durch den Strang verurteilt. Sein letzter Wille war, Frau und Tochter nicht mehr sehen zu müssen. In einem Brief, den Chrystle noch lange Jahre auswendig kannte, erklärte er ihnen zum Abschied, er wolle in ihrer Erinnerung so bleiben, wie sie ihn gekannt hatten, nicht als ein heruntergekommener Sträfling.

Was sie nie erfuhren: Sein letzter innerer Streit galt der Frage, ob er ihnen jene Verunsicherung offenbaren sollte, die ihn jetzt unausgesetzt bedrückte: Er hatte für den Fall Anna Ballontay keine Entschuldigung. Und gerade diese Lücke in seinem Gewissen brachte ihn auf den Gedanken, daß er vielleicht doch kein «grausamer Ehrenmann» war, sondern nur ein williges und dazu auch noch feiges Rädchen in einer verbrecherischen Todesmaschinerie. Doch die Vorstellung, den Heißgeliebten nur diese erschreckende Leere zu vermachen, war noch schlimmer als der demütigende Tod am Galgen. Er schrieb nichts mehr.

Weder haben sie jemals erfahren, wo er sein Leben aushauchte, noch wo er begraben wurde. Dafür gab man ihnen korrekt die große Nickeluhr zurück und die Gewißheit, mit ihm starb ein Held. Was Chrystle dann vor der Versuchung schützte, an Auschwitz und ähnliche Legenden der von Juden aufgehetzten Sieger zu glauben.

Gottes Mühlen mahlten diesmal schnell. Der Stellvertreter wurde im Kriegsgefangenenlager von Unbekannten fast zu Tode geprügelt. Der erkenntliche Staatsanwalt gestattete, daß seine Frau ihn im Gefängniskrankenhaus besuchen durfte.

Statt dessen, so erfuhr es Chrystle auf Umwegen später, schickte ihm diese Dirne einen Brief, ein emigrierter Jude, den sie schon immer geliebt haben wollte, sei als Besatzungsoffizier zu ihr zurückgekehrt; sie habe die Scheidung bereits mit der Begründung beantragt, ihren Mann nur aus Angst geheiratet zu haben, weil er sie sonst wegen abgefangener Briefe ihres Verlobten ins KZ zu bringen drohte. Er las zu Ende und zerkaute eine gut versteckte Giftkapsel.

Der schreckliche Tod ihres Mannes hatte Chrystles Mutter völlig gebrochen. Sie verließ den Kellerraum nicht mehr, der ihnen als armselige Unterkunft diente, achtete nicht mehr auf ihr Äußeres. Chrystle kämpfte vergeblich gegen diesen Verfall. Der Verteidiger ihres Vaters, dem sie gefiel, besorgte ihr Arbeit als Serviererin in der Kantine des Militärgerichts. Dort erholte sie sich langsam von ihrer Unterernährung und durfte auch der Mutter allerlei Reste mitnehmen. Dort wurde sie auch, wie schon von einigen seiner Kameraden vor ihm, von dem nicht mehr jungen, aber braven Sergeant Honey entdeckt, der sich in sie bis über beide Ohren verliebte. Er war der erste und einzige, der um ihre Hand anhielt.

Er war in das Herz Europas unmittelbar aus dem Herzen Amerikas gekommen, schon das Wort Oklahoma duftete nach Romantik und Reichtum. Mit ihm hatte ein Märchenprinz die Kellerhöhle betreten. Der Mutter konnte jedoch auch er nicht mehr helfen. Eines Nachts, als sie aus einem Tanzlokal zurückkehrten, wo sie auf andere Gedanken kommen sollte, fanden sie die Arme tot vor. Das einst wunderschöne, inzwischen fettig verklebte, aber noch immer überlange Haar hatte ihr als Strang gedient. Es schien, als wolle sie das Reich der Schatten durch das gleiche Tor betreten wie der geliebte Gatte, um ihn leichter zu finden. Chrystle ließ sie verbrennen und streute die Asche bei Passau in die Donau, so ungerührt, als löste sie sich damit von ihrer ganzen Vergangenheit.

Der brave Sergeant Honey erreichte schließlich, daß er das verwaiste deutsche Mädchen heiraten durfte. Nach dem Vornamen – sie hatte sich längst selbst «Chrystle» genannt – änderte sich nun auch ihr Nachname. Er duftete jetzt nach Honig, aber das war für die nächsten endlosen neun Jahre die einzige Süßigkeit, die er ihr gönnen konnte. Die geheimnisvollen Namen Muskogee und Tahlequah bezeichneten verschlafene Siedlungen voll halbdebiler Indianer, und die der Familie Honey gehörende Cherokee-Transport Inc. besaß ganze drei klapprige Lastwagen.

Nur dank dem Glauben an eine höhere Gerechtigkeit, den Chrystle nie aufgab, und der Vision einer Sportkarriere, für die sie sich hartnäckig fit hielt, war sie fähig, diese Dürre mit unversehrter Seele zu überleben. Zum braven Ex-Sergeanten war sie lieb und betrog ihn nicht, es gab hier auch niemanden dazu. Der Himmel belohnte sie: Die Ehe blieb kinderlos. Als eine Belohnung wagte sie – inzwischen zu einer eifrigen Christin geworden – es nicht anzusehen, wie ein Herzinfarkt Honey mit fünfundfünfzig ins Grab brachte.

Sie war dreißig. Die Firma, die sie beide mit eng geschnalltem Gürtel anständig hochgebracht hatten, verpachtete sie vorteilhaft und ging nach Chicago. Den Traum vom Wettkampfsport im Turmspringen hatte sie längst aufgeben müssen, der Kampf um die Existenz kostete sie ihre ganze Energie. Sie wollte nach Deutschland zurückkehren. Die inzwischen eingetretene Entwicklung hatte eine sich zunehmend vertiefende Kluft zwischen den einstigen Alliierten zur Folge, so wie es der Vater vorausgesehen hatte. Die Russen galten bereits als Feinde, und ihr winkte die Hoffnung, seine postume Rehabilitierung zu erreichen.

Zuvor hatte sie Isaac Feuerstein auf einem Wohltätigkeitsfest in New York kennengelernt, das zu Silvester 1956 Coke für ungarische Flüchtlinge veranstaltete. Die Familie eines

Freundes von Honey aus den Kriegsjahren hatte sie zu Weihnachten eingeladen. Spät in der Nacht stellte man ihr einen Mann vor, der ihrer ersten Liebe auffällig ähnlich sah: Genauso gut gewachsen und gutaussehend, nur seine Haarkräusel waren kohlrabenschwarz wie seine Augen. Luzifer! nannte sie ihn im Geiste.

Er sagte ihr, sie sei der erste Mensch, mit dem er seit dem Krieg deutsch spreche. Sie sagte ihm, die Sprache sei doch unschuldig. Er erwiderte, die deutsche habe ihre Unschuld verloren, seit sie den Befehl aussprach, seine Glaubensgenossen, die europäischen Juden, auszurotten. Sie erwiderte, schon ziemlich gereizt, daß sie gerade mit Hilfe ihrer Muttersprache eine seiner ungarischen Glaubensgenossinnen retten konnte. Das zu erklären und sich mit ihm auch nur weiter zu unterhalten, lehnte sie ab und ging gleich darauf.

Ihren Lebenslauf hatte schon vor der Hochzeit der brave Honey vorsorglich im Fragebogen umgedichtet, um ihnen beiden unnötige Probleme zu ersparen. Er machte den vermeintlichen Justizmord damit wieder gut, daß er dem Vater ein Ende zuerkannte, wie der es sich nach Meinung der Tochter, die Honey überzeugte, für seine Anständigkeit weit eher verdient hätte: Den Tod aus der Hand von Feldgendarmen, als er, ein ritterlicher Wehrmachtoffizier, es abgelehnt haben sollte, ein altes deutsches Städtchen sinnlos zu verteidigen und dabei zerstören zu lassen. Luzifer erkundigte sich nach ihr ausführlich, erfuhr auch diese Geschichte und flog nach Chicago, um sich mit einem riesigen Rosenstrauß zu entschuldigen. Sie nahm ihn unter der Bedingung an, niemals mehr über das Vergangene zu sprechen. Sie blieb in Amerika, das ihr jetzt sein sonniges Gesicht zeigte, den solcherart gerächten Vater ließ sie ruhen.

Als sie ein Jahr später heiratete, war auch die Frau des Vizepräsidenten der Vereinigten Staaten dabei. Niemand fiel auch nur im Traum ein, Isaac Feuerstein könnte sich eine Nazi-Deutsche nehmen. Englisch sprach sie besser als er, dessen Eltern Bismarck mehr verehrten als Lincoln. Isaac wurde Chrystles erster echter Liebhaber, er rief ihre Leidenschaft wach. Das brachte es mit sich, daß sie dann auch so manche Vorurteile über die Juden aufgab, bereit, deren Mitschuld an Vaters Tod zu vergessen. Auf Diskussionen ließ sie sich auch später nicht ein. Und die schwer erklärbare Taschenuhr aus des Führers Hand warf sie lieber gleich auf der Hochzeitskreuzfahrt ins blaue Meer des Bermudadreiecks. Sie hatte es gelernt, nur nach vorne zu leben.

Etwa ein halbes Jahr später fand sie im Briefkasten einen anonymen Brief aus Paraguay, darin Ausschnitte aus einer alten Nummer der «Newsweek» mit einem großen Doppelporträt der jungvermählten Feuersteins. Dem war ein Amateurphoto irgendeiner Plantage beigefügt, über der sich gerade Blitze kreuzten. Auf der Rückseite stand groß auf Deutsch. DA LACHEN DIE WALDLER!

Augenblicklich erinnerte sie sich der verworrenen Begegnung am sonnenüberfluteten Schwimmbecken, wo sie ihre erste Sehnsucht traf. Wie war sie doch an jenem Tag töricht und klug, feige und mutig, verzweifelt und dann auch glücklich gewesen! Wie wonnevoll verbrachte sie damals den Rest ihrer Regel, unter der sie bis heute meistens schwer zu leiden hatte. An jenem Tag hatte die Befreiung Westeuropas begonnen, auch ihr Mann, weiß sie jetzt, war dabei, doch ihr schien, die ganze Welt sei verrückt vor Erwartung, wann sie sich endlich ihrem Ersten hingeben würde. Am Freitagabend, als sie schon fast wieder in Ordnung war, kam er wirklich, aber nur, um sich in aller Eile zu verabschieden. Man hatte seinem früheren Ersuchen stattgegeben, er war frisch zum Obersturmführer befördert und sollte sich in einer Stunde zu seiner neuen Einheit in Richtung Balkan in Marsch setzen.

In dieser Stunde waren sie zu nichts anderem fähig, als sich verzweifelt zu küssen. Die Hände irrten in fiebernder Ratlosigkeit über die Körper, die ihnen beiden verlorengingen, noch ehe sie sie entdeckt hatten. Sie schwor ihm, nach dem Sieg am ersten jeden Monats Punkt zwölf unter dem Brandenburger Tor zu warten. Er nickte nur, und in seinen scheinbar so kalten Augen glänzten Tränen. Dann reichte er ihr wortlos seine Mundharmonika und ging für immer.

Nach Berlin war sie nach dem Krieg nicht mehr gekommen, und, wie sie vermuten konnte, auch er nicht. Das kleine Instrument, das sie monatelang im Büstenhalter trug, hatte ihr vor Wut ein schwarzer MP gestohlen, als sie sich mit Kratzen und Treten aus seiner Umarmung befreite. Eigentlich nur, um ihre Jungfräulichkeit bald einem netten und lustigen US-Fliegeroffizier zu schenken, der sie als erster zu einer Tanzparty eingeladen hatte; er dankte es ihr mit zwei Dosen Cornedbeef, die sie, wie ähnliche Gaben der Nachfolger, dringend für die Mutter brauchte. Aber auch in schlimmsten Zeiten schlief sie nur mit Männern, die ihr gefielen oder zumindest so brav waren wie Sergeant Honey.

An all das denkt Chrystle Feuerstein in diesem Augenblick, als sie am Mittelpunkt des symbolischen Todesfeldes ankommt. Weit von ihr entfernt legen die Franzosen Kränze auf den Gräbern nieder, die ihren Mitstreitern oder ihren Lieben geweiht sind. Sie steht vor einem Stein, der in vielen Sprachen davon kündet, daß er die Stätte der ewigen Ruhe all derer vertritt, die an unbekannten Orten verwest sind oder die die Flamme des Krieges hatte zu Asche werden lassen.

Auch sie hat ihre Toten ohne Gräber, für die sie hier den Strauß niederlegt, heimlich, unter Feinden. Und ihre Toten sind ebenso der Liebe wert und auch der Rache. Ach nein, das nicht, ihrer war schon genug! Rache zeugt nur Rache, und wenn das die anderen nicht schaffen, sagt sie sich in großherziger Demut, dann mögen es wir, die Deutschen sein, die wieder einmal der Welt ein Beispiel geistiger Größe geben, indem sie das Vermächtnis ihrer Genies in die Tat umsetzen, wie es ihr seit gestern in den Ohren klingt.

«Seid umschlungen, Millionen,
diesen Kuß der ganzen Welt...!»

Im Herzen von Chrystle Feuerstein herrscht Frieden, als sie zu der Staatskarosse geht, um zu Luzifer zurückzufahren und morgen mit ihm über den großen Teich den beiden gemeinsamen kleinen Teufelchen entgegenzufliegen und ihrem, ach ja, nun leider schon vierzigsten Geburtstag. Aber: Der Himmel ist blau, das Leben reich, und die Zukunft liegt immer noch vor ihr! Das Auto verläßt die Brücke über den einstigen Wassergraben und löst sich langsam in bläulichem Dunst wie ein Trugbild auf, das es auch war.

Auf dem Brückengeländer sitzt der Mann, der sich das alles so vorstellt. Er beobachtet dabei, wie die Sonne, die gerade hinter der Festung versinkt, sie in einen riesigen schwarzen Scherenschnitt verwandelt, längst nicht mehr von gestreiften Grasmähern gestört. Der Mann wird erst in zwei Jahren und zwei Monaten vierzig, genau am vierundzwanzigsten Jahrestag des mißglückten Attentats auf Adolf Hitler; ein Jahr später wird an demselben Julitag das Raumschiff Apollo XI mit den ersten Menschen, Amerikanern, auf dem Mond landen. Der Mann nimmt auch dergleichen zufällige Zusammenhänge wahr. Er ist ein Schriftsteller.

Den ganzen Tag ist er durch diese Festung geirrt, über die er so viel gehört und gelesen hat. Noch sechs Tage vor Kriegsende waren hier zweiundfünfzig junge tschechische Patrioten hingerichtet worden, nur einige andere überlebten, die man kurz zuvor wegen Flecktyphus fortgeschafft hatte. Sie wurden später Freunde des Schriftstellers. Was sie ihm berichteten, wird sich erst Jahre später zu einer Erzählung verdichten, vermischt mit eigenen Erlebnissen, die es ihm dann erlauben, einen Vergleich zwischen zwei historischen Epochen und drei politischen Systemen anzustellen. Der Mann bin ich.

Ich trage an jenem Tag meine ersten Jeans aus dem Westen. Sie sind chic, in der Tschechoslowakei immer noch schwer zu erstehen und um so ersehnter. Noch vor einiger Zeit trug ich, wie viele andere, das blaue Hemd des kommunistischen Jugendverbandes. Es war nicht weniger dienlich, und trotzdem sind diese Hemden auf einmal von andersfarbigen abgelöst worden. Mit einem Mal wollte ein jeder von uns ganz anders sein. Aber wer kann, trägt jetzt die gleichen blauen Jeans, an denen noch keine Geschichte klebt.

So modern-neutral bekleidet räumen wir, die ursprünglich die Wächter allen Fortschritts zu sein glaubten, nach einem Flächenbrand ab, schaffen den Dreck nach einer Sturmflut weg – alles, was unseren Traum beinahe erstickte. Man hat uns endlich zugestanden, was wir schon selbst entdeckt hatten: Daß Tausende vermeintlicher Volksfeinde, verfemt, zu Tode gefoltert, hingerichtet oder seelisch gebrochen in den Schauprozessen der fünfziger Jahre, in die der siegreiche Krieg und die glorreiche Revolution ausgeufert waren, in Wirklichkeit Opfer von Stalins perfider Machtgruppe wurden, völlig unschuldig sind und sofort nach Hause gehen können, sofern sie das überlebt hatten.

Allerdings ist das System, beschwören uns die Älteren, und wir selbst wollen es glauben, ebenso unschuldig. Es bleibe auch weiterhin die einzige Hoffnung der ausgebeuteten Mehrheit der Menschheit und muß deshalb verändert, verbessert, vermenschlicht, also von Grund auf reformiert, aber selbstverständlich erhalten werden! Auch jahrhundertealte Demokratien, so trösten wir uns, sogar die heiligen Kirchen, kennen eine ähnlich blutige Geschichte – warum dann dem jungen Sozialismus das Recht auf Kinderkrankheiten absprechen? Es genügt, ihn gegen jede neue Willkür abzusichern, und die Zukunft gehört ihm!

Ich bin einer von denen, die sich dafür mit aller Kraft einsetzen. Aber gerade deshalb genügt mir der bloße Austausch von Symbolen nicht. Meine Jeans sind das erste Wahrzeichen einer neuen Uniformität. Nach Hemden und Hosen wurden schon immer bald auch die Hirne gleichgefärbt. Wohin hatte ein praktisches Einheitsbraun und ein schickes Einheitsschwarz meine deutschen Altersgenossen gebracht? Aus fröhlichen jungen Burschen wurden zu Tausenden Massenmörder. Auch sie hatten Mütter, Frauen und Hunde, auch sie haben einst geglaubt und geliebt.

Worin unterschieden sie sich von uns? Wie sind sie zu Mördern geworden? Was hat mich davor bewahrt? Mein Alter? Die Erziehung? Ihr warnendes Beispiel? Stalins zeitiger Tod? Habe ich mehr Glück gehabt oder bessere Propheten? Ja: Wer von ihnen jenes Kapitel aus Hitlers Bibel über Volk und Rasse guthieß, ist schuldig am tausendfachen Tod. Wer ihrem Verfasser, der seine furchtbaren Ziele so schamlos offengelegt und bald auch demonstriert hatte, trotzdem zur Macht verhalf, hat sich mitschuldig gemacht. Doch welches Buch sollte uns gewarnt haben? «Das Kapital»? «Der Ursprung der Familie»? «Staat und Revolution»?

Marxs dickleibiges Werk, das die Welt aus den Fugen riß, ist ein ehrsamer Traktat, der eher einschläfert als zum Bau von Barrikaden aufrüttelt. Engels' Studien sind auch heute ein ehrenwertes Stück Wissenschaft. Und die vorrevolutionären Schriften Lenins enthalten Gedanken, die noch immer ein Herz entflammen können, das mit den Hungernden und Unterdrückten leidet. Trotzdem wurde ihre Lehre zur Unterdrückung neuer Hungernder mißbraucht. Wie schon zuvor die

Gleichheit aller in der immer lauter gefeierten Französischen Revolution bald von der Guillotine zugeschnitten wurde!

In den Abgrund müssen nicht unbedingt leicht erkennbare perverse Parolen führen, die durch ihre Abwegigkeit selbst Antistoffe erzeugen. Allein die Deutschen und die Russen zu Bluthunden der modernen Zeit auszurufen, wäre ebenso ungerecht wie gefährlich. Vergessen bliebe das «kleinere» Wüten und Morden der Briten in Indien, der Türken in Armenien, der Italiener in Abessinien, der Japaner in China, der Franzosen in Algerien, der Amerikaner in Vietnam, der Kambodschaner sogar im eigenen Land, der Iraner und Iraker in den Kurdengebieten und noch so mancher anderer anderswo. Vergessen bliebe, wie vieles davon mit edlen Worten und frommen Gebeten eingeleitet wurde, ehe sich eifrige Patrioten und Gläubige in gemeine Henker verwandelten.

Ist es nicht ein Grund, zu begreifen, daß unter bestimmten Umständen auch mancher von uns zum Henkershelfer werden könnte, und die meisten, die es nicht geworden sind, es mehr den Sternen ihres Schicksals als der Stärke ihres Charakters zu verdanken haben? Und ist es nicht ein Grund, sich zu fragen, wie man den kritischen Punkt erkennt, wo ein gerechter Aufstand gegen Unmenschlichkeit in ein Verbrechen gegen die Menschheit umschlägt, wo Ideale sich in ihr Gegenteil verkehren und Enthusiasten, verblendet von tugendhafter Pflichterfüllung, dem Bösen zu dienen beginnen? Und hat man es erkannt: Wie kann man es noch verhindern – mit den zerbrechlichen Instrumenten des menschlichen Körpers und Geistes?

Ein bekannter tschechischer Schriftsteller, der nach dem russischen Einmarsch in unsere gemeinsame Heimat ebenfalls ins Exil getrieben wurde, schließt Rußland von Europa aus, sieht aber in Deutschland ein unbezweifelbar europäisches Land. Tut er den Russen Unrecht oder den Deutschen schön? Ist es nicht vielmehr so, daß auch ein noch so zivilisiertes Volk zeitweilig vom Kulturatlas verschwinden kann, wenn es sein geistiges Erbe an eine neue Barbarei verpfändet? Haben sich in den Nachkriegsjahren nicht auch die Tschechen aus dem wahren Herzen Europas abgemeldet, als sie die Aussiedlung der Deutschen, die Errichtung von Galgen und die Verleugnung ureigener geistiger Tradition zuließen? Hatten wir uns nicht aus eigener Kraft mehr degradiert, als es allen unseren Okkupanten je zuvor gelungen war?

Und wenn es schon einem Volk geschieht, wem steht es danach noch zu, sich an der Rückkehr zu einer neuen Zukunft zu beteiligen? Allein wer reine Hände hat, auch wenn er sie sich nur dank seiner Jugend noch nicht beschmutzen konnte? Allein Opfer der Willkür, selbst wenn sie diese oft nur mit einer anderen Willkür auszugleichen gedenken? Oder aber auch jene, die den Verbrechern Mauer gestanden haben und dies sehnlichst wettmachen wollen? Wie sehr darf sich ein Mensch irren, um dieses Recht noch in Anspruch nehmen zu dürfen? Wie wenig? Woran wird das gemessen? Wer entscheidet darüber?

In der Festung erschreckte mich am stärksten die unschuldigste Einrichtung: Das Schwimmbecken, das der berüchtigte Kommandant hier für seine heranwachsenden Töchter anlegen ließ, die in dieser Burg maßlosen Leids ihre schönsten Mädchenjahre verbrachten. Ich spüre darin den Keim einer starken Geschichte, die viele meiner Fragen erhellen kann, weil sie es möglich macht, in fremden Schicksalen der gestrigen Widersacher die Gefahren meiner eigenen Welt zu erkennen.

Doch ihr Sinn verschließt sich mir noch an diesem Junitag, und es werden weitere zwanzig Jahre vergehen, bis die Ereignisse um eine Präsidentenwahl in Österreich aus ihr diesen Roman entstehen lassen. Er wird zu meiner indirekten Aussprache mit einem der Kandidaten, dessen Mitbürger ich inzwischen geworden bin, nachdem die Machthaber meiner wiederbesetzten Heimat beschlossen hatten, mich mit Gewalt von meiner Vergangenheit zu trennen. Jener Mann wird versuchen, die seine zu leugnen, obwohl er sich darin vermutlich nichts Schlimmeres zuschulden kommen ließ, als daß er sie miterlebte.

Die eigens erlebte Vergangenheit heißt Erfahrung. Die Erfahrung ist unübertragbar und muß immer wieder persönlich erlebt werden. Der Prozeß des Erlebens verschafft sie für den Preis der Unschuld. Verlorene Unschuld vermindert das Recht auf die Zukunft. Was ist dann, so gesehen, für einen jeden Menschen seine selbsterfahrene Vergangenheit?

Lebendige Lehre? Toter Buchstabe? Hart erworbenes Eigentum, das sich verzinst, oder ein Koffer alter Zeitungen fürs Feuermachen? Ballast oder Flügel? Abfall des Lebens oder sein Hauptprodukt? Läßt die Vergangenheit sich wiedergutmachen? Und, falls nicht, läßt sie sich irgendwie verarbeiten, damit sie doch noch der Gegenwart und der Zukunft diene? Und, falls nicht, darf man sie verdrängen, damit sie uns nicht belaste? Und, falls auch das nicht, was dann mit ihr?

Sie samt ihrem Träger verbannen? Ihn samt ihr absterben lassen? Sie entschuldigen wie eine gutgemeinte Tat, die sich unversehens in die Untat verkehrt hat? Sie mit Schminke verschönern wie die entstellten Gesichter der uns teuren Selbstmörder? Sie abschreiben wie eine Fehlinvestition? Sie vergessen wie eine peinliche Liebe? Sie verstecken wie eine ekelerregende Hautkrankheit, die besser keiner sehen darf? Oder sie zur Schau stellen wie eine selbstverschuldete Verkrüppelung, die alle warnen soll?

Ich weiß es nicht. Darum frage ich.

Diese Prosa entstand aus einer Filmerzählung von Jelena und Pavel Kohout, die infolge des Arbeitsverbots beider Autoren nach 1968 in der ČSSR nicht realisiert wurde. Der Text gelangte Jahre später nach Wien und wurde Vorlage für eine freie Romanfassung.

Karlovy Vary – Praha 1966
Wien – Emmetten 1986
Capri – München 1988
Zürs – Rust 1989

Ablauf der Tanz- und Liebesstunde

Übertragen von Inge Milde

Titel der in tschechischer Sprache im Verlag
Index e. V., Köln, erscheinenden Originalausgabe
«Hodina tance a lásky»

Der Albrecht Knaus Verlag ist ein
Unternehmen der Verlagsgruppe Bertelsmann

1. Auflage

Lektorat: Dr. Albrecht Knaus
Gesetzt aus Korpus Iridium
Satz: Filmsatz Schröter GmbH, München
Schutzumschlag: Kaselow Design, München
Graphik auf Umschlag und Vorsatzblatt: Ondřej Kohout
Lagekarte auf dem Vorsatz: © Paris Match
Printed in Germany · Mohndruck, Gütersloh
ISBN 3-8135-00262-7

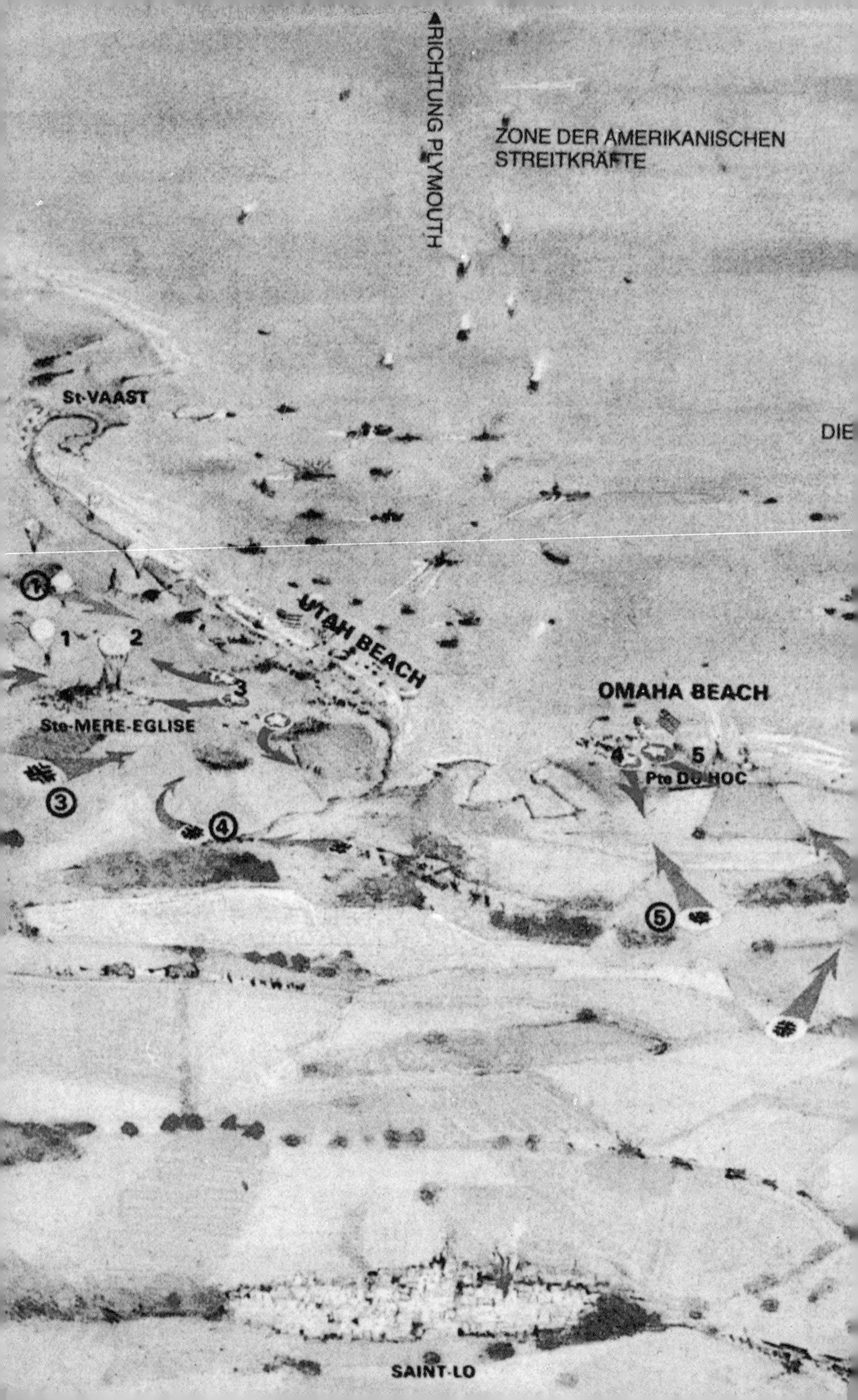

RICHTUNG PLYMOUTH
ZONE DER AMERIKANISCHEN
STREITKRÄFTE
St-VAAST
DIE
UTAH BEACH
OMAHA BEACH
1
2
3
4
5
Ste-MERE-EGLISE
Pte DU HOC
SAINT-LO